PICKWICK

CARLA MARIA RUSSO

LA SPOSA NORMANNA

PIEMME

www.pickwicklibri.it
www.edizpiemme.it

La sposa normanna
di Carla Maria Russo

ISBN 978-88-6836-627-8

I edizione Pickwick luglio 2013

Anno 2023-2024-2025 - Edizione 30 31 32 33 34 35 3 37 38 39

Parte Prima

LA SPOSA NORMANNA

Capitolo 1

Suor Maria Veronica si alzò dal giaciglio e aprì la piccola imposta della cella. L'alba tingeva di rosa un cielo limpido e terso che annunciava un'altra giornata tiepida, sebbene fosse novembre inoltrato. Sorrise, grata a Dio per averla fatta nascere a Palermo.

La balia, quando era bambina e viveva ancora nella reggia, le raccontava sempre che nella terra d'origine della sua famiglia – la Normandia – il freddo arrivava già ad agosto, durava a lungo ed era così intenso che l'acqua gelava nei fiumi e i bambini morivano a migliaia. Ma lei non si sentiva una normanna, sebbene tutto, nell'aspetto fisico, ne tradisse la discendenza.

Aspirò profondamente l'aria, satura della fragranza di aranci e di limoni, e dell'odore del mare. Poi finì di prepararsi, per raggiungere puntuale le consorelle.

Un leggero picchiettio alla porta la sorprese: chi poteva cercarla a quell'ora? Era forse in ritardo? Aprì e si trovò davanti il viso rubizzo di suor Anna, la madre custode.

«Perdonate, suor Maria Veronica. La reverenda madre superiora desidera incontrarvi nella stanza di ricevimento, subito dopo la messa. Ha una comunicazione urgente per voi.»

«Per me? Siete sicura?» chiese, stupita. «È molto strano.»

Suor Anna si strinse nelle spalle: ora persino suor Maria Veronica la considerava una vecchia buona a nulla. Proprio lei che pure era una consorella così garbata, sempre umile e rispettosa, sebbene avesse mille motivi per montare in superbia e tenere tutte sotto il tacco delle scarpe.

«La madre superiora ha parlato di sua altezza la principessa» replicò, in tono risentito. «Viviamo assieme da più di quindici anni, saprò bene chi siete. Non sono rimbambita fino a questo punto.»

«Scusatemi, sorella, non intendevo offendervi, ma è la prima volta che la reverenda madre mi convoca in parlatorio. E poi: perché ha parlato di sua altezza la principessa?»

Suor Anna allargò le braccia, piegando le labbra all'ingiù.

«E cosa ne so io? Si sarà sbagliata.»

Suor Maria Veronica fece un rapido esame di coscienza, alla ricerca di qualche colpa che potesse giustificare l'inattesa richiesta.

«Non mi sembra di avere niente di cui rimproverarmi» disse rincuorata, subito mordendosi le labbra per quel peccato di superbia.

«Ma certo, bambina mia» confermò suor Anna, già pentita della ruvidezza di poco prima. «Non conosco una creatura al mondo più dolce e gentile di voi. Anche troppo. Nessuno sospetterebbe mai che potreste ereditare il trono normanno, se non fosse che indossate quest'abito.» Trasse un sospiro, scuotendo la testa, gli occhi luccicanti. «Cosa sarà, di questo paese se, Dio ci scampi...»

Suor Maria Veronica pose una mano sul braccio della consorella per interromperla. Le difficoltà del regno normanno le spezzavano il cuore. Ma cosa poteva fare lei, se non pregare? Era una suora di clausura, legata da un voto indissolubile. Un vincolo sacro che nessuno mai avrebbe potuto sciogliere, senza macchiarsi di un grave sacrilegio.

“Nessuno” ripeté a se stessa, prima di lasciare la cella.

Guglielmo De Mill si inchinò davanti al sovrano e gli porse la pergamena che stringeva fra le mani. Quindi prese posto nello scranno di fianco al camino.

Guglielmo d’Altavilla infranse il sigillo, lesse con attenzione il contenuto e la restituì al primo cancelliere. Prima di parlare, si concesse qualche istante di riflessione.

«Avete fatto un buon viaggio, Guglielmo?»

«Non del tutto, sire. Il nord è molto freddo e le mie ossa non sono più così giovani da reggere i disagi del clima senza soffrirne. Ma sono felice che la missione affidatami abbia conseguito un risultato tanto lusinghiero per il regno, forse al di là delle vostre aspettative più ambiziose. La proposta che vi sottopongo è ben di più di una semplice alleanza con l’imperatore Federico di Svevia: si tratta di un’offerta di matrimonio.»

«Non attribuitemi speranze che nutrite soprattutto voi, Guglielmo» lo interruppe con asprezza il sovrano. «I miei dubbi sono tutt’altro che risolti. Mentre eravate in viaggio, Gualtieri di Palearia mi ha ricordato tutti i pericoli insiti nel progetto che voi appoggiate. Non sono così persuaso che la decisione verso la quale intendete condurmi sia quella più opportuna per il regno normanno.»

Guglielmo De Mill trattenne a stento un sospiro.

«Posso immaginare a quali pretestuosi argomenti sia ricorso l’inviato del papa per persuadervi. Converrete con me che sua santità, papa Clemente III, sarebbe danneggiato in modo grave da una nostra alleanza con lo svevo. Lo stato della chiesa resterebbe imprigionato fra l’impero, a nord, e il regno normanno a sud, entrambi nelle mani di un unico sovrano: una morsa di ferro, cui Clemente III cercherà di sfuggire con ogni mezzo. Mi sembra dunque legittimo sospettare che le ragioni addotte dal legato pontificio, per quanto ammantate di nobili principi, intendano favorire gli interessi della chiesa e non quelli del regno normanno. Il vostro cancelliere, invece, da quale altro scopo può essere animato che non sia il bene del sovrano e del paese?»

Tacque, scrutando gli occhi di re Guglielmo, che ricambiò lo sguardo senza replicare.

De Mill proseguì.

«Maestà, permettetemi di sottoporvi la situazione del regno normanno con la necessaria sincerità. D'altro canto, a cosa servirebbe un cancelliere della corona, se preferisse tacere la verità al suo signore? Si comporterebbe come quegli inutili cortigiani che affollano le stanze della corte.»

Re Guglielmo non mosse un muscolo. Le labbra serrate, fissava un punto indefinito del fuoco nel camino. La luce delle fiamme si riverberava sul viso, accentuandone le ombre livide sotto gli occhi ed esaltandone le rughe precoci, segni tangibili della gravità della malattia che lo affliggeva.

Quando Guglielmo De Mill riprese il discorso, un leggero sudore gli imperlava la fronte. Non sarebbe stato facile convincere il sovrano ad attuare il progetto che tanto premeva a Federico Barbarossa.

«Durante le lunghe ore di viaggio, ho avuto modo di interrogarmi sui destini del regno, nel caso in cui, Dio non voglia, un'avversità vi colpisse.»

«Mi trovate a tal punto peggiorato?» lo interruppe il sovrano.

«No, sire,» si affrettò a precisare il cancelliere, con un certo imbarazzo «forse non mi sono espresso in modo appropriato. Possa Iddio conservarvi a lungo sul trono.»

«De Mill, vi prego, risparmiatemi inutili menzogne. Avete appena dichiarato di voler rifuggire la piaggeria.»

Il cancelliere serrò le labbra.

«La vostra salute non ci lascia del tutto tranquilli. È innegabile, purtroppo. Ma c'è un altro motivo, ancora più grave, che desta in noi grande inquietudine. Perdonate la franchezza, sire: non ci sono eredi al trono di Sicilia.»

Guglielmo di Altavilla non tradì alcun segno di emozione, se non un repentino battito di ciglia.

«Un sovrano non è un uomo come tutti gli altri, maestà» proseguì il cancelliere. «Il problema della successione deve tormentarlo fin dal giorno della ascesa al trono. Voi avete preferito non ripudiare la regina, non cercare alcun mezzo per...» deglutì, alla ricerca di una espressione appropriata. «Per liberarvi dal vostro legame con una donna sterile...» Si interruppe, per riprendere fiato. La voce era diventata più lieve di un battito d'ali.

«Quale sorte attende il glorioso regno dei normanni nella malaugurata ipotesi che un'improvvisa disgrazia si abbattesse su di voi? In quali mani finirebbe il paese, se la vostra successione non venisse preparata per tempo? Sono addolorato, maestà. Vedo bene quanto le mie parole vi amareggino. Tuttavia, non potrei mai perdonarmi, se non vi persuadessi a prendere atto della gravità della situazione.»

Re Guglielmo ebbe un moto di stizza.

«Non siate patetico, De Mill, vi prego» sbottò, senza distogliere lo sguardo dalle fiamme del camino. «Avete il vostro tornaconto nel favorire i piani di Federico di Svevia, come Gualtieri di Palearia ha il suo nel difendere gli interessi del papa. La malattia mi ha minato nel fisico ma ha lasciato integra la mente.»

De Mill si agitò sulla sedia, a disagio. Tuttavia cercò di mantenere un tono di voce pacato e dimesso.

«Non credo di meritare un'accusa tanto ingenerosa, mio signore. In ogni caso la nostra preoccupazione principale rimane quella di dare un futuro al paese. E questo dipenderà dalla tempestività e dalla lungimiranza con le quali vostra maestà porrà rimedio alla dolorosa questione della successione. Nelle attuali circostanze possiamo ancora imporre agli avversari le nostre condizioni. Federico ci propone un'alleanza prestigiosa, un matrimonio che unisce con vincoli di sangue la stirpe dei normanni a quella degli svevi, rendendo incruento il passaggio da una dinastia all'altra. Ma...»

«Proseguite, De Mill» gli ingiunse il sovrano.

«Nella disgraziata ipotesi in cui dovesse venire meno la vostra guida e non fosse stato designato un erede al trono,» riprese il cancelliere dopo un'esitazione «Federico di Svevia sarebbe il primo fra i nostri nemici a rivendicare con la forza militare quello che oggi vi offre di salvaguardare e proteggere...»

«Proteggere! Ma cosa dite, De Mill? Lo svevo non vuole altro che impossessarsi del trono degli Altavilla, senza dover pagare tributi di sangue.»

«Maestà, vi prego di lasciare da parte ogni risentimento personale e di riflettere solo sulle conseguenze delle vostre scelte. Quale amaro destino travolgerebbe il regno al quale voi e i vostri avi avete assicurato pace e prosperità, se un giorno l'imperatore scendesse a conquistarlo? Quante inaudite violenze dovrebbero sopportare le donne, i bambini, l'intero popolo, da parte dei barbari dell'imperatore?»

«Voi mi state prospettando una resa senza condizioni, non una "alleanza prestigiosa". In base a quale diritto umano o divino Federico potrebbe rivendicare il regno?»

«Diritto umano o divino, sire? A Federico è sufficiente appellarsi alla ragione delle armi, alla legge del più forte, come del resto fecero un tempo i vostri avi Roberto e Ruggero.»

Re Guglielmo si alzò di scatto, muovendosi per la stanza

con brevi passi nervosi. De Mill rimase in piedi, presso lo scranno.

«Se ho ben compreso,» riprese il re «volete che consegni il regno dei miei avi all'imperatore Federico di Svevia per impedire che, alla mia morte – secondo voi imminente – lo metta a ferro e fuoco. In altre parole, dovrei facilitargli l'impresa. Non vi sembra che in questo modo baratterei la sicurezza del regno con la sua indipendenza, la pace con la libertà del mio popolo?»

«So che state riportando l'argomento preferito dell'inviato del papa, maestà, condiviso anche da alcuni nobili del regno» ribatté De Mill, tenendo a freno l'impazienza. «Posso facilmente immaginare con quanto vigore Gualtieri di Palearia ve l'abbia caldeggiato. Ma mi chiedo, e chiedo a voi, sire: in mancanza di un erede, il papa difenderebbe l'indipendenza dello stato normanno o si iscriverebbe nel novero dei contendenti in lotta per spartirselo?»

De Mill fece una pausa, in attesa di un'obiezione che non giunse.

Quindi si accinse ad affondare il colpo.

«Inoltre, mio signore, perdonatemi, ma non riesco ad afferrare il motivo per il quale il nostro popolo dovrebbe perdere l'indipendenza. L'imperatore Federico ci propone un'alleanza paritaria sulla base di un matrimonio fra il figlio Enrico e una principessa di casa Altavilla. I sudditi avrebbero così una regina di sangue reale, la quale, con l'aiuto di Dio, potrebbe generare un erede, nelle cui vene scorrerebbe il sangue degli Altavilla, unito a quello degli Svevi: una razza purissima, due volte regale. La vostra progenie non si estinguerebbe con voi, ma proseguirebbe nei secoli. Vi sembra una sottomissione? La fine dell'indipendenza del regno di Sicilia? Al contrario, io credo che ne sancirà la sopravvivenza.»

«Mi rifiuto di credere che non esistano altre soluzioni» ribatté il re. «Per di più, il vostro piano si fonda su un presupposto errato. Un'alleanza matrimoniale esige l'esistenza di due contraenti. Lo sposo è Enrico, figlio dell'imperatore Federico di Svevia. A proposito, quanti anni ha?»

«Diciannove, sire.»

«Lo avete conosciuto?»

«No, mio signore, mi dispiace. Non ne ho avuto l'occasione.»

Guglielmo De Mill abbassò lo sguardo per nascondere il proprio disagio. Come confessare al colto re Guglielmo, cresciuto in una corte in cui si onorava il sapere, che Enrico sapeva a malapena leggere e scrivere? Che gli era parso rozzo, arrogante, refrattario alla cura del corpo come a quella della mente? Trattenne l'ennesimo sospiro. D'altronde era un Hohenstaufen di Svevia e sarebbe diventato imperatore, considerate le pessime condizioni di salute del fratello maggiore. Cosa si pretendeva di più da un cancelliere della corona, capace di offrire al suo malridotto sovrano una proposta di matrimonio che avrebbe fatto la felicità di tutte le corti d'Europa?

«In ogni caso, il progetto è destinato a fallire: non abbiamo la sposa» proseguì il re. «Non esiste un'Altavilla di sangue reale che possa sposare Enrico.»

Il cancelliere fissò negli occhi il sovrano, questa volta a lungo e senza esitazioni. Il re stava mentendo e lo sapeva. Una principessa normanna, una vera Altavilla, esisteva e poteva ancora procreare, sebbene avesse passato la trentina e non godesse di grande salute. A Dio piacendo, Enrico sarebbe riuscito a farle concepire il sospirato erede al regno normanno, che avrebbe governato un giorno su un impero di proporzioni smisurate. Aveva compiuto un lavoro eccellente, che gli avrebbe meritato la gratitudine del re.

«Questo è un abominio, De Mill!» inveì al contrario il sovrano. «Non lo permetterò. Andate via, vi prego. Mi state spingendo a compiere un sacrilegio.»

De Mill conosceva a fondo gli scrupoli religiosi del sovrano, l'unico della dinastia normanna che dimostrasse tanto fervido zelo. Si inchinò, facendo atto di allontanarsi. Ma, prima di uscire, la mano già sulla porta, non poté fare a meno di ribadire la sua opinione.

«Mi auguro che vogliate riflettere con attenzione sulle mie parole. I prìncipi di sangue reale hanno obblighi che vanno al di là di quelli che competono ai comuni mortali e le loro azioni non possono essere giudicate con i criteri della morale comune. Il privilegio della nascita si paga duramente, a volte persino con la privazione della propria libertà, in nome dell'interesse del regno e dei sudditi. Questa regola vale anche per le principesse di sangue reale.»

Re Guglielmo rimase in silenzio ancora un momento. Poi fece un cenno di assenso.

«Rifletterò con attenzione sulla vostra proposta, De Mill. Al momento opportuno vi informerò della mia decisione. Ora potete ritirarvi.»

Il cancelliere si inchinò e lasciò la stanza.

Capitolo 2

La madre superiora del monastero di San Basilio accompagnò suor Maria Veronica nella sua cella. Le si sedette al fianco, sul piccolo giaciglio che fungeva da letto e le strinse con delicatezza le mani, battendovi piccoli colpi.

«Su, mia cara sorella» tentò di incoraggiarla. «Si tratta solo di un invito del re a palazzo. Non vedo alcun reale motivo di preoccupazione. Sono certa che sua maestà, la cui salute mi riferiscono essere tanto compromessa, desideri semplicemente riabbracciarvi un'ultima volta. Siete sua zia, l'unica esponente della famiglia reale ancora in vita. Dovreste essere lieta di rivedere vostro nipote, dopo tanti anni.»

«Per sollecitare un incontro con una persona di famiglia, un'umile suora quale io sono, sarebbe stato sufficiente inviare un biglietto tramite un paggio» replicò suor Maria Veronica, tra le lacrime. «Il re, invece, ha preferito una convocazione solenne e ha addirittura scomodato il vescovo e il primo cancelliere. Non ne comprendo il motivo, reverenda madre, ma ho un brutto presentimento. Se siete a conoscenza di qualche segreto di cui io sono all'oscuro, vi supplico di confidarmelo.»

La madre superiora ritrasse le mani dalla consorella, per

nascondere il tremito che le agitava. Cosa rispondere a quella dolce creatura, che conosceva ormai da tanti anni? Ricopriva già quella carica quando Costanza, ancora una bambina, aveva preso il velo. In un primo momento non aveva gioito di quell'evento, preoccupata che, insieme al prestigio e alle ricchezze, la principessa introducesse nel convento anche scompiglio, disordine, anarchia. Peggio: la dissolutezza di costumi cui la corte dei re normanni era avvezza. E poi, chissà quanta superbia, un'Altavilla di purissimo sangue reale. Avrebbe preteso di fare la padrona, l'avrebbe umiliata davanti alle altre suore, sarebbe stata un pessimo esempio per le novizie.

Al contrario, appena varcata la soglia del monastero, suor Maria Veronica si era adeguata alla severa regola dell'Ordine, spogliandosi, non solo esteriormente, degli abiti regali, del titolo, del suo stesso nome, rifiutando lei per prima qualsiasi privilegio o allusione alla sua condizione passata. Costanza era animata da una profonda vocazione, in nome della quale aveva strenuamente contrastato l'opposizione della propria famiglia.

Come soccorrerla, ora? Le confidenze che il vescovo le aveva sussurrato poco prima del colloquio, erano riservate ma molto chiare. Gravi ragioni di stato imponevano che sua altezza reale – così l'aveva chiamata – abbandonasse il monastero in modo definitivo.

Ora quel volto spaventato e implorante le straziava il cuore ancora più del dolore per la sua perdita. Eppure non poteva fare nient'altro che mentire.

«Non c'è alcun mistero, sorella» replicò, nel tono più severo che riuscì a trovare. «Non accadrà nulla di grave. Ora preparatevi, vi prego, e seguite con animo sereno il cancelliere del re e il vescovo.» Quindi si allontanò bruscamente, chiudendo la porta della cella proprio mentre suor Maria

Veronica domandava implorante: «Tornerò questa sera, vero, reverenda madre?».

Suor Maria Veronica fece il suo ingresso nella reggia dei sovrani normanni scortata dal vescovo e dal primo cancelliere del regno, Guglielmo De Mill, quasi temessero che potesse fuggire. Mantenne ostinatamente il capo chino, lasciando che il velo le ombreggiasse il volto, desiderosa di non essere osservata né riconosciuta. Ignorò l'omaggio che le guardie del re fecero al suo passaggio, scattando sull'attenti e portando al petto la lancia, sperando che fosse rivolto al vescovo e al cancelliere del re. Mentre attraversava i corridoi della reggia nella quale era nata e vissuta, non si guardò intorno una sola volta. Quel tempo e quel luogo erano parte di un passato sepolto nell'oblio e mai rimpianto, non occupavano più alcun posto nel suo cuore e il loro sfarzo non esercitava su di lei alcuna attrattiva. Rimpiangeva invece la semplicità della propria cella: il giaciglio, l'inginocchiatoio, il crocifisso di legno appeso a una parete e la piccola scansia piena di libri, unica eredità della vita passata.

Si inginocchiò ai piedi del re, suo nipote, continuando a tenere lo sguardo chino.

«Ben tornata nella vostra dimora, cara zia» la salutò il sovrano, andandole incontro con le mani tese per invitarla ad alzarsi. «Leggo nei vostri occhi stupore e compassione. Mi trovate molto invecchiato, non è vero? Il tempo ha lasciato su di me segni profondi. In compenso, ha risparmiato voi. Spero di non recarvi offesa, osservando che conservate intatta la leggiadria della fanciullezza.»

Suor Maria Veronica, le guance in fiamme per l'inatteso omaggio, cercò di sottrarsi allo sguardo indagatore del nipote, chinando il capo e lasciando che il velo le ricadesse sul volto.

«Caro nipote, non sciupate la dolcezza di questo incontro facendovi beffe di me» protestò, con un tono forzatamente affettuoso. «Se non è sufficiente l'abito a proteggermi dalla vostra ironia, invoco almeno il rispetto dovuto alla età.»

«Trentadue anni e pochi mesi. Dico bene, cara zia? Siete una donna ancora giovane e, se permettete, sempre molto affascinante.»

«Posso rammentarvi, caro nipote, che avete di fronte a voi una suora di clausura e che...»

Re Guglielmo sollevò una mano per intimare silenzio. Quindi, in tono pacato ma fermo, le comunicò le sue decisioni.

«D'ora in avanti non vestirete più l'abito della clausura e cesserete di chiamarvi suor Maria Veronica. Per volere del re, tornerete a essere sua altezza reale, la principessa Costanza d'Altavilla, futura erede al trono dei normanni.»

Suor Maria Veronica impallidì. Per un istante, il cuore cessò di batterle in petto.

«Maestà,» balbettò confusa, tentando invano di dominare il tremito improvviso «sono certa che nella vostra saggezza e bontà comprenderete che quello che mi state chiedendo...»

«Ve lo sto ordinando, non chiedendo» la interruppe con severità il sovrano. «Non intendo essere rude con voi, cara zia, ma deve esservi chiaro che le mie disposizioni sono inappellabili. Considerazioni di importanza vitale per la sopravvivenza del regno mi costringono a imporvi questa scelta. Nelle vostre mani rimettiamo la salvezza del popolo e del paese che tanto amiamo.»

Per la prima volta suor Maria Veronica fissò apertamente in viso il nipote. Guglielmo tradì un leggero imbarazzo di fronte a quegli occhi supplici, il cui azzurro intenso gli ricordava il padre Guglielmo I e il nonno Roberto. Era come se i suoi avi gli si parassero davanti per restituirlo alle responsabilità cui non aveva saputo far fronte durante il regno e delle quali ora intendeva disfarsi, addossandole sulle spalle di una donna fragile e indifesa.

Quello sguardo, così colmo di impotente disperazione, l'avrebbe perseguitato fino all'ultimo istante di vita.

«Mio caro nipote...» lo supplicava intanto suor Maria Veronica, senza rendersi conto di quanto le proprie parole acuissero i rimorsi del sovrano «anche se volessi, non potrei rispettare la vostra volontà. Sono legata da un voto, un vincolo altrettanto indissolubile e sacro quanto il matrimonio. Non macchiate la mia e la vostra anima di un peccato mortale.»

Re Guglielmo voltò il viso bruscamente, determinato a non cedere alle rampogne della propria coscienza e all'impeto delle emozioni. La sua decisione, già ufficialmente comunicata a Federico di Svevia, era immodificabile. De Mill lo aveva avvertito: il confronto con Costanza sarebbe stato difficile, straziante. Ma sarebbe andato fino in fondo, con fermezza, come aveva promesso. Con durezza, se necessario: il destino di Costanza d'Altavilla era segnato. Quanto prima l'avesse compreso, tanto meglio sarebbe stato per tutti, anche per lei.

«Il vescovo ha il compito di sciogliervi dal giuramento che avete a suo tempo prestato e tranquillizzare i timori della vostra coscienza» ribatté, una volta ripreso il controllo. «Siete chiamata a un'importante missione: salvare il regno che fu di Ruggero, di Roberto, della nostra progenie. Non ci è concessa alcuna alternativa. Ho i mesi, forse i giorni, contati. E Dio ha voluto negarmi il dono prezioso di un erede. Non restate che voi. Siete l'unica persona nelle cui vene scorra il sangue degli Altavilla. Osereste rifiutare? Sottrarvi alle responsabilità che vi competono per nascita, abbandonarmi e abbandonare il popolo che spera in voi, Costanza?»

«Con il vostro permesso, maestà, oso rammentarvi che il sangue degli Altavilla scorre anche nelle vene di mio nipote e vostro cugino Tancredi. È giovane e forte. Ha una prole numerosa...»

Il volto del re si irrigidì in un'espressione cupa.

«Come vi azzardate a definire Tancredi, mio cugino e vostro nipote? È un illegittimo. Sua madre era... una prostituta.»

«Non parlate così, sire. Era una nobildonna.»

«Una prostituta e una gretta calcolatrice,» insistette il sovrano «Tancredi non è un Altavilla. Come potete anche solo immaginare voi, una principessa di sangue reale, di consegnare il trono della nostra famiglia a un bastardo?»

Il re voltò le spalle, a indicare che il colloquio era terminato.

«Oggi stesso abbandonerete il convento, dispensata dal voto, con la piena assoluzione del vescovo. Per un lungo periodo vi è stato concesso di vivere la vita a modo vostro. Siatene soddisfatta. In questo momento siete necessaria allo stato e farete il vostro dovere fino in fondo. Abbiamo ricevuto una proposta di matrimonio che giudichiamo molto vantaggiosa. Presto sposerete Enrico di Svevia, figlio dell'imperatore Federico. Vi è affidato il compito di mettere al mondo l'erede al trono. Un giorno, vostro figlio diventerà il sovrano più potente d'Europa, perché riunirà nelle sue mani la corona dell'impero e quella del regno di Sicilia. L'età vi consente ancora di concepire. Prego che Dio sia più misericordioso con voi di quanto sia stato con me.»

«Maestà,» mormorò suor Maria Veronica tra i singhiozzi «vi prego di riflettere ancora. Il papa non consentirà mai che la corona dell'impero e del regno normanno appartengano a un unico sovrano. E non legittimerà l'operato del vescovo di Palermo.»

Re Guglielmo finse di non aver udito.

«Ora, cara zia, potete ritirarvi. Le emozioni di questa giornata devono avervi duramente provata. Un'ala del palazzo degli Altavilla è pronta ad accogliervi. Sarà la vostra nuova residenza.»

«Imploro un'ultima grazia, sire» insistette suor Maria Veronica, tentando di dominare le lacrime. «Permettetemi di rientrare nel monastero per un giorno ancora. Quando l'ho lasciato, questa mattina, mai avrei immaginato che non vi avrei fatto ritorno. Desidererei rivedere per l'ultima volta i luoghi a me cari, inginocchiarmi in preghiera davanti al crocifisso della mia cella, rivolgere una parola d'addio alle persone che sono state, fino a oggi, la mia famiglia.»

Guglielmo aveva sperato che la sofferenza di quell'incontro fosse conclusa, che la durezza cui era dovuto ricorrere avesse piegato sua zia. Fu invece costretto a essere ancora più intransigente.

«Non posso concedervelo. Per il vostro bene» ribatté. «Dovete dimenticare il convento e rivolgere il pensiero solo al futuro che vi attende. Ora andate. Avete pochissimo tempo per prepararvi.» Poi, dopo una breve esitazione: «Se può esservi di conforto, vi è permesso di tenere il crocifisso. De Mill provvederà a esaudire il vostro desiderio. Vi prego, cara zia, ritiratevi e riposate».

«Cosa accadrebbe se il martirio che mi infliggete si rivelasse inutile e io non riuscissi a concepire un erede?» riuscì ancora a domandare suor Maria Veronica.

Un brivido di ribrezzo sembrò scuotere le spalle del sovrano.

«Orde fameliche di barbari invaderebbero il regno per spartirsene le spoglie, distruggendo al loro passaggio tutto ciò che la nostra famiglia ha costruito in oltre un secolo di storia. Le nostre genti maledirebbero il nome degli Altavilla per tutti gli anni a venire. Imploriamo Dio che non sia così, che il vostro grembo si riveli fertile. Preghiamo affinché, grazie a voi, gli Altavilla continuino a vivere, a regnare, a rendere prospera e benedetta questa terra.»

Costanza d'Altavilla si inchinò al suo sovrano e abbandonò la stanza.

Capitolo 3

Nella notte del primo dicembre 1185 cadde la prima, abbondante nevicata dell'inverno. In poche ore le campagne fra il Ticino e il Sesia furono ricoperte di una spessa coltre bianca, che trasformò il paesaggio circostante in una distesa piatta e uniforme, in cui era difficile distinguere i casolari, le strade, le rogge. Svettavano solo, in lontananza, i lunghi filari di pioppi, che costeggiavano le prode dei fossi e dei ruscelli o limitavano i confini dei campi. Una foschia umida e appiccicosa impacciava la vista e ovattava i rumori. Nell'aria gelida del primo mattino, fitte manciate di fiocchi bianchi si rincorrevano, sospinti da un vento teso di tramontana.

Enrico si era lasciato alle spalle Novara e procedeva in direzione di San Nazzaro, nei cui pressi era accampato suo padre, l'imperatore Federico Hohenstaufen dei conti di Svevia. Il principe non indossava né corazza né cotta di ferro ma solo spessi abiti di lana grezza. Un pesante mantello scuro gli avvolgeva completamente il corpo, la testa e parte del viso, lasciando scoperti solo gli occhi, due strette fessure di cui non si sarebbe potuto definire il colore. Guidava il cavallo al passo, sul terreno infido e scivoloso, usando solo la mano destra. Sopra il braccio sinistro, coperto da un guanto di cuoio rinforzato, erano posati gli artigli feroci del suo falcone preferito. Cavalcava da solo, precedendo il drappello di giovani cavalieri che lo scortavano, ai quali aveva proibito di rivolgergli la parola. Desiderava viaggiare in silenzio, covando il malumore: dagli incontri con l'imperatore non si attendeva altro che rimproveri, recriminazioni, litigi.

Fin da piccolo aveva imparato a convivere con la profonda avversione che il padre nutriva nei suoi confronti. Non aveva mai fatto mistero di preferirgli Federico, il figlio primogenito, che gli assomigliava come una goccia d'acqua e portava il suo stesso nome. Enrico, invece, aveva ereditato dalla madre tanto il fisico minuto quanto il carattere, chiuso, introverso, ombroso. I pedagoghi di corte si lamentavano anche del temperamento instabile e stravagante del principe, spesso incline a eccessi di crudeltà. I loro giudizi avevano accentuato nell'animo dell'imperatore il disprezzo per il secondogenito e lo avevano indotto a trascurarlo ancora di più, mantenendolo lontano da sé.

Le condizioni di salute del primogenito, però, erano peggiorate a tal punto da costringerlo a richiamare Enrico al suo fianco. Purtroppo, la frequentazione forzata non aveva migliorato i loro rapporti, né la considerazione che Federico nutriva nei confronti del figlio, che giudicava apatico, indolente e dissoluto.

Per questo non gli nascondeva la sua disapprovazione né gli lesinava le critiche, in parte spinto dal proprio carattere franco e impetuoso, in parte dall'illusione che i rimproveri servissero a scuoterlo. Enrico, da parte sua, provava nei confronti del padre sentimenti molto simili, che tuttavia non osava manifestare per soggezione e timidezza. Le loro riunioni si trasformavano quasi sempre in una sofferenza per entrambi.

Quando Enrico fu introdotto al cospetto dell'imperatore, questi era impegnato nella dettatura di una lettera al segretario, il quale si affannava per riuscire a tenere il ritmo. Federico percorreva lo spazio della tenda a grandi falcate, sfogando il malumore con imprecazioni che facevano arrossire lo scrivano.

«Ecco l'erede» apostrofò il figlio con sarcasmo. «Scompare per settimane senza dare alcuna notizia e, quando lo convoco a corte, ne lascia trascorrere un'altra prima di obbedire e presentarsi. Inchinati, al mio cospetto!» inveì, afferrandolo per la collottola e scaraventandolo a terra. «E adesso fuori!»

Trascorsero diverse ore, prima che Enrico fosse riammesso alla presenza del padre. Il segretario stava riordinando il materiale, mentre il servo aggiungeva ciocchi di legna nel braciere. A un cenno del sovrano, entrambi si inchinarono e uscirono.

Federico appariva più calmo.

«Le lettere al papa mi rendono sempre molto nervoso» affermò, a mo' di scusa.

Enrico non rispose. L'imperatore gli indicò una sedia.

«Il santo padre è furioso. Sta facendo fuoco e fiamme per impedirmi di realizzare ciò che desidero da quando sono asceso al trono dell'impero. Ma non riuscirà a fermarmi» esclamò compiaciuto, in attesa di una domanda che non venne.

«Non ti interessa sapere a quale progetto alludo?» domandò al figlio, frenando l'irritazione che già sentiva crepitare sotto la pelle.

«A quale progetto alludete?» cantilenò Enrico, in un tono accondiscendente e canzonatorio che il padre si sforzò di ignorare.

«Il regno dei normanni. Sta per cadere nelle nostre mani come un bel frutto maturo. Senza colpo ferire. La malattia di re Guglielmo si è aggravata. È possibile che non varchi la soglia del nuovo anno. E, come sai, non ha eredi.»

«Intende designarvi come successore?» lo interrogò Enrico, atteggiando le labbra sottili a una smorfia beffarda che Federico finse di non rilevare.

«In un certo senso» rispose pacato. «Guglielmo ha proclamato erede al trono sua zia, la principessa Costanza d'Altavilla. Puro sangue reale, figlia di Ruggero II, ultima erede vivente degli Altavilla. Diventerà tua moglie. Le nozze saranno celebrate entro un paio di mesi. Anche prima, mi auguro. Dunque, preparati.»

«Io, sposarmi?»

«Ovvio. Chi altro?»

«Posso almeno esprimere un'opinione?»

«No, è già tutto deciso. I matrimoni reali sono affari di stato, di competenza esclusiva dell'imperatore. È giunto per te il momento di assumerti le responsabilità connesse al tuo rango. Sei l'erede al trono. Assicurare la successione è il primo dovere di un sovrano. Mi aspetto che tu lo assolva nel migliore dei modi. La tua futura consorte ha quasi trentatré anni, dunque non è più giovane. Ma può ancora concepire, con l'aiuto del cielo. Sta a te fare in modo che ci riesca.»

«Trentatré anni? Ma potrebbe essere mia madre!»

«Sarà tua moglie, invece. Nient'altro che un ventre nel quale travaserai il seme, augurandoti che dia frutti. Non è nel letto coniugale che un sovrano deve cercare il piacere. Costanza d'Altavilla erediterà uno dei più bei regni d'Europa, motivo più che sufficiente per non badare alla sua età.»

Enrico balzò in piedi, con un gesto di fastidio.

«Non ricordo di averti dato il permesso di alzarti e voltarmi le spalle» lo rimproverò Federico, padroneggiando a fatica l'ira. Il principe tornò a sedersi, senza dissimulare il disappunto.

«Hai compreso bene quello che ti ho detto, Enrico?» lo interrogò l'imperatore, fissandolo con severità.

«Immagino di sì. Devo andare a letto con una vecchia e cercare di metterla incinta.»

Se avesse seguito la propria natura sanguigna e impetuosa, Federico avrebbe preso a schiaffi quel ragazzo insolente, l'avrebbe sollevato di peso e scaraventato fuori dalla tenda, nella neve, a schiarirsi le idèe. Più o meno in quel modo, infatti, si concludeva la maggior parte dei loro incontri. Ma la questione che stava affrontando era delicata e importante. Decise di avere pazienza.

«Ti proibisco di esprimerti con rozzezza. Costanza appartiene a una stirpe illustre, è una regina e diventerà un giorno imperatrice. Sei tenuto al più assoluto rispetto nei suoi confronti. Se ti può confortare, tuttavia, sappi che quando era giovane la fama della sua grande bellezza era risaputa in tutte le corti d'Europa. I suoi ritratti andavano a ruba, era corteggiata dal fior fiore delle teste coronate. Avrebbe potuto scegliere chiunque. È stata un'autentica follia da parte della sua famiglia consentirle di prendere il velo. Forse, nonostante l'età, la sua avvenenza potrebbe essere sopravvissuta. Spero di essere stato molto chiaro riguardo a quello che mi attendo da te.»

«Chiarissimo, padre. Farò del mio meglio, ve lo prometto.»

Il tono inaspettatamente misurato e rispettoso del figlio restituì il buon umore all'imperatore.

«Molto bene» replicò, con un sorriso. «Autorevoli informatori, fra i quali il primo cancelliere De Mill, mi assicurano che sua altezza reale è di indole molto docile e remissiva, plasmata dalla rigorosa disciplina della clausura. Questo è ciò che ci occorre: una sposa obbediente, mite, timorata di Dio, che privilegi la preghiera, il raccoglimento, la vita contemplativa e aborrisca le cure dello stato e l'esercizio del potere. Alla morte di re Guglielmo non ti costerà nessuna fatica estrometterla dal governo e regnare al suo posto.»

«Re Guglielmo è informato del nostro piano? Vi siete parlati?»

«Non direttamente. L'artefice dell'accordo è De Mill, che è anche il nostro migliore alleato alla corte normanna. Credo che il cancelliere abbia intuito le nostre vere intenzioni, sebbene finga di credere alla nostra buona fede. D'altro canto, il suo appoggio è stato remunerato con generosità: mi sono impegnato a mantenergli la carica di primo cancelliere, anche quando salirà al trono la nuova regina. Abbiamo anche accennato a un feudo per il nipote: ho promesso che faremo del nostro meglio. Quanto a re Guglielmo, è convinto che Costanza rimarrà, anche dopo il matrimonio, l'unica sovrana. Dopo la sua morte, il regno di Sicilia verrà trasmesso direttamente al figlio nato dalle vostre nozze. È molto importante che continui a fidarsi di noi. Altrimenti non avrebbe mai accordato il suo assenso. All'interno della corte vi è un partito di nobili molto influente, che avversa queste nozze, considerandole una trappola che priverà il regno della sua indipendenza e lo consegnerà nelle odiate mani dei tedeschi.»

«Hanno visto giusto.»

«Dobbiamo agire con prudenza, dunque, per non alimentare sospetti. Al momento opportuno spazzeremo via chiunque voglia schierarsi contro di noi. Anche per questo è di vitale importanza che Costanza abbandoni al più presto la corte e raggiunga suo marito. Un paio di mesi al massimo. Non voglio che si consolidi alcun legame tra la futura regina e il partito dei nostri oppositori. A proposito: sai la grande novità?»

«Un'altra, padre?»

Federico rise dell'uscita del figlio, battendogli una cordiale pacca sulla spalla. Enrico tardò un attimo a unirsi al buonumore del padre, troppo stupito che, per una volta, si mostrasse quasi affettuoso nei suoi confronti.

«Sì. E quasi altrettanto clamorosa. Indovineresti quale città, proprio questo pomeriggio, ha avanzato la propria candidatura come sede delle nozze?»

«Non tenetemi sulle spine.»

«Milano.»

«Milano? Insolenti! Come osano concepire una simile proposta? Dopo averci sollevato contro tutti i comuni lombardi e procurato un sacco di guai! Spero che abbiate risposto come meritano.»

«È quello che ho fatto» replicò Federico, gongolando alla prospettiva di cogliere ancora una volta di sorpresa il proprio interlocutore. «Ho dichiarato che accetto la loro offerta, anzi, che ne sono talmente lusingato da imporre a sua altezza reale un lungo viaggio nel freddo e nel gelo del nord, pur di accettare l'onore che Milano vuole tributare all'imperatore.»

«Questa è stata la vostra risposta?» insistette Enrico, incredulo. «Non capisco, padre. Poco è mancato che a Legnano ci lasciaste la vita. E tutto per colpa dei milanesi. Rimettere piede in quella città potrebbe essere rischioso. Senza contare che, a quanto mi riferiscono, Milano non è altro che una desolante distesa di rovine e macerie, anche se le autorità si stanno impegnando per ricostruirla. Il rumore delle seghe e dei martelli è assordante, i muratori sono all'opera in ogni quartiere. Tuttavia, credo che non potrebbero offrirci neppure un edificio abbastanza grande da ospitare una festa di nozze tanto solenne.»

«Infatti, il ricevimento si svolgerà all'aperto. I milanesi mi hanno promesso che allestiranno un immenso tendone di fronte al sagrato della loro basilica più antica, dove verranno celebrate le nozze. Ha bisogno anch'essa di restauri. Negli ultimi anni è stata adibita a granaio, dato che non esiste in città una superficie coperta altrettanto grande. Ma il console mi ha assicurato che i milanesi faticheranno giorno e notte per ripulirla e renderla perfetta per il grande giorno.»

«Avete detto che le nozze si terranno entro due mesi al massimo. Dunque saremo in gennaio. Milano è una città fredda e nebbiosa. Com'è possibile celebrare un banchetto di nozze sotto una tenda?»

«Berremo vino con i milanesi per scaldarci.»

«Ma la sposa non è avvezza alle temperature del nord. Soffrirà.»

«Sciocchezze. È bene che cominci ad abituarsi alla durezza dei nostri climi.»

«Non capisco perché concedere questo onore proprio a loro, dopo che vi hanno sconfitto e quasi ucciso in battaglia.»

«Proprio per questo. Perché sono gente fiera e coraggiosa. Degni avversari di un imperatore.»

Enrico appariva tutt'altro che convinto.

«Frastuono, impalcature, manovali affaccendati in ogni angolo della città: questo sarà il monotono spettacolo che offrirà Milano. Come commenterà la principessa d'Altavilla, abituata al lusso della corte normanna?»

«Dirà che i milanesi sono gente molto operosa.»

Capitolo 4

I giorni che precedettero la prima presentazione ufficiale di Costanza dinanzi ai nobili del regno come erede al trono dei normanni, furono per lei difficili e dolorosi, tormentati da dubbi, rimpianti e angosce per il futuro. Neppure la preghiera era riuscita ad assicurarle sollievo e conforto.

«Signore, inviami un segno della tua volontà» supplicava. «Se è tuo proposito servirti della mia umile persona per salvare il regno dei miei padri, allora io sono pronta. Ma è davvero questo il disegno che hai in serbo per la tua ancella? O io sarò dannata per averti rinnegato?»

Ma non erano giunte né la risposta di Dio, né la pace della coscienza o la rassegnata accettazione degli eventi.

La vecchia balia di corte, riammessa da Costanza al suo servizio, aveva trovato il coraggio di rimproverarla, recuperando il piglio deciso con cui le si rivolgeva quando era una bimba.

«È insensato macerarsi nella preghiera e nelle privazioni, vostra altezza. Dio segue i suoi tempi e, per ora, ha scelto di non parlarvi. Attendete di essere sposata e avrete un segno. Quando stringerete fra le braccia un bambino tutto vostro, carne della vostra carne, capirete che il Signore ha scelto proprio voi, l'unica donna della stirpe degli Altavilla, per salvare il trono normanno. E finalmente, colombella mia, benedirete quel destino che oggi vi rattrista tanto.»

Era stato come un balsamo sulle ferite, la speranza l'aveva un poco rasserenata. Le pareva ormai di amare quella creaturina invisibile come se già esistesse e attendesse solo di essere deposta nel suo ventre.

Era stata ancora la vecchia balia a infonderle la calma necessaria per affrontare i mille problemi pratici connessi con il nuovo ruolo e con l'approssimarsi dell'incontro solenne con i nobili, che tanto la intimoriva, dato che non aveva mai preso parte ai pomposi rituali di corte.

Insistette presso il sovrano affinché il cerimoniale venisse semplificato al massimo, gli abiti avessero una foggia molto dimessa e non le venissero imposti gioielli, che non avrebbe saputo indossare con la necessaria disinvoltura. Re Guglielmo acconsentì a malincuore, esortandola a superare gli impacci di una modestia lodevole in una suora ma disdicevole in una regina.

«Sono fiducioso che vi adopererete per recuperare in breve tempo la spigliatezza che si addice al vostro rango» l'ammonì. «D'altro canto, constato con piacere come i lunghi anni di mortificazione imposti dalla clausura non abbiano scalfito la vostra leggiadria e naturale grazia. In ogni caso, mi attendo che per il giorno della vostra incoronazione siate pronta a indossare il manto regale degli Altavilla, con tutta la dignità e la solennità che esso impone.»

Il mattino della cerimonia, la principessa Costanza d'Altavilla fece il suo ingresso nella sala del trono addobbata con grande sfarzo. La sobrietà dell'abbigliamento, così insolito in una regina, suscitò un mormorio di stupore fra i grandi del regno, i quali tradirono un attimo di esitazione – dopo quindici anni di lontananza dalla corte – prima di inchinarsi al suo passaggio. Costanza, consapevole di essere trapassata da mille sguardi, fece del suo meglio per vincere il disagio e simulare una spontaneità che era lontano dal provare. Fu grata a De Mill che prese la parola al posto suo, sollevandola da un ulteriore imbarazzo e concedendole qualche minuto per prepararsi ad affrontare i compiti che l'attendevano.

Concluso il discorso, il primo cancelliere convocò i grandi feudatari del regno, i quali, l'uno dopo l'altro, resero omaggio alla principessa e le presentarono atto di sottomissione.

Costanza si intrattenne brevemente con ciascuno di loro, desiderosa di fare buona impressione, di riallacciare vecchi rapporti, di imprimere nella mente le sembianze di ognuno.

Nel frattempo si chiedeva se fossero fondate le voci riportatele dalla balia, secondo le quali alcuni dei presenti erano in profondo disaccordo con le scelte del sovrano. Il primo cancelliere, interrogato da Costanza, aveva liquidato l'argomento con poche, sprezzanti battute.

«Sono pochi, altezza reale, e tutti molto ambiziosi.»

Tra coloro che le tributavano omaggio, si fece avanti anche il conte Matteo d'Aiello, di cui serbava un limpido ricordo. Il tempo non l'aveva cambiato: l'aria era sempre fiera, il fisico alto e asciutto, la barba e i capelli fluenti, solo più spruzzati di grigio.

«Mi rammento molto bene di voi, conte. Un tempo eravamo grandi amici.»

«Mi lusingate, altezza, ma la vostra benevolenza non mi dissuaderà dal manifestarvi con franchezza il mio dissenso» replicò il conte, con un'espressione severa sul volto.

«Sarò lieta di ascoltarvi. Parlate pure liberamente.»

«Le "nozze tedesche" sono una trappola, vostra altezza. Re Guglielmo si è lasciato abbindolare da De Mill e ha posto il regno in una condizione di grave pericolo. Corriamo il rischio di perdere la nostra indipendenza e di cadere sotto il dominio dello Svevo. Oggi sono qui per giurare fedeltà e lealtà a voi, Costanza. Al vostro servizio pongo le mie sostanze, l'onore e il prestigio della mia famiglia, per voi non esiterò a sacrificare la vita stessa. Ma siete disposta a fare altrettanto per difendere l'indipendenza del paese?»

«Conte Matteo d'Aiello,» replicò Costanza, tentando di soffocare il groviglio di emozioni a stento dominate fino a quel momento «le mie intenzioni sono pure e sincere. Ve lo giuro. Tuttavia, condivido le vostre perplessità. Dubito di essere la persona adatta a salvare il regno e la stirpe degli Altavilla, temo di non essere all'altezza del compito che il sovrano ha deciso di affidarmi. Mio nipote Tancredi, invece, è giovane, coraggioso e animato da nobili principi. Nelle sue mani, il regno sarebbe al sicuro. Per mia sfortuna, il re detesta persino che si adombri una simile eventualità. Forse, se voi mi appoggiaste, potremmo ancora...»

Costanza si interruppe, cogliendo l'occhiata diffidente che De Mill scoccò a Matteo D'Aiello.

«Gradirei incontrarvi ancora, conte, per continuare a chiacchierare» riprese, in tono più lieve. «Ci conosciamo da quando ero una bambina.»

«Sì, vostra altezza. Un tempo voi e mio figlio Ruggero eravate inseparabili.»

«Come sta Ruggero?»

«È qui, altezza, tra poco verrà introdotto alla vostra presenza. È ansioso di rivedervi. Serba di voi un ricordo molto affettuoso. D'altro canto, quale giovane non è stato a suo tempo catturato dalla vostra bellezza. Oh, perdonatemi, altezza, perdonate questo vecchio sventato. Non volevo farvi arrossire.»

«Non scusatevi, amico mio» lo incoraggiò Costanza. «Sapeste quanto desidererei avere al mio fianco delle persone leali, che mi aiutino e mi parlino con sincerità. Mi sento così sola, così angosciata al pensiero di deludervi tutti. Posso contare su di voi, conte Matteo, e su vostro figlio? Pensate che abbia serbato nel cuore l'amicizia che nutriva una volta per me, anche se oggi non possiedo più nulla della passata avvenenza?»

«Con il vostro permesso, questa è una vera menzogna, vostra altezza» ribatté il conte D'Aiello, assumendo di nuovo il piglio corrucciato. «Voi avete mantenuto intatta la beltà di un tempo. Anzi, ora che essa è matura, appare ancora più incantevole. Fidatevi delle parole del vice cancelliere del regno. Sulla mia amicizia potrete contare in qualsiasi circostanza. Quanto a mio figlio, desidera porgervi personale testimonianza della devozione assoluta che nutre per voi. Tuttavia, questo non attenua le nostre preoccupazioni sul futuro del regno. Saremo fedeli a Costanza d'Altavilla e accoglieremo come una benedizione dell'Altissimo l'erede che nascerà dal suo grembo. Ma se lo svevo pretendesse un giorno di invadere il paese con gli eserciti per imporci la tirannia, ci ribelleremmo, senza, per questo, considerarci dei traditori del giuramento prestato oggi nelle vostre mani. Non riconosceremo mai un re che non abbia il sangue degli Altavilla nelle vene.»

Il tono accorato di Matteo D'Aiello rattristò ancor di più Costanza.

«Come potrò impedirlo, conte? Mi sento così impreparata alle cose del mondo. Non comprendo perché Dio abbia deciso di addossare un compito così gravoso proprio a me.»

«Non sottovalutatevi, mia signora. Siete un'Altavilla. Se mai un giorno foste costretta a battervi, sareste stupita dalla tempra e dalla determinazione che scoprireste in voi.»

L'incontro fra Costanza e Ruggero d'Aiello fu dolce e commovente. A stento Costanza riconobbe nell'uomo che aveva di fronte il compagno di giochi di un tempo. Il corpo lungo e magro dell'adolescenza era diventato robusto e vigoroso, il portamento impacciato aveva acquistato padronanza, disinvoltura e un'eleganza naturale. La barba scura e piena conferiva al volto un'espressione grave, quasi minacciosa. Costanza ne sarebbe rimasta intimidita, se gli occhi, di un caldo color nocciola, non fossero rimasti immutati: vivi, acuti, accattivanti, con un guizzo ironico nello sguardo.

Ruggero, a sua volta, tentò di celare il turbamento dietro una scrupolosa osservanza dell'etichetta. Salutò Costanza con un rigido inchino e con un ossequio formale: «Vostra altezza reale...».

Alla vista dell'amico, Costanza soffocò un risolino spontaneo.

«Ruggero! Non vi riconosco più. Non rammentavo che foste un così rigoroso cultore del cerimoniale di corte. Finirete con l'incutermi soggezione. Vi prego di chiamarmi per nome, come avete sempre fatto. Tuttavia, come vostra regina, vi proibisco di prendere le lucertole per la coda e farmele dondolare davanti al naso. E anche di nascondermi gli scarafaggi nel piatto.»

«Confesso il primo reato. Quanto al secondo, non sono mai stato colto in flagrante» scherzò Ruggero, scoprendo il sorriso luminoso e cordiale.

«Non nutro alcun dubbio sulla vostra colpevolezza, però» replicò Costanza, grata al vecchio amico che le regalava il primo momento sereno, da quando aveva lasciato il convento. «Grazie per l'amicizia. Ho un disperato bisogno di poter contare su persone come voi. Giuratemi che il vostro aiuto non mi verrà mai meno.»

Ruggero si inginocchiò ai piedi della sovrana, le prese con delicatezza una mano fra le sue e chinò il capo, sfiorandola appena con le labbra. Una ridda di memorie, un viluppo di sentimenti, dolci e dolorosi insieme, si affollarono nella mente, un leggero tremito lo scosse al pensiero di essere accanto alla persona che negli ultimi anni più aveva rimpianto e desiderato. La voce divenne un bisbiglio appena percettibile riservato solo a lei, mentre gli occhi brillavano di un'emozione profonda.

«I miei sentimenti verso di voi sono gli stessi di un tempo. Nulla è mutato nel cuore. La mia vita vi appartiene, oggi come allora. Giuratemi che qualsiasi evento si verificasse, anche se dovessimo separarci ancora, non lo dimenticherete.»

«Non lo dimenticherò. Ve lo giuro.»

La cerimonia si avviava verso la lettura della formula di rito per bocca del vescovo e il giuramento di fedeltà da parte dei grandi feudatari del regno, genuflessi ai piedi della regina. Il silenzio era assoluto, il momento solenne. Costanza, seduta sull'antico trono dei re normanni, come imponeva la tradizione, sembrava assorta in preghiera, mentre aspettava che il vescovo prendesse la parola. All'improvviso, le si parò davanti un monaco, avvolto in uno scuro saio benedettino, cupo in volto, gli occhi cerchiati di rosso, come se volessero incenerire i presenti. Tutti gli sguardi si fermarono su di lui.

De Mill sussultò, riconoscendo Gualtieri di Palearia, l'inviato del papa. Credeva che fosse fuggito da Palermo, sentendosi braccato dai sicari e temendo per la vita. Invece era riapparso per sfidarlo ancora una volta e farsi pubblicamente beffe di lui. A quali invettive sarebbe ricorso per turbare la regina, impressionare i presenti, sfogare il rancore per la sconfitta subita? Senza esitare, fece cenno alle guardie di fermarlo. Gualtieri di Palearia, dal canto suo, ignorando la reazione di De Mill, si rivolse direttamente alla sovrana, gettandole un'occhiata carica di odio.

«Come osate pretendere giuramento dai vostri sudditi, Costanza d'Altavilla, voi che siete una ignobile spergiura!» proclamò con voce stentorea. «Avete rinnegato una promessa fatta a Dio e venduto l'anima a Satana, in cambio del lusso e del potere cui anela la vostra natura corrotta. Avete tradito la chiesa e il papa, siete divenuta strumento del demonio. Ma non compiacetevi della vostra impresa! Dio stesso punirà la vostra perfidia e sventerà il piano sacrilego di re Guglielmo, vostro nipote, e dell'imperatore Federico, due nemici della religione. Io, Gualtieri di Palearia, maledico il vostro ventre e vi annuncio, nel nome di Dio, che rimarrà per sempre sterile. Mai concepirete un figlio. La stirpe normanna e il regno che fu dei vostri avi periranno con voi, perché questa è la volontà di nostro Signore.»

Costanza non disse una parola. Con un cenno imperioso della mano, trattenne i soldati che si accingevano ad arrestare Gualtieri di Palearia.

«Vostra altezza, ve ne supplico, lasciate a me la responsabilità di quel miserabile individuo» le sussurrò De Mill.

«Nessuno tocchi l'inviato del papa» intimò Costanza, livida, esangue, incapace di dominare il tremito delle mani, ma con voce ferma e chiara, che impedì al cancelliere di replicare.

Gualtieri di Palearia fissò ancora una volta negli occhi la principessa, soddisfatto del pallore mortale che le vedeva impresso sul volto.

Poi, senza fretta, si allontanò indisturbato.

Capitolo 5

Il 27 gennaio 1186 Enrico si svegliò all'alba, sebbene la sera prima fosse andato a letto tardi, ubriaco. Si guardò intorno, passando in rassegna con fastidio la stanza che gli era stata assegnata dalle autorità milanesi in un'ala della basilica di Sant'Ambrogio. Era piccola e disadorna. L'unico mobile importante era il letto a baldacchino, dono degli artigiani milanesi alla coppia reale.

Il momento era giunto: quella sera stessa, proprio in quel letto, avrebbe dormito con Costanza d'Altavilla, una donna molto più vecchia di lui. Il pensiero lo fece rabbrividire. Non aveva mai avuto a che fare con donne di quell'età, non immaginava nemmeno quale aspetto fisico potessero avere. Forse i seni flaccidi, la bocca sdentata, l'alito sgradevole? In ogni caso, non aveva scampo: avrebbe dovuto adempiere al suo dovere di marito. L'imperatore era stato molto chiaro con lui.

E se con una vecchia non ci fosse riuscito? Quell'eventualità gli dava i brividi. Il padre lo avrebbe disprezzato per il resto dei suoi giorni. Non poteva neppure sperare che quella notte lo lasciassero da solo con la moglie. Di sicuro qualche attempata megera o forse i cancellieri dei due sovrani avrebbero assistito alla consumazione del matrimonio.

Sperava solo che Federico non pretendesse di presenziare di persona.

Questi pensieri non lo abbandonavano da giorni. La sera precedente, per placare l'angoscia, aveva bevuto troppo, sebbene il medico gli avesse spiegato che il vino sopisce gli ardori.

Si avvicinò alla finestra e guardò fuori. Una coltre lattiginosa e avvolgente si sollevava dal suolo in dense volute: impossibile vedere anche a pochi passi di distanza. Milano non si smentiva neppure in un'occasione così prestigiosa come le nozze dell'erede al trono dell'impero. Sogghignò, immaginando la reazione della principessa. Gli avevano detto che non si era mai allontanata da Palermo.

Il padre gli aveva imposto di recarsi ad accogliere la sposa e il suo corteo alle porte della città. Quanto al cerimoniere di corte, trincerandosi dietro gli ordini di sua maestà l'imperatore, gli aveva raccomandato di fare un bagno. *Puah*! Il cerimoniere era un vecchio finocchio profumato e lui se ne infischiava dei suoi consigli. Con quel freddo, l'idea di lavarsi non lo sfiorava nemmeno.

E se poi l'odore del suo corpo avesse disgustato la moglie? Fece spallucce. Quella faccenda avrebbe dovuto concludersi il più velocemente possibile. Non si sarebbe nemmeno svestito e avrebbe preteso che anche la sposa rimanesse ben celata sotto le coperte. Si chiese se, nonostante l'età, Costanza fosse ancora vergine.

Gettò all'aria le coltri, rabbrividendo. I postumi della sbornia si facevano sentire con un forte mal di testa e un pessimo sapore in bocca.

Il servo bussò con discrezione alla porta ed entrò, facendo un profondo inchino.

«L'acqua del bagno è pronta, vostra altezza.»

«Non serve. Aiutami a indossare gli abiti e poi ordina alla scorta d'onore di tenersi pronta. Partiremo fra pochi minuti.»

Il mattino delle nozze Costanza osservava stupita la spessa cortina di fumo bianco che avvolgeva le campagne circostanti e sembrava alzarsi dal terreno. Pur essendo inodore, penetrava nelle narici, nella gola e toglieva il respiro. Le sembrava di avvertire un senso di soffocamento, avvolta com'era in quella caligine, di cui non intravedeva né la fine né l'inizio. De Mill le aveva spiegato che si trattava di nebbia, un fenomeno molto frequente in quelle parti d'Italia. Avrebbe dovuto farci l'abitudine.

Il cancelliere l'aveva anche informata che i milanesi, nonostante i rigori del clima, si erano assiepati nelle vie della città fin dalla sera precedente per guadagnare un posto in prima fila e osservare da vicino il corteo nuziale. Colpita da tanto entusiasmo, aveva deciso di fare appello a tutte le sue forze, per non deluderli. Intendeva percorrere a piedi almeno una parte del tragitto per giungere in chiesa, il mantello appena appoggiato sulle spalle per non nascondere l'abito. Tra i capelli, un velo bianco e il diadema delle spose di casa Altavilla. Null'altro. Avrebbe tollerato la nebbia e il freddo, come faceva il popolo di Milano.

Nessuno riuscì a farle cambiare idea, né con le minacce né con le lusinghe.

«Date ascolto a me, colombella mia» la pregava la balia. «Nella lettiga starete molto meglio. Dove sta scritto che una regina debba sacrificare la salute per compiacere un branco di zotici? Loro sono abituati a queste temperature. Voi invece, siete delicata. Volete ammalarvi e trascorrere la prima notte di nozze tirando su con il naso?»

«Non intendo cambiare parere» rispondeva, ostinata. «I milanesi ammireranno la sposa come desiderano.»

Qualunque accenno alla prima notte di nozze metteva Costanza in un penoso imbarazzo. Nella reggia nessuno aveva ritenuto necessario fornirle spiegazioni, prepararla su cosa ci si attendeva da lei. Non aveva né un'amica né una parente con la quale confidarsi e non poteva certo interrogare i religiosi o i medici di corte. A volte si sorprendeva a origliare le battute maliziose delle serve, per cercare di capire quello che sarebbe accaduto, ma i loro accenni a certe difficoltà o a particolari dimensioni, che suscitavano scrosci di ilarità, le erano del tutto incomprensibili. A trentadue anni compiuti, come confessare a uno sposo tanto più giovane la sua completa inesperienza?

Quando la informarono che il corteo era pronto a mettersi in marcia verso le mura della città, chiese ancora un po' di tempo per placare l'agitazione che l'aveva assalita. Si raccolse in una preghiera alla Vergine Maria per domandarle la fermezza necessaria a seguire il proprio destino.

Guglielmo De Mill, preoccupato per il ritardo, insistette per essere ricevuto ma Costanza aveva ormai recuperato la padronanza di sé.

«Sono pronta, cancelliere. Possiamo incamminarci.»

I milanesi che avevano sfidato il gelo della notte per osservare da vicino la principessa e il corteo nuziale non si pentirono della decisione. Sfilarono cavalli arabi, elefanti, tigri. E poi cavalieri normanni, altissimi e biondi, schiere di guerrieri arabi dalla pelle scura o nera come l'ebano, una lunga scimitarra che pendeva dalla cintura. Quindici muli trasportavano il corredo della sposa e altrettanti i doni per l'imperatore e suo figlio.

Fra tante meraviglie, tuttavia, chi soprattutto conquistò i cuori del popolo, fu proprio lei, Costanza, la sposa normanna, come era stata prontamente ribattezzata.

Giunta al limitare delle mura, volle scendere dal carro e

proseguire a piedi, tra due ali di folla festosa che la ammirava incantata. Nei vicoli la principessa camminava talmente vicina alle persone che chiunque, allungando un braccio, avrebbe potuto sfiorarla. Procedeva sorridendo e rispondeva al saluto con cenni del capo o agitando la mano. Una bimba si staccò dalla folla per porgerle uno stento mazzolino di fiori di campo. Costanza lasciò avvicinare la piccola, accolse l'omaggio, la ringraziò e le fece una carezza sui capelli, sforzandosi di ignorarne lo sporco.

La gente si chiedeva stupita perché mai i sacerdoti mostrassero tanta acrimonia nei confronti della principessa, definendola «vecchia, spergiura, monaca smonacata, anima dannata». Come avrebbe potuto l'Altissimo infierire su una creatura così soave e angelica?

Costanza attraversò le strade della città accompagnata fino alla chiesa da un agitare di fazzoletti, grida di giubilo, applausi, fiori gettati al suo passaggio. Quell'affetto le scaldò il cuore e anche il corpo, sebbene il freddo penetrasse sotto il vestito di broccato e le mordesse le carni. Non si accorse invece di Enrico di Svevia, di cui De Mill aveva preannunciato la presenza alle porte della città, per porgerle il benvenuto e renderle omaggio.

Enrico aveva scelto di osservare da lontano, senza essere visto. Confuso tra i cavalieri della guardia d'onore incaricata di accogliere l'ospite, si dispose a spiare a distanza colei che sarebbe diventata sua moglie. Vide una donna più alta di lui, sottile come un giunco, che avanzava per le strade della città sfidando il freddo e conquistando il popolo grazie alla sua leggiadria e semplicità. Non poteva essere la promessa sposa: troppo giovane e bella. Forse per quella pubblica apparizione era stata prescelta una delle dame di compagnia della principessa, che, al contrario, se ne stava nascosta in una delle lettighe del seguito, sotto strati di pellicce. La corte normanna, evidentemente, desiderava fare buona impressione sui milanesi.

Ora che il momento fatidico era giunto, avrebbe voluto abbandonare la scorta e vagare da solo nelle campagne, sfogando l'astio che provava sul corpo di qualche contadina. Ma l'imperatore, che conosceva le stranezze del suo carattere, aveva predisposto una sorveglianza arcigna e implacabile. In quel giorno solenne, era vietata al principe qualunque iniziativa personale.

Ciò nonostante, quando il corteo giunse presso il sagrato della basilica, approfittando della confusione, Enrico abbandonò le guardie d'onore e si intrufolò in chiesa: non si sarebbe inchinato alla sposa né le avrebbe offerto il braccio per accompagnarla all'altare, come prevedeva il cerimoniale. Intendeva ritardare il più possibile il momento dell'incontro.

Gli invitati di maggior prestigio cominciarono a occupare il loro posto nelle prime file, mentre la sposa si preparava a fare il suo ingresso. L'imperatore, raggiunto il piccolo trono che gli era stato riservato, fulminò Enrico con uno sguardo torvo. Questi chinò lo sguardo, spaventato e furioso con se stesso: non sapeva spiegarsi quale forza misteriosa lo spingesse sempre a fare di testa sua, disattendendo gli ordini del padre e sfidandolo, se poi ne aveva paura. Non sarebbe stato più facile obbedirgli?

D'improvviso, un mormorio si levò dalla folla che gremiva ogni angolo della cattedrale. Tutti si alzarono in piedi, accalcandosi gli uni sugli altri. Qualche dama salì sulle panche, pur di non perdersi lo spettacolo: la sposa avanzava lungo la navata centrale, al braccio del cancelliere del regno, un signore piuttosto anziano, del quale il pubblico a malapena si avvide, giacché gli occhi di tutti erano appuntati su di lei.

Enrico la riconobbe: era proprio la dama che gli era parsa troppo bella e giovane per poter essere la sua futura moglie. Procedeva con una maestà degna di una vera regina, senza affettazione o arroganza. Al suo passaggio, un mormorio di ammirazione si levava dai presenti, i quali gettavano petali di rose sul tappeto color porpora che segnava il percorso fino all'altare.

Camminava con lentezza, lo sguardo rivolto verso un punto lontano, forse il grande crocifisso che pendeva dal soffitto, proprio sopra l'altare maggiore. Enrico attese che si avvicinasse, senza muovere un passo verso di lei. La principessa si era fermata davanti all'imperatore, ne accettava l'omaggio e glielo restituiva, accennando un inchino. Appariva molto pallida. Gli occhi erano di un azzurro intenso, i lineamenti del volto regolari e armoniosi. Costanza avanzò fino alla poltrona che il cerimoniere le indicava. Solo allora Enrico, sollecitato dallo sguardo imperioso del padre, si mosse e prese posto accanto a lei.

Si sentiva impreparato, indifeso. La dama al suo fianco non assomigliava affatto all'immagine che si era creato di lei, una donna vecchia e brutta. Come comportarsi? Non aveva esperienza di leggiadre damigelle, di innamoramenti, di corteggiamenti. Aveva sempre preferito semplici contadine sulle quali sfogare la fame del corpo senza rituali, convenevoli e insulse perdite di tempo. Violentarle gli procurava, assieme all'appagamento fisico, un senso di potere: erano in sua balìa, poteva disporre di loro a suo piacimento, persino ucciderle, come difatti a volte accadeva, perché questo lo rendeva finalmente carnefice e non vittima. La bellezza non lo interessava affatto, anzi la temeva: non voleva essere costretto a subire anche quella forma di tirannia.

Sentiva Costanza molto vicina a sé. Ne avvertiva la delicata fragranza. Forse aveva sbagliato a non fare il bagno quella mattina. Ma subito cambiò idea: stava forse già subendo il dominio di quella donna? Costanza non si era mai voltata a guardarlo. Gli offriva il profilo, l'aristocratica curva del naso, la piccola narice, le labbra ben disegnate, l'armoniosa rotondità del mento. Un contorno nitido, regolare, quanto mai gradevole. Sedeva sullo scranno con la schiena e il collo ben diritti, ma non rigidi, come se quella posizione fosse per lei abituale. Per contrasto, Enrico si accorse di sedere in modo scomposto, la schiena un poco ingobbita e le spalle abbandonate. Provò a raddrizzare il busto, ma non sapeva come atteggiare le braccia. Quelle di Costanza, invece, sembravano accompagnare in modo aggraziato le mani, posate con leggerezza sul grembo. Tutti i presenti avevano certamente notato che l'erede al trono dell'impero era più basso della principessa, che la figura e il portamento non erano altrettanto regali.

Fu assalito dal sospetto che, alla fine, sarebbe stata sua moglie a trovarlo goffo e ripugnante. Tanto peggio per lei, sogghignò, avrebbe dovuto assoggettarsi a lui in ogni caso. Il pensiero gli procurò una cinica soddisfazione: la dama al suo fianco, per quanto avvenente, grazie al matrimonio sarebbe caduta in suo potere, proprio come le contadine che violentava nei fienili.

Finalmente, si sentì più calmo. Almeno un problema, quello che lo rodeva da tanti giorni, non sarebbe esistito.

Se l'affetto del popolo di Milano aveva sorpreso e rallegrato Costanza, il primo impatto con Enrico di Svevia l'aveva delusa e umiliata. Non si era mai presentato a porgerle il benvenuto, né all'ingresso della città né sul sagrato della chiesa. Non l'aveva nemmeno accompagnata all'altare, come avrebbe imposto il cerimoniale concordato con fatica fra le cancellerie delle due parti. Nel corso della cerimonia, come durante il banchetto, non le aveva mai rivolto la parola, anzi, l'aveva trattata con sprezzante distacco.

Era notte fonda e l'euforia dei festeggiamenti non accennava a placarsi, quando l'imperatore, battendo con fragore le posate sui calici d'argento, cercò di richiamare l'attenzione degli ospiti che si ammassavano sotto il tendone e di imporre un momento di silenzio.

«Popolo di Milano,» esordì «vi ringrazio per la calorosa accoglienza e il fastoso banchetto nuziale, allestito in onore degli sposi. In futuro, ricorderò che il freddo intenso e un tendone all'aperto sono elementi indispensabili per la buona riuscita di una festa.»

Uno scroscio di risa e l'applauso dei presenti accompagnarono le sue parole.

«Tuttavia,» riprese, non appena il frastuono diminuì, «per la coppia reale è giunto il momento di salutarvi e congedarsi. Io credo, amici miei, che non possiamo permettere allo sposo di stancarsi eccessivamente... altre fatiche lo attendono» proseguì, sollecitando, con il sorriso malizioso e gli ammiccamenti, i commenti salaci e l'ilarità del pubblico. «E neppure possiamo consentire che esageri nel bere. Il vino, si sa, è spesso traditore, in certe faccende...»

Nuova pausa, mentre aumentavano gli ululati del pubblico.

«Che gli sposi si ritirino nella stanza nuziale. Vi prometto però che non li perderemo d'occhio. E quando questo giovane principe avrà adempiuto al suo dovere, faremo un brindisi in onore del nuovo erede al trono, che, se l'Onnipotente ci assiste, potrebbe iniziare il suo viaggio questa stessa notte!» Le ultime parole dell'imperatore si persero, soffocate dall'uragano di evviva della folla ubriaca.

Neppure Enrico le udì. Lo sguardo del padre gli aveva già intimato di accompagnare la sposa nella stanza nuziale e assolvere il compito che lo attendeva.

Enrico si avvicinò a Costanza e, per la prima volta, le rivolse la parola.

«Vi prego di seguirmi, signora.»

Costanza sfiorò a malapena con una mano il braccio che il marito le offriva e si incamminò, fendendo la folla.

Davanti alla porta della stanza nuziale, la attendevano Guglielmo De Mill e un paio di nobildonne siciliane, che facevano parte del seguito ma che conosceva a malapena.

De Mill, ostentando un atteggiamento imbarazzato per rispetto verso il pudore della principessa, le sfiorò con delicatezza un braccio e le sussurrò: «Ora, altezza, siete diventata la moglie del futuro imperatore. Questa condizione pone sulle vostre spalle enormi responsabilità e vi impone sacrifici altrettanto grandi. I sovrani non possono contare su una vita privata. Persino la loro intimità è regolata da un rigoroso cerimoniale che ne impone, in qualche caso, il controllo, soprattutto se è in gioco la nascita di un erede». De Mill strinse le labbra e trasse un rapido sospiro. «Cerco di prepararvi, altezza, al fatto che la consumazione del matrimonio non avverrà in privato, come sarebbe giusto. Le famiglie di entrambi gli sposi debbono avere certezza che accada. Ho chiesto e ottenuto dall'imperatore che questa esigenza sia soddisfatta con la maggiore discrezione possibile, nel rispetto della vostra verginale sensibilità. Saranno i due cancellieri, e dunque io stesso, i garanti presso l'imperatore e presso re Guglielmo della... regolarità dell'operazione. Vi vedo pallida, altezza, capisco quale pena vi sto infliggendo, conosco il vostro pudore...»

«Non è possibile agire in nessun altro modo?» domandò Costanza, con un filo di voce.

«Temo di no, altezza. Tuttavia, saremo molto discreti. Ora le dame di corte vi aiuteranno a svestirvi.»

«Non potrei essere assistita dalla balia? Non conosco queste signore.»

«Non è possibile, altezza. Il principe, vostro marito, potrebbe considerarlo un oltraggio.»

Le donne entrarono con Costanza nella stanza, la spogliarono e le fecero indossare un abito da notte. Quindi si ritirarono, lasciando dischiuso l'uscio, dietro il quale si trattennero in compagnia di De Mill e del cancelliere dell'imperatore.

Enrico rifiutò qualsiasi aiuto. Nel corso della giornata, il sospetto che sua moglie lo trovasse ripugnante, era diventato una certezza. Quella principessa altezzosa lo disprezzava e non si faceva scrupolo di dimostrarlo. Proprio come suo padre, come tutti. Almeno di lei, però, poteva vendicarsi.

Le scivolò accanto. Neppure a quel punto la sposa alzò lo sguardo. Enrico la sentiva tremare, il petto scosso da sussulti. Era terrorizzata, come le contadine che violentava nei fienili. Non restava che sollevarle le gonne, costringerla con le ginocchia ad aprire le gambe e penetrare con forza dentro di lei.

Proprio come aveva sempre fatto.

Capitolo 6

Costanza aprì la cesta di vimini e ne aspirò con avidità il profumo: arance della sua terra. Le erano arrivate per il compleanno, come sempre accadeva da quando viveva lontana. Un dono di Ruggero d'Aiello, il più prezioso e gradito fra tutti, perché le portava il profumo della Sicilia in quel lontano, desolato angolo di mondo in cui era costretta a vivere.

Remota e abbandonata: così le appariva la Germania. Un luogo cui non riusciva ad affezionarsi. L'anno appena trascorso era stato il trentanovesimo della sua vita, il sesto da quando aveva lasciato la sua isola e si era sposata.

Il figlio tanto agognato non era ancora giunto.

Due giorni prima, l'apparizione del sangue mestruale l'aveva disillusa ancora una volta. Si era trattato solo di un ritardo. L'ennesimo. Il medico personale aveva scosso la testa.

«Temo, maestà, che questo fenomeno tenderà a ripetersi con una frequenza sempre maggiore. Il punto è che...»

«Perché esitate? Ditemi tutto, ve ne prego.»

«Ecco, maestà. Voi siete di fragile costituzione, di salute delicata e questi climi del nord, ahimè, non vi giovano. Il flusso mestruale impone alla donna un grande dispendio di energie. Se queste scarseggiano, come nel vostro caso, la natura corre ai ripari e tende a rimuovere una delle cause di affaticamento del corpo. Inoltre, maestà, intorno ai quarant'anni, il ciclo mensile delle donne comincia a modificarsi per poi scomparire del tutto. Vi chiedo scusa, mia signora.»

«E perché mai? Ho trentanove anni, dunque non sono affatto lontana da quella soglia. Pensate che la mia età renderà più difficile un concepimento?»

«Certo non lo aiuterà. Ma non dovete abbattervi, né scoraggiarvi.»

La diagnosi del medico, al contrario, le aveva spezzato il cuore. La attendevano ancora molte delusioni, molti mesi durante i quali avrebbe pregato, sperato, pianto. Solo l'Altissimo conosceva quanto intenso fosse il desiderio di un figlio. Era divenuto l'unica ragione di vita, lo scopo che la spingeva a lottare, a non arrendersi, a trovare altre risorse nel proprio corpo affaticato.

Tutte le sofferenze patite in quegli anni sarebbero state vane, se non le fosse stato accordato il dono di una creatura. Non avrebbe potuto nemmeno offrirle al Signore per la salvezza della sua anima: agli occhi dell'Onnipotente, Costanza d'Altavilla altro non era che un'ignobile spergiura, una monaca smonacata, e Dio l'avrebbe punita rendendo sterile il suo ventre.

Così aveva detto l'inviato del papa. Non aveva mai dimenticato quelle accuse.

E ora la maledizione di Gualtieri di Palearia si stava avverando.

Perfino secondo la balia, Dio non le concedeva un figlio perché era adirato con lei.

Gli anni passati accanto al marito le erano sembrati secoli. Ogni mattina, al risveglio, si domandava come sarebbe giunta a sera. E la notte, quasi sempre, dopo quella prima volta, l'incubo si era ripetuto.

Enrico non la lasciava mai sola: pretendeva di essere seguito in tutte le peregrinazioni, da un punto all'altro dell'impero. Sembrava non poter fare a meno della propria vittima.

Silenzioso e crudele, infieriva sul suo corpo, proprio come la prima notte di nozze. A volte le metteva una mano sul viso e le serrava con forza la bocca. Il terrore che le suscitava, l'impossibilità di difendersi, gli conferivano un'espressione selvaggia di gioia. Costanza si domandava se nella mente di quell'uomo non si annidasse una vena di autentica follia che pareva essersi aggravata, dopo la morte improvvisa del padre Federico, l'unico che riuscisse a incutere soggezione al figlio, a frenarne, almeno in parte, l'indole crudele.

La violenza, il disprezzo erano l'unico linguaggio che Enrico adottasse non solo verso di lei ma anche verso il regno normanno e il suo popolo. Aveva imparato a nascondere al marito tutto ciò che le procurava piacere, sapendo che lui l'avrebbe preso subito in odio. Eppure aveva trovato la forza di reggere quello strazio, tanto grande era il desiderio di un bambino tutto suo. Voleva essere madre e, nonostante lo scetticismo dei medici e le maledizioni dell'inviato del papa, non aveva perso la speranza né la fiducia in Dio.

Del resto, un figlio rimaneva l'unica alternativa possibile per salvare il regno dei suoi padri. Una lettera di Matteo d'Aiello, da poco giunta, descriveva la situazione del paese con crudo realismo e apriva scenari tempestosi sul futuro:

«*Dalla morte del nostro sovrano e vostro nipote Guglielmo, viviamo nel presentimento di una terribile sciagura. Sono consapevole di infliggervi un dolore, mia signora, e vi prego di perdonarmi la schiettezza, ma l'assenza di un erede che abbia il sangue degli Altavilla nelle vene pone alcuni nobili del regno – coloro che hanno a cuore le sorti di questa terra tanto amata – nella condizione di non poter mantenere fede al giuramento a voi prestato. Ci è nota la brutalità di Enrico, la malvagità delle truppe tedesche, l'avidità insaziabile dei mercenari. Se gli permettessimo di cingere la corona del regno, diverrebbe il nostro carnefice. Per questo, maestà, se l'Onnipotente si rifiutasse di benedire le nozze con un figlio, noi, con profondo dolore, ci vedremmo costretti a offrire lo scettro all'unico Altavilla vivente, sebbene illegittimo e non di puro sangue reale: vostro nipote Tancredi. Vi chiedo perdono, ma preferisco che apprendiate direttamente dalle mie parole la reazione che vi attenderebbe in Italia, se vostro marito decidesse di scendervi per rivendicare un potere che non gli appartiene*».

La lettera l'aveva messa in grande agitazione. Non per se stessa: il regno sarebbe stato del tutto al sicuro nelle mani di Tancredi. Se re Guglielmo l'avesse compreso fin da subito e non avesse ceduto alla gelosia nei confronti del cugino o alle pressioni interessate dei consiglieri, ora, forse, la sua terra sarebbe salva e di Costanza d'Altavilla si sarebbe persa memoria.

Sul letto di morte, invece, il nipote non si era mostrato pentito delle proprie scelte.

«Dite a mia zia che invoco il suo perdono ma che non rimpiango la mia decisione. Lei sola, e nessun altro,» aveva ribadito «può salvare il regno di Sicilia dalla barbarie, generando dal suo grembo un erede al trono legittimo. Un vero Altavilla.»

La presenza di Enrico, invece, gettava livide ombre sul destino del paese. Conosceva troppo bene la natura crudele e dispotica dell'imperatore per ignorare che, in caso di ribellione alla sua autorità, si sarebbe vendicato mettendo a ferro e fuoco il regno e soffocando la rivolta nel sangue.

Si inginocchiò davanti al crocifisso. Non poteva fare altro per la sua gente, se non pregare Dio di concederle quel figlio che avrebbe potuto cambiare la storia del mondo.

Seduto al tavolo del suo studio, Enrico scorreva le missive provenienti da Palermo, inviategli da Guglielmo De Mill. Le notizie erano pessime: un numero ragguardevole di nobili si era lasciato sedurre dalle sciagurate teorie di Matteo d'Aiello, secondo il quale la mancanza di un erede metteva in grave pericolo l'indipendenza del regno. La rivolta serpeggiava. Le spie del cancelliere gli assicuravano che i ribelli avevano già offerto in gran segreto la corona a Tancredi il bastardo, sostenuto anche dal suocero, il fierissimo e temibile conte Tommaso di Acerra. Il papa alimentava le ragioni della protesta, assicurando l'appoggio ai congiurati.

Quelle informazioni avevano convinto Enrico a mettere in atto il suo progetto: abbandonare per qualche tempo la Germania e scendere in Italia. Dopo sei anni di tentennamenti, era giunto il momento di domare con pugno di ferro l'anarchia dei baroni del sud e imporre la propria autorità.

Avrebbe colto l'occasione anche per fermarsi a Roma, presso papa Celestino III, e ricevere dalle sue mani la corona imperiale: il sigillo ufficiale e solenne di un titolo che, di fatto, era già suo da quando, due anni prima, l'imperatore Federico era morto.

Enrico si abbandonò sulla sedia e socchiuse gli occhi. Ogni volta che ripensava alla fine che aveva fatto suo padre, non riusciva a reprimere un ghigno di rivincita: morto annegato nelle acque di uno sconosciuto fiume della Terra Santa. Lui, un nuotatore eccellente, imbattibile. L'incubo che lo aveva perseguitato per anni si era dissolto. Finalmente era padrone della sua vita. Ed ereditava un immenso potere.

Non provò neppure un'ombra di dispiacere: non lo aveva

mai amato. I loro rapporti erano sempre stati pessimi. Aveva sperato che la conquista del regno normanno – un sogno che si realizzava, grazie alla docilità con cui lui aveva accettato di sposare Costanza – rendesse il padre più affettuoso. In realtà, veder trascorrere i mesi senza che un erede giungesse, l'aveva reso ancora più irascibile e intemperante. Sembrava che incolpasse il figlio anche per quella mancanza.

Poi aveva trasferito il proprio livore su Costanza. Dopo la morte di re Guglielmo, l'unico che, nonostante le gravissime condizioni di salute, gli incutesse rispetto e lo frenasse dall'infierire sulla nuora, Federico si abbandonava a minacciosi commenti: «La ucciderò con queste mani, se non sarà in grado di darmi un erede in tempi brevi. Non permetterò che il papa trionfi su di me, che possa strapparmi la corona del regno di Sicilia!».

Da allora erano passati altri due anni. E l'erede non era giunto. Cosa avrebbe detto – o fatto – l'imperatore, se fosse stato ancora in vita?

Contrariamente alle sue abitudini, durante la campagna in Italia avrebbe preferito lasciare la moglie in Germania, per privarla della gioia di ritornare nella sua Sicilia che pullulava di amici e antichi spasimanti. Ma non poteva consentire che stesse lontana da lui nemmeno per pochi giorni. Non per gelosia, naturalmente – ripeteva a se stesso – e nemmeno per affetto, ma perché diffidava della sua moralità. Sospettava che Costanza conservasse nel proprio sangue tracce di quella dissolutezza propria della corte normanna, i cui sovrani, per la licenziosità dei costumi, si erano guadagnati il soprannome di "sultani battezzati". A differenza di tutti coloro che la frequentavano, lui non si lasciava ingannare dalla falsa modestia della consorte, dal suo atteggiamento virtuoso e pio. Costanza andava sorvegliata per impedire che si lasciasse trascinare dalla propria natura corrotta. Per questo non intendeva perderla d'occhio e pretendeva di essere accompagnato dappertutto, infischiandosi del parere dei medici che sconsigliavano ogni spostamento, ritenendolo nocivo per la delicata costituzione della sovrana.

Due settimane prima della partenza, dunque, le ordinò di prepararsi a seguirlo. Costanza accolse l'imposizione con immenso sollievo. Conoscendo la perfidia di Enrico, aveva temuto di dover restare in Germania.

«Il vostro regno pullula di traditori, signora» erano state le sferzanti parole dell'imperatore. «Dovrò ridurli all'obbedienza e impartire loro una lezione che li dissuada in futuro da qualunque velleità di rivolta. La vostra presenza al mio fianco sarà la conferma che approvate le decisioni che riterrò di adottare.»

Lei non aveva rinunciato a replicare, pur con il tono dimesso e mite che le era proprio.

«Con tutto il rispetto, maestà, sono io la regina del regno di Sicilia. Spetta a me governare e prendere decisioni.»

Le labbra dell'imperatore avevano accennato un freddo sorriso. «Capisco. Le vostre parole vanno forse interpretate come un tentativo di proteggere dalla mia ira i vostri amanti di gioventù?»

«No, mio signore. Solo come un modo per rammentarvi ciò che prevedevano gli accordi matrimoniali.»

«Se non vado errato, contemplavano anche la nascita di un erede al trono dell'impero e del regno di Sicilia: compito che fino a oggi avete disatteso e che, data la vostra età, non onorerete certo in futuro. Una donna vecchia e sterile quale voi siete costituisce solo un inutile impaccio per me e per l'impero. Farei bene a sbarazzarmi di voi. Vi consiglio, dunque, di non sfidare la mia pazienza: la vostra vita è appesa a un filo e dipende solo dal mio capriccio. Mostratevi docile e sottomessa, e soprattutto astenetevi dall'esprimere una vostra volontà. Fate in modo che io neppure mi accorga che ne abbiate una.»

Costanza aveva chinato lo sguardo, per non subire il ghigno beffardo del marito, che tanto detestava. Enrico, invece, era soddisfatto di averle inferto l'ennesima umiliazione, rinfacciandole la colpa della sua sterilità e facendola sentire debole e in sua completa balia. Sapeva, tuttavia, che il potere sarebbe durato solo fino a sera, quando il corpo di Costanza avrebbe di nuovo esercitato su di lui quell'incomprensibile attrazione che non riusciva a padroneggiare e che alimentava nella sua mente un cupo rancore. Si era sbarazzato della tirannia del padre, ormai defunto, per subirne un'altra, ancora più umiliante: il richiamo dei sensi esercitato dal corpo della moglie. Una donna vecchia e sterile.

Capitolo 7

Il cavaliere entrò al galoppo nel cortile antistante il palazzo dei duchi di Acerra.

«Un dispaccio urgente per l'inviato del papa» annunciò alle sentinelle. Smontò e proseguì a piedi la corsa verso l'edificio dove era radunata la grande assemblea.

Una spessa cortina di fumo avvolgeva il salone dalle ampie volte a crociera, dove da alcune ore i grandi feudatari del regno e gli ambasciatori delle principali città del Meridione d'Italia discutevano animatamente. Al centro sedeva Tancredi d'Altavilla, al suo fianco Gualtieri di Palearia.

La staffetta si fece largo tra la folla e consegnò il messaggio nelle mani dell'inviato del papa che ruppe il sigillo e ne scorse con rapidità il contenuto.

«Nobili del regno, signori ambasciatori, un momento di silenzio, prego» proclamò, alzando la mano per intimare la calma. «Ho nelle mani la conferma definitiva che Enrico di Svevia è in marcia verso l'Italia con un esercito poderoso. Le truppe hanno l'ordine di scendere verso sud il più velocemente possibile e invadere il regno normanno. Il sovrano, invece, farà una sosta a Roma con la moglie. Intende ricevere dalle mani di sua santità l'incoronazione ufficiale al trono dell'impero. Poi assumerà direttamente il comando delle operazioni.»

Un uragano di proteste accolse l'annuncio di Gualtieri di Palearia.

«A morte il tiranno! Cacciamo l'usurpatore! Viva il nuovo re, Tancredi d'Altavilla!»

Il legato del papa impose ancora una volta il silenzio.

«Miei signori, Tancredi non ha ancora sciolto i dubbi e accettato la corona che gli offrite da mesi. Io credo che sia giunto il momento di pretendere da lui una risposta definitiva e inequivocabile!» concluse con veemenza, scrutando in volto Tancredi e sollecitando con lo sguardo una risposta, di fronte a tutto l'uditorio. Dai presenti si levarono grida confuse e incitamenti.

«Non ci abbandonare! Viva il re!»

Tancredi si alzò dallo scranno. Nella sala si fece subito un grande silenzio.

«Signori, sono onorato per la vostra fiducia. La decisione è presa. Non vi lascerò soli nella lotta che ci attende. Diventerò "l'usurpatore", il re dei "ribelli", per usare le parole dell'imperatore. Ma combatteremo Enrico di Svevia, non Costanza d'Altavilla. Il proposito che ci unisce è difendere l'indipendenza del regno, per riconsegnarlo un giorno alla legittima sovrana. Ricoprirò questa carica solo per il tempo necessario a conseguire la vittoria. Assolto questo compito, sarà lei e lei sola a decidere sul futuro. Se siamo tutti d'accordo, io sono pronto.»

«Queste parole vi onorano, Tancredi» proclamò Matteo d'Aiello, confuso tra il gruppo dei nobili.

Dopo che si fu calmato l'entusiasmo e ricostituito l'ordine, Gualtieri di Palearia si alzò in piedi.

«Tancredi ha accettato la corona del regno di Sicilia. Ne siamo tutti orgogliosi e soddisfatti. Abbiamo finalmente un re che ci guida e ci rappresenta. Quanto al destino della sovrana, la questione sarà affrontata a tempo debito, dopo che avremo trionfato su Enrico. Non sarà Costanza, bensì il papa, e lui solo,» scandì, guardando con intenzione verso Tancredi «a decidere chi avrà la corona del regno normanno. A meno che il nuovo re non voglia essere annoverato nella schiera di quegli eretici, che rifiutano di riconoscere alla chiesa il possesso legale dell'Italia del sud, consegnata al papa dall'imperatore Costantino, al momento del trasferimento della capitale da Roma a Bisanzio, con una donazione ufficiale.»

«Il regno appartiene agli Altavilla da oltre un secolo» obiettò Tancredi con veemenza.

«Solo grazie al papa. Ai piedi di quale autorità si inginocchiarono Roberto e Ruggero per invocare la legittimazione delle conquiste ottenute sul campo di battaglia? Ciò che un giorno è stato dato, può essere tolto. Mi auguro che l'aspirante sovrano voglia tenere nel dovuto conto questo avvertimento» minacciò Gualtieri di Palearia, scuro in volto, mentre l'uditorio riprendeva a rumoreggiare, in segno di dissenso.

«Signori, vi prego» riprese in tono più pacato, cercando di sedare le proteste. «Vi ripeto che è prematuro occuparsi di simili questioni. Ora è più urgente contare le forze in campo. I nobili del regno e le delegazioni delle città si facciano avanti.»

Con malcelata soddisfazione, il legato del papa osservò la lunga fila di ambasciatori che attendevano di essere ricevuti dal re per comunicargli il proprio sostegno. I principali centri del sud, schierati tutti per Tancredi, gli giurarono fedeltà e promisero truppe, sollecitando favori e concessioni.

Napoli e Salerno, le città più potenti, cercarono di far pesare più delle altre il proprio appoggio, strappando al re privilegi e promesse di esenzioni dai tributi, in caso di vittoria.

«Farò del mio meglio per venire incontro alle esigenze dell'università,» aveva replicato Tancredi alla ambasceria salernitana «ma non in tempi brevi. L'impegno economico che mi chiedete è molto oneroso, soprattutto in un momento in cui le spese di guerra sono aumentate a dismisura. In ogni caso, ricordo anche a voi che ogni decisione dovrà essere ratificata a suo tempo dalla legittima sovrana» ribadì con testardaggine.

A quelle parole, Gualtieri non dissimulò un gesto di fastidio. Tancredi il bastardo lo deludeva. Voleva a tutti i costi apparire leale verso la famiglia Altavilla dalla quale aveva ricevuto solo torti e offese. Si dimostrava titubante, ingenuo e perfino vanesio: non sarebbe durato a lungo, sul trono. Una volta vinta la guerra, sarebbe stato facile sbarazzarsene. Anche Costanza d'Altavilla doveva sparire dalla scena politica. Fin tanto che fosse rimasta in vita, lui – Gualtieri di Palearia, ambasciatore di papa Celestino III – avrebbe avuto le mani legate e non sarebbe mai stato davvero padrone di quella parte d'Italia.

Detestava Costanza d'Altavilla. L'ottusa obbedienza con cui aveva subito le imposizioni di re Guglielmo aveva mandato all'aria il piano cui aveva lavorato per mesi, con infinita pazienza: convincere il re a destituire De Mill e affidare a lui la carica di primo cancelliere. Era stato a un passo dal successo. Se Costanza non si fosse messa di mezzo, alla morte del sovrano avrebbe avuto il controllo assoluto del regno normanno.

Ma avrebbe raggiunto ugualmente l'obiettivo. L'ascesa al trono di un re ossequioso e debole come Tancredi si sommava a un altro evento, da poco accaduto, quanto mai favorevole per le sue ambizioni: la morte improvvisa di Guglielmo De Mill, il più tenace e astuto fra gli oppositori del papa e del suo legato, l'alleato fedele e ben remunerato di Enrico di Svevia. Ormai, nessun ostacolo si frapponeva alla conquista della ambita carica.

Poi si sarebbe vendicato di Costanza. Aveva in mente un piano. Complesso, delicato e difficile. Ma bisognava tentare.

«Come mai l'Università di Salerno pretende dal sovrano altri privilegi?» chiese Gualtieri di Palearia al capo dell'ambasceria salernitana, non appena questi si fu congedato da Tancredi. «Mi dicono che sia già la migliore in campo medico. Sbaglio, forse?»

«No, eccellenza. Ma possiamo migliorare ancora. Con le esenzioni dai tributi che sollecitiamo al sovrano, potremmo permetterci di invitare i più grandi luminari al mondo. Questo richiamerebbe molti altri studenti e incrementerebbe il benessere per la città.»

«Perché l'imperatrice Costanza non ha mai interpellato un'università erudita e famosa come la vostra, per curare la sterilità che l'affligge?»

«Non saprei, eccellenza» replicò l'ambasciatore, imbarazzato da tanta rude franchezza. «Sua maestà commette un errore. L'efficacia delle nostre acque termali è nota da secoli. È un vero peccato che l'imperatrice non ci abbia onorato della sua fiducia. Certo, non possiamo sperare che questo accada ora, visto che abbiamo scelto di schierarci per Tancredi.»

«Chi lo sa?» replicò Gualtieri, con fare misterioso. «Forse posso perorare la vostra causa e tentare di ottenere le esenzioni che avete chiesto al sovrano. Ma voi dovete meritarvi questo premio.»

«Consideriamo un onore obbedire agli ordini di vostra eccellenza.»

«Ho in mente un progetto. Piuttosto rischioso. Per qualche tempo dovrete fingere di essere rimasti fedeli alla legittima sovrana, contro Tancredi. Getterete la maschera solo quando ve lo ordinerò io.»

«È davvero pericoloso» obiettò l'ambasciatore, scuotendo il capo. «Potrebbe esporci a rappresaglie. Quale sarebbe lo scopo di questa messinscena?»

«Imprigionare l'imperatrice Costanza.»

L'ambasciatore strabuzzò gli occhi.

«Re Tancredi è al corrente del vostro piano?»

«Lo informeremo più avanti, ma non sveleremo il vero scopo della cattura dell'imperatrice. Gli diremo che è l'unico modo per proteggerla da vendette o ricatti del marito.»

«Non è così, invece?»

«Non siate ingenuo. Se davvero vogliamo spianare a Tancredi la strada del trono, c'è un solo mezzo...»

«Il re non accetterà mai che si faccia del male a sua zia. L'avete sentito anche voi.»

«Per questo lo terremo all'oscuro. E poi, non saremo certo noi a compiere un assassinio.»

«Chi se ne incaricherà?»

«La plebe di Salerno.»

Costanza abbracciò con un ultimo sguardo il Duomo, nel quale si era recata a pregare. Lo vedeva per la prima volta: il suo avo Roberto l'aveva fatto costruire un secolo addietro, nello stile grandioso e imponente che gli Altavilla prediligevano. Poi chiese che la guidassero nel punto più alto della città, per ammirare lo spettacolo del golfo e delle coste. La loro bellezza le mozzò il respiro e le colmò il cuore di gratitudine. L'Italia del sud si mostrava alla sovrana nei colori più amati: il blu del cielo e del mare gareggiava con l'oro del sole e delle spighe mature. E poi il verde argentato degli ulivi, quello più deciso dei limoni e degli aranci, i mille colori dei fiori. Terrazze coltivate a vigneti e a frutteti si alternavano sulle pendici dei monti, che terminavano a strapiombo nel mare, con aspri contrafforti rocciosi o si ammorbidivano in piccole spiagge sabbiose, appena accarezzate da acque di un azzurro limpidissimo e trasparente.

Si crogiolò in quel tepore caldo e luminoso che le mancava da lunghi anni. Ringraziò il Signore per quel dono e ancor di più per la fortunata coincidenza che le aveva consentito, per la prima volta da quando era sposata, di allontanarsi dal marito e soggiornare da sola a Salerno.

L'occasione si era presentata nel corso dell'incoronazione ufficiale di Enrico al trono dell'impero, avvenuta a Roma, alla presenza del papa. Tra le numerose delegazioni giunte da ogni angolo del mondo per rendergli omaggio, si era fatta avanti anche quella inviata dalla città di Salerno, l'unica nel regno di Sicilia a essersi dichiarata fedele alla legittima sovrana e contraria a Tancredi. Un alleato quanto mai prezioso, al quale Enrico intendeva riservare ogni riguardo.

Dopo il saluto di rito, gli ambasciatori avevano invitato la regina a trattenersi a Salerno durante la lontananza dell'imperatore, impegnato nella punizione delle città ribelli del regno di Sicilia.

«Vostra maestà saprà di certo che l'Università di Salerno è la più famosa al mondo in campo medico» aveva affermato il rettore, gonfiando il petto d'orgoglio. «Per non parlare delle nostre acque termali, utilissime per curare i problemi che... affliggono la regina.»

Enrico aveva maledetto tra sé le sue spie che non lo avevano informato delle intenzioni dei salernitani. Ora sarebbe stato arduo cavarsi d'impaccio. Era impensabile respingere una così nobile offerta e oltraggiare Salerno con un rifiuto, rischiando di consegnarla al nemico. Così si era visto costretto ad abbandonare la moglie nelle mani dei salernitani e a partire alla volta di Napoli, dove l'assedio alla città si stava concludendo in uno sterminio dei suoi uomini, falciati a centinaia da una epidemia di peste.

Costanza, dunque, si era trasferita fiduciosa a Salerno, dove, seguendo le indicazioni degli illustri professori dell'università, trascorreva il tempo riposando, giovandosi del clima e bagnandosi nelle acque termali.

Si sentiva così bene che aveva quasi dimenticato l'esistenza di Gualtieri di Palearia.

Enrico scacciò con fastidio una mosca che gli ronzava intorno con insistenza. Detestava quei miserabili paesi del sud d'Italia, soffocati dal caldo, dagli insetti, dal sole accecante, dal fetore. Quello che stava accadendo, glieli rendeva ancora più invisi. La sorte gli era stata quanto mai avversa e la spedizione che, nei suoi auspici, doveva essere poco meno di una trionfale passeggiata, si stava rivelando un'impresa costosa e disperata. Aveva commesso ingenuità ed errori di valutazione, forse per inesperienza. Ma perché quegli inetti dei suoi consiglieri non gli avevano aperto gli occhi di fronte alle difficoltà dell'iniziativa?

Con un moto di stizza scagliò lontano il vino ormai caldo che rimaneva nella coppa.

Sapeva bene perché tutti avevano taciuto, anche se gli seccava ammetterlo.

Il più anziano e autorevole di loro, Ghebardo di Arnstein, lo aveva messo in guardia in modo molto chiaro, al cospetto di tutto il consiglio della corona.

«Avete riflettuto a sufficienza, sire, sui problemi da affrontare durante una campagna militare in una terra ostile e molto distante dalla Germania?» aveva chiesto, in tono accusatorio. «Come pensate di rifornire le vostre truppe? Ritenete forse che depredare e confiscare basterà a sfamare migliaia di uomini? Che il nemico permetterà alle nostre navi di attraccare nei porti, senza contrastarle? Non illudetevi di poter concludere la guerra in fretta: le città del sud Italia non accetteranno battaglie campali, come voi auspicate. Si fortificheranno in difesa e vi costringeranno a lunghi ed estenuanti assedi, dove sperpererete fiumi di danaro. Un'impresa come questa richiede una preparazione molto efficace. Bisogna spezzare il fronte degli avversari, quando si combatte nella loro terra.»

Non contento, aveva scrollato le spalle.

«È un errore, un grave errore» aveva aggiunto. «Vostro padre non l'avrebbe mai commesso. Siete ancora molto inesperto.»

Quell'allusione l'aveva offeso, ferito nell'orgoglio. E aveva segnato la condanna a morte dell'anziano Ghebardo, che forse confidava troppo nella propria vecchiaia, nei lunghi anni di militanza al servizio di Federico e nella stima che si era guadagnato.

«Siete un codardo» gli aveva risposto, controllando a mala pena il furore. «È giunto per voi il momento di seguire nel riposo eterno l'imperatore Federico che tanto mostrate di rimpiangere.»

Accusato di tradimento, Ghebardo di Arnstein era stato condannato a morte.

Enrico rimpiangeva di essere stato impulsivo: avrebbe dovuto dare ascolto ai consigli di un valoroso comandante di tante battaglie. Ora la sua esperienza gli sarebbe stata preziosa, per uscire dalla complicata situazione in cui si trovava. Come ammettere agli occhi del mondo che le armate imperiali erano state sconfitte da un pugno di baroni ribelli?

«Corrado, quali notizie mi portate dalla Germania?» chiese ansioso Enrico di Svevia, dopo aver ammesso alla sua presenza Corrado di Urslighen, uno dei più fidati collaboratori.

«Maestà, la vostra presenza è indispensabile al nord. Vi confermo le informazioni preannunciatevi per lettera. Vostro cugino Guelfo, duca di Baviera, è nuovamente sul piede di guerra e rifiuta di riconoscere il vostro diritto al titolo di imperatore, che reclama per sé. Approfittando della vostra assenza, sta attirando dalla sua parte il conte di Sassonia. Intende convocare una dieta dei grandi elettori a Brema e far proclamare la deposizione dal trono della casa di Svevia. Sostiene che l'impero non è sicuro nelle vostre mani poiché...»

«Parlate pure con libertà, conte di Urslighen. Guelfo mi reputa forse un inetto? Ritiene che non sia all'altezza di mio padre? Oppure mi stanno gettando la croce addosso per via di questa maledetta campagna in Italia?»

«Non posso negare che lo sfavorevole andamento delle operazioni militari stia destando in Germania una grande ostilità. Ci si attendeva che domaste la rivolta in brevissimo tempo, considerata l'imponenza dell'esercito a vostra disposizione. Il duca di Baviera ha buon gioco nell'accusarvi di sperperare invano risorse preziose. Per di più, maestà...» il conte di Urslighen si interruppe, rivolgendo all'imperatore un imbarazzato inchino, quasi per discolparsi in anticipo di ciò che stava per dire «non ci sono eredi. E non ce ne saranno in futuro, vista l'età dell'imperatrice. Secondo vostro cugino, l'impero rischia una grave crisi, nel caso di...»

«Di una mia morte prematura, è questo che intendete, Corrado?»

«Sì, maestà. Mi dispiace.»

«Non ho dubbi che mio cugino farebbe di tutto per accelerare questa eventualità.»

«Guelfo sostiene che il titolo imperiale debba essere sottratto agli Svevi e restituito ai duchi di Baviera, che in passato ne sono stati ingiustamente defraudati.»

«Ingiustamente defraudati! Gli Hohenstaufen hanno conquistato il titolo sul campo di battaglia. Se mio cugino desidera un'altra dura lezione, l'avrà.»

«Concordo, sire. Ma le tesi propugnate da Guelfo sembra trovino sostenitori. Quando si diffonderà la notizia che il potente feudatario di Sassonia le appoggia, temo che anche altri fra i grandi elettori possano seguirlo. Il fronte dei vostri oppositori si amplierebbe.»

«Cosa suggerite, dunque, Corrado?»

Il conte di Urslighen esitò, memore della triste sorte che l'imperatore riservava a chi dissentiva dalle sue idee e commetteva l'ingenuità di confessarlo.

Enrico gli lesse nel pensiero.

«Non abbiate timore, Corrado» lo esortò, in un insolito tono mesto. «Non commetterò per la seconda volta un tragico errore, come è accaduto per Ghebardo. Dio sa se non mi sono pentito della mia impulsività.»

«A essere sincero, maestà,» riprese Corrado, rinfrancato «penso che dovreste abbandonare l'Italia e ritornare senza indugio in Germania. Solo se marcerete alla testa dei vostri eserciti, sarà possibile sventare la congiura che si sta tramando contro di voi. La notizia di un vostro imminente ritorno coglierebbe di sorpresa i duchi di Baviera e Sassonia e potrebbe indurli a desistere dai loro propositi.»

«Secondo voi dovrei abbandonare l'Italia e fuggire? Darmi per vinto di fronte a una miserabile accozzaglia di traditori?»

«Non parlerei di fuga, maestà. Anzi, le notizie che giungono dalla Germania vi offrono una eccellente opportunità per uscire a testa alta da questa posizione di stallo. Annuncerete ai ribelli che siete costretto ad abbandonare la campagna in Italia a causa delle difficoltà nel vostro paese. Apparirà chiaro che per voi l'impero riveste una importanza maggiore del regno di Sicilia. Per questa volta si salveranno solo grazie a una circostanza favorevole. Ma stiano certi che la vendetta nei loro confronti è solo rinviata. Se saranno astuti, useranno questa tregua per arrendersi e riconoscere la vostra autorità. Sarebbe anche opportuno privare i nobili fedeli agli Altavilla dei loro diritti, affidandone i feudi a uomini di vostra fiducia. In tal modo, potreste esercitare un controllo molto più efficace su tutto il territorio del regno.»

«Rifletterò sul suggerimento, conte. Nel frattempo, vi informo che sarete proprio voi il primo feudatario di nomina imperiale in Italia. Da questo momento, aggiungerete al titolo che già possedete quello di conte di Spoleto. Vi trasferirete in Italia con la vostra famiglia e sarete i miei occhi e le mie orecchie in questa parte dell'impero. Intendo inoltre assegnarvi una missione urgente e delicata: vi recherete a Salerno al comando di un contingente armato per scortare l'imperatrice alla mia presenza. Partirò non appena lei sarà al sicuro. Non mi fido di questa gente, neppure quando si professano nostri alleati. Preparatevi, conte di Spoleto.»

Uscito Corrado di Urslighen, Enrico aprì un cassetto del forziere e ne trasse una lettera. Proveniva da un collegio di medici salernitani, che lui stesso aveva interpellato per sapere se una donna oltre i quarant'anni fosse ancora in grado di concepire.

Il responso era stato conciso e inequivocabile: esisteva una possibilità, ma così esile da doversi ritenere inesistente.

Enrico rigirò più volte il plico fra le mani. Poi lo appallottolò e lo gettò nel braciere, attardandosi a fissare le fiamme, la mente assorta in un silenzioso e torvo soliloquio.

Quale arcana malia lo aveva reso schiavo di quella donna? Era l'appagamento del corpo ad attrarlo, o la docilità e la paziente rassegnazione con cui Costanza subiva le sue angherie? Quale occulto potere lo soggiogava e gli impediva di sbarazzarsi di lei, tanto che la lontananza lo lacerava con spasmi dolorosi di gelosia?

Era vittima di un sortilegio, del sangue corrotto degli Altavilla. Non esisteva altra spiegazione. Dietro il volto angelico della moglie, si nascondeva in realtà una strega ammaliatrice, che lo dominava con arti demoniache. Se voleva tornare libero, doveva sbarazzarsi di lei, infliggerle una morte atroce. Solo così si sarebbe vendicato di quella terribile e soffocante tirannia.

Mio carissimo Ruggero,
questa lettera non vi raggiungerà mai. La scrivo perché, anche solo immaginare di parlare con voi, mi è di grande conforto. Fingo che siate qui, seduto di fronte a me. E che chiacchieriamo da buoni amici, raccontandoci qualunque segreto, anche il più riposto o scabroso. Come facevamo da bambini, quando non bisticciavamo. Non ho mai dimenticato quel tempo, Ruggero. Il ricordo è per me come una sorgente d'acqua pura e fresca, alla quale attingo quando sono troppo sola e assetata d'affetto. Così come è dolce e confortante la consapevolezza che anche nel vostro cuore nulla è mutato e l'antica amicizia per la vostra compagna di giochi è rimasta intatta.

Mi sento molto in colpa, sapete?

Da quando vivo da sola, a Salerno, la vita scorre così tranquilla, da illudermi che la guerra fra i miei sudditi e l'imperatore non esista. Ho ritrovato quella pace interiore che non provavo più dai tempi del convento. Dormo sonni calmi e profondi. Per la prima volta, da quando mi sono sposata. Persino i continui problemi di salute che mi affliggevano in Germania, sembrano aver concesso una tregua. Nemmeno il pessimismo dei medici curanti riesce a demoralizzarmi, tutti illustri professori dell'università. So bene che i loro responsi non sono incoraggianti: scuotono la testa, quando pensano che io non li veda, rispondono in modo imbarazzato ed evasivo alle mie domande, mi spiegano che, in linea teorica, il concepimento non è del tutto impossibile, anche se l'età non lo aiuta.

Vi imbarazza, Ruggero, la mia franchezza? Ma ho imparato che per un sovrano non esiste intimità, pudore, riservatezza. Della mia sterilità, parla il mondo intero. Molti la maledicono, altri se ne rallegrano, pronti a scatenare conflitti sanguinosi per spartirsi il bottino.

Forse sbaglio a illudermi, a sperare ancora. Il mio fisico continua a essere macilento, fragile. Troppo, secondo i medici. Se pure riuscissi a concepire, si domandano, avrei la forza di portare a termine la gravidanza? E partorire, alla mia età?

«A ben vedere, è molto meglio così» mi dicono, pensando in questo modo di confortarmi. «L'Altissimo, nella sua infinita saggezza, sa bene che, donandovi la gioia di un figlio, vi esporrebbe al sacrificio della vita.»

Ma cosa c'è di più nobile, di una madre che sacrifica la vita, per donarla al proprio bambino? Così facendo, adempie la missione per la quale è stata inviata su questa terra. Non ha più necessità di continuare a vivere.

Desidero essere madre, Ruggero. È l'unica ragione per la quale mi ostino a vivere. Mi affido all'esile possibilità che i medici ancora adombrano. E a Dio. Nulla è irrealizzabile alla sua potenza. Tanto più ora che mi sento così rinfrancata, serena, circondata di...

Costanza si interruppe, balzando sulla sedia. Impiegò alcuni istanti a comprendere che i violenti colpi che avevano squarciato il silenzio della notte provenivano proprio dall'ingresso del suo appartamento. Qualcuno stava cercando di forzarlo. Udì le grida concitate delle serve.

Ebbe solo il tempo di accartocciare il biglietto che stava

scrivendo e gettarlo nel fuoco, prima che la porta della stanza cedesse e al suo cospetto apparisse Gualtieri di Palearia, seguito da una schiera di soldati e da quegli stessi nobili salernitani che, fino alla sera prima, si prostravano ai piedi della regina.

Costanza riconobbe subito il frate che il giorno della sua incoronazione l'aveva aggredita con discorsi minacciosi, davanti a tutta l'assemblea del regno. Il ghigno, l'aria truce, gli occhi sprezzanti non erano mutati.

Gualtieri di Palearia, senza dire una parola, si precipitò verso il camino e, con l'aiuto di un attizzatoio, tolse la lettera dalle fiamme, prima che bruciasse del tutto. Con un lembo della tunica la ripulì alla bell'e meglio.

«Un vero peccato che sia così danneggiata» commentò, senza accennare nemmeno un saluto o un semplice inchino. «La terrò io, se non vi dispiace...»

«Come preferite» rispose Costanza, con molta calma. «Ma non contiene nulla di compromettente. Non vi servirà.»

«Il mio intuito è infallibile e so guardare lontano. Ricordate la profezia? Si è avverata, Costanza D'Altavilla» replicò, in tono di gelido trionfo, tralasciando di rivolgersi a lei con il titolo regale. «Dio ha maledetto il vostro ventre di spergiura, condannandovi alla sterilità per aver rinnegato un voto indissolubile. E oggi vi punisce per aver venduto il regno dei vostri padri a uno straniero, accecata dalla lussuria, dalla smania di potere. Da questo momento, siete prigioniera della città di Salerno, accusata di alto tradimento.»

«Vi sbagliate» ribatté Costanza, sforzandosi di imprimere dignità e vigore alle parole. «Il popolo salernitano mi è rimasto fedele.»

«Menzogne. Vi è stata tesa una trappola, nella quale siete caduta con ingenuità, insieme all'imperatore. Ora saranno i salernitani, a decidere della vostra sorte. A migliaia si stanno ammassando davanti alla residenza. Sentite questo brontolio sordo? La plebe reclama la vostra pelle.»

«Implorerò Dio affinché accolga la mia anima e mi infonda la forza di morire con dignità.»

«Il Signore non esaudirà neppure questa supplica, come vi ha negato la gioia della maternità, condannandovi a vivere la vita terrena alla stregua di un'inutile pianta, che non ha prodotto alcun frutto. L'Onnipotente non vi ama, e voi brucerete nel profondo dell'inferno.»

Costanza provò una fitta d'angoscia nel petto. La voce, tuttavia, si mantenne pacata e ferma.

«Il padre celeste sa leggere nel cuore degli uomini, come voi non sapete e non potete fare. Lasciate che sia lui, a decidere la mia sorte.»

«Sarà la plebe di Salerno, a decretare la vostra fine. Affacciatevi alla finestra e guardate con i vostri occhi.»

«L'imperatore è informato del tradimento dell'alleato e della mia condizione di pericolo?»

«Non contate su di lui. Non verrà a salvarvi. Il suo messaggero, Corrado di Urslighen, non è stato giustiziato solo perché possa tornare a riferirgli ciò che ha visto con i suoi occhi: la moglie prigioniera, i soldati tedeschi uccisi. A Enrico non resta che fuggire dall'Italia, il più rapidamente possibile.»

Costanza voltò le spalle a Gualtieri di Palearia e si inginocchiò ai piedi del crocifisso, appeso sopra il letto, dal quale non si separava mai. Rivolse lo sguardo a Dio e pregò.

«Io sono l'ancella del Signore. Sia fatto di me, secondo la tua volontà.»

Capitolo 8

Costanza d'Altavilla venne tratta in salvo dagli uomini di Tancredi, incaricati di sorvegliare le mosse di Gualtieri di Palearia, del quale il re diffidava. Con grande tempestività, avevano informato il sovrano del pericolo in cui versava l'imperatrice, prigioniera del popolo salernitano.

Tancredi aveva inviato alcuni suoi emissari per imporre la consegna del prezioso ostaggio, del quale intendeva decidere di persona la sorte. Sfidando le ire di Gualtieri di Palearia, le autorità salernitane avevano obbedito. Tancredi aveva fatto scortare la zia nella reggia di Palermo, dove era stata trattata con ogni onore e riguardo, ottenendo il plauso della maggior parte dei nobili. Solo una minoranza avrebbe preferito sbarazzarsi della regina, la cui sopravvivenza indeboliva ancor di più la fragile posizione di Tancredi e procurava al regno ulteriori fastidi e pericoli.

Enrico di Svevia, infatti, cui già bruciava aver dovuto abbandonare la campagna d'Italia, considerò un'offesa al suo prestigio che "l'usurpatore e i ribelli" osassero tenere in ostaggio l'imperatrice. Per questo protestò presso tutte le corti d'Europa, invocando persino l'intercessione del papa.

Per qualche tempo sua santità fece orecchie da mercante. Il vuoto di potere sul trono normanno costituiva per lui un notevole vantaggio, in quanto gli consentiva di esercitare, attraverso il suo energico legato, un potere pressoché assoluto sul Meridione d'Italia. D'altro canto, papa Celestino III se ne considerava già il legittimo proprietario.

Costanza stessa comprendeva con chiarezza che la sua scomparsa avrebbe rafforzato la posizione di Tancredi. Il nipote, invece, da quando si erano ritrovati, la circondava di ogni riguardo. Fantesche, valletti, dame di compagnia si affannavano a prevenire ogni desiderio. Schiere di medici, farmacisti, cuochi le dedicavano ogni cura.

Era vezzeggiata e accudita come una bambina. A pranzo le venivano imbanditi i più appetitosi manicaretti della cucina siciliana. Si era trasformata in una insaziabile golosa, lei di solito così inappetente e frugale da far disperare i medici tedeschi.

Suoni, odori, sapori della sua terra riaffioravano dal passato. E, insieme, brandelli di ricordi: struggenti e dolcissimi. Si rivedeva bambina, nascosta in uno degli angoli prediletti dello sterminato parco che circondava la reggia, dove crescevano, selvaggi e disordinati, alberi di aranci e gelsomini, coperti di fiori bianchi dal piccolo calice delicato. Lei si rifugiava fra i rami e le foglie di quella vegetazione e restava lì, avvolta in una fragranza così intensa che la stordiva. E poi Ruggero d'Aiello: i giochi, le corse, lui che la inseguiva, l'afferrava per le trecce e le nascondeva le lucertole nelle pieghe del vestito.

Ruggero fu il primo a farle visita, dopo il suo ritorno alla reggia. Precedette persino Tancredi, il quale, con un biglietto, l'aveva informata di essere ansioso di riabbracciarla, insieme alla moglie Sibilla, le figlie e i figli. Ma preferiva attendere che la regina recuperasse le forze, come suggerivano i medici.

Ruggero d'Aiello, invece, prepotente e sfacciato come

sempre, non si fece di questi scrupoli. Costrinse il paggio ad annunciare la visita e chiese di essere ammesso alla presenza della sovrana.

«Senza indugio» precisò.

Costanza lo ricevette subito e, molto poco regalmente, non appena lo vide, gli gettò le braccia al collo. Ruggero la tenne stretta a sé. Poi si staccò da lei e si inginocchiò ai suoi piedi.

«Grazie per avermi ricevuto così celermente, maestà.»

«Non erano questi i vostri ordini?» ribatté Costanza, divertita. «Mi pareva che, in occasione del nostro ultimo incontro, ci fossimo reciprocamente concessi il permesso di mantenere la familiarità dei vecchi tempi e di tralasciare i titoli, Ruggero.»

«Io non mi permetto di chiamarvi per nome.»

«Non barate con me. Siete rimasto lo stesso impertinente. Quando eravamo ragazzi, me ne combinavate di tutti i colori. Una volta mi avete persino bruciato una ciocca di capelli. Piansi per due giorni e giurai che non vi avrei guardato mai più!»

«Allora eravate solo Costanza. Oggi siete la sposa di Enrico di Svevia» rispose Ruggero, senza nascondere l'amarezza.

«Questo mi rende una nemica?»

Ruggero tacque per un istante, il volto chino.

«Innanzitutto, fa di voi la moglie di un uomo che non sono io. E poi, una nemica, sì. È stato vostro marito a invadere il regno e voi non l'avete fermato.»

«Non posso fermare l'imperatore, amico mio» replicò Costanza, gli occhi velati di tristezza. «Non esercito alcuna influenza sulle decisioni di sua maestà. Per lui, non sono che un ostaggio. Peggio: un ventre, che non è in grado di assolvere il compito per il quale è stato acquistato. Perdonatemi, se vi sembro brutale.»

Ruggero, ancora inginocchiato ai piedi della regina, le prese con delicatezza una mano e la portò alle labbra, sfiorandola con un bacio.

«Siete voi, che dovete perdonarmi. Non so quello che dico. È tale la pena che sento nel cuore. Per la terra che amo, per voi, che siete per me... Non volevo addolorarvi, mia signora» sussurrò, vedendo Costanza in lacrime. «Non ero venuto con questo intento.»

«Mi avete confortato, invece» replicò Costanza. «Ora so che c'è ancora qualcuno che mi vuole bene.»

Ruggero non rispose. Avvicinò ancora una volta alle labbra l'esile mano della regina, imprimendovi piccoli baci insistenti. Prima di ritirarla, Costanza si lasciò pervadere dalla dolcezza di quel contatto.

«Qui, tutti vi sono amici e vi rispettano, mia signora. Enrico di Svevia, però, è un tiranno sanguinario e noi lotteremo con tutte le forze, prima di arrenderci. Di questa scelta dovete essere ben consapevole. Per lealtà, sono venuto a dirvi di persona che non sono schierato dalla vostra parte. Non posso fare in modo diverso. Riuscite a comprendere la mia decisione?»

Un pallido sorriso rischiarò il volto della regina.

«La comprendo, amico mio. E la condivido. Senza esitazioni. Approvo tutti coloro che mi hanno ripudiata e hanno scelto mio nipote Tancredi. È una decisione assai saggia e avrebbe dovuto essere presa anni addietro. Quanti dolori sarebbero stati risparmiati al mio popolo, se allora Guglielmo mi avesse dato ascolto.»

«Purtroppo il re era succube di Guglielmo De Mill, un miserabile traditore.»

«No, Ruggero, non siate severo con lui. Riteneva di agire per il meglio. Era certo che avrei generato un figlio, l'erede al trono di sangue normanno, il quale avrebbe continuato la stirpe degli Altavilla e salvato l'indipendenza del regno. Non poteva immaginare che sarei stata sterile, che Dio avrebbe punito con tanta durezza Costanza la traditrice, la monaca smonacata.»

La voce si smorzò in un singhiozzo. Ruggero d'Aiello avvertiva una pena profonda per quella donna, che continuava a turbare i suoi sogni e verso la quale provava un sentimento così profondo e intenso che solo per rispetto chiamava lealtà.

«Nessuno nutre questa opinione di voi.»

«Lo pensa Gualtieri di Palearia e forse non ha torto. L'Onnipotente non ha benedetto le nozze con un figlio. La mia disgrazia è la disgrazia del mio popolo. Per questo, ora pretendo da voi un giuramento, Ruggero.»

Costanza prese per mano l'antico compagno di giochi, lo condusse davanti al crocifisso e lo esortò a inginocchiarsi.

«Giuratemi che combatterete fino all'ultimo respiro, per difendere il nostro paese dallo straniero che vuole sottometterlo, senza pensare che sia mio marito. Enrico di Svevia deve rappresentare per voi solo un nemico del popolo, un conquistatore che metterà a ferro e fuoco il regno e lo sacrificherà a vantaggio della Germania. Non fatevi ingannare dalla sua partenza. Ritornerà, non rinuncerà alla conquista e soprattutto, non recederà dal proposito di punire i capi della rivolta. Giuratemi che vi batterete senza preoccuparvi della sorte che mi attende. Qualunque sia, non dovrete mai permettere che Enrico di Svevia vi ricatti. Questo è l'ordine che vi affido. Esigo la vostra parola che lo farete rispettare.»

«Non potete chiedermi questo, Costanza. Non a me.»

«Non a voi? Chi più di voi, gode della mia fiducia? Vi prego, amico mio. Non potete negarmi questa prova di affetto. Solo così consentirete alla compagna d'infanzia di chiudere gli occhi serena. Mi condannereste a morire disperata, con l'angoscia di essere stata proprio io, sterile e inetta quale mi sono dimostrata, il carnefice della terra e del popolo che amo più di me stessa. Giuratemelo, Ruggero, nel nome di nostro Signore.»

«Non posso accettare che tutto finisca così. La stirpe degli Altavilla, voi stessa...» reagì Ruggero, in tono cupo e disperato.

«Quello che sarà di noi è scritto nella mente di Dio, che non ci è permesso di penetrare» lo interruppe con dolcezza Costanza. «Ma, in questo preciso momento, potete confortare, soccorrere una vecchia amica, facendole questa promessa. Volete negarmi una consolazione così grande?» lo implorò, fissandolo con intensità.

Trascorse molto tempo. Tutto quello necessario a Ruggero per respingere la tentazione di afferrare la mano di Costanza e condurla via con sé, dimenticando le leggi del mondo, del dovere, dell'onore, sfidando il destino e la stessa volontà di Dio. Il tempo per ricacciare indietro le lacrime e vincere il dolore.

«Io ve lo giuro, Costanza d'Altavilla, nel nome di nostro Signore Gesù Cristo» pronunziò alla fine, in un soffio.

«Dove sei finito, Guglielmo? Birbantello, birichino... ma ti troverò, sai, e allora ti mangerò di baci! Dove ti sei nascosto? Ecco, ti ho scoperto, ora non mi sfuggirai! Ti ho preso, ti ho preso!»

Adorava l'ultimo figlio di Tancredi, un bimbo di neppure tre anni, il più bello che avesse mai visto: due occhi immensi, di un azzurro limpido e luminoso, gli stessi che, con qualche sfumatura ora più profonda, ora più chiara, ora venata di verde, gli Altavilla si tramandavano da generazioni, insieme al biondo dei capelli.

Come era dolce stringere al petto un bimbo, immergersi nel profumo della pelle delicata e tenera. Quanto avrebbe desiderato averne uno suo. L'avrebbe chiamato Costantino, per far comprendere a tutti che apparteneva solo a lei. Gli avrebbe dedicato ogni istante della vita, l'avrebbe educato a diventare il più grande e nobile sovrano al mondo, inculcandogli l'amore per il sapere e la giustizia. L'avrebbe sottratto all'influsso nefasto di Enrico.

I sogni si interrompevano davanti alla consapevolezza che il padre della creatura sarebbe stato Enrico di Svevia, un uomo crudele, dispotico e rozzo. Come poteva sperare di sottrargli il bimbo? Forse l'Onnipotente le imponeva il dolore della sterilità per risparmiargliene uno molto più grande: vedere suo figlio, un Altavilla, crescere come Enrico di Svevia.

«Zia Costanza, cosa ti succede? Non vuoi più mangiarmi di baci?»

Per fortuna il piccolo Guglielmo la distraeva, pretendendo ogni attenzione. Lei assaporava il piacere di sentirsi abbracciare da quelle piccole mani, di stringerlo a sé e di ricoprirlo di baci.

Era stata immensamente grata a Tancredi che l'aveva accolta nella sua famiglia con affetto sincero, come se fosse sempre vissuta con loro. Avrebbe desiderato che il Signore le accordasse almeno questa grazia: deporre il fardello dei dolori e trascorrere il resto della vita accanto al piccolo Guglielmo, come fosse il figlio tanto atteso e mai concesso.

Ancora una volta, invece, il destino infieriva su di lei: gli ordini di suo marito non potevano essere disattesi più a lungo. In un triste colloquio, Tancredi le aveva confessato di non sapere più come replicare alle ingiunzioni e alle minacce dell'imperatore.

«Le altre corti europee appoggiano Enrico per convenienza e gettano discredito sul regno normanno. Il papa stesso potrebbe costringermi a obbedire, minacciando la scomunica. A quel punto, la mia posizione, già così difficile, diventerebbe del tutto insostenibile.»

«La Santa Sede ha sempre ignorato le proteste dell'imperatore e sostenuto voi. Perché all'improvviso ha cambiato bandiera?»

«Non ha scelta. Enrico è il più potente sovrano cattolico e protesta perché ritiene di subire un'ingiustizia: la prigionia di sua moglie, per la quale si dichiara disponibile a pagare un adeguato riscatto. Il papa non può continuare a opporsi, anche se lo desidererebbe. Tuttavia, io sono pronto a sfidare entrambi, per amor vostro. Posso continuare a respingere con ferma cortesia gli ambasciatori imperiali e rispondere che riteniamo più utile, per gli interessi del regno, trattenere l'imperatrice presso questa corte.»

Lei era stata irremovibile, nel declinare l'offerta di Tancredi.

«Da quando sono tornata a Palermo,» gli aveva confidato «ho ripreso un'antica abitudine che avevo da bambina: camminare per i vicoli, parlare con la gente, anche la più umile. Ho scoperto che il popolo mi ama ancora. Le donne piangono con me la mancanza di un erede, temono la fine degli Altavilla, mi implorano di non abbandonarli nelle mani dei barbari tedeschi. Non voglio attirare vendette sulla mia gente. E vi proibisco di correre rischi per difendermi. Dobbiamo preoccuparci solo del regno. Purtroppo, restituirmi a Enrico non ci metterà al sicuro. Conosco l'imperatore e temo che non rinuncerà mai al suo proposito di vendicarsi, punire i ribelli e riconquistare questa terra che considera ormai una sua proprietà. Se torno in Germania, però, forse ritarderà di qualche tempo la discesa e voi potrete rafforzarvi. Non sia mai che Enrico entri un giorno a Palermo da vincitore. Inorridisco al pensiero di ciò che sarebbe di voi, della vostra famiglia, del piccolo Guglielmo.»

Aveva stretto le mani del nipote. «Vi ordino di impedire che questo accada. La reggia degli Altavilla non dovrà essere infangata dagli stivali di Enrico di Hohenstaufen. Dovete fermarlo, sconfiggerlo. Io, per quello che posso, farò la mia parte. Ora vi prego, fate in modo che tutto sia pronto per la partenza. Vi domando solo un ritratto del piccolo Guglielmo. La sua lontananza mi strazierà il cuore.»

Enrico incontrò di nuovo sua moglie dopo quasi un anno di lontananza. Immaginava di trovarsi di fronte una donna provata, sofferente, segnata dagli anni e dai disagi della prigionia. Aveva a lungo coltivato la speranza che, dopo tanto tempo, non se ne sentisse più attratto, che la tirannia fosse finita. Così, finalmente, avrebbe potuto sbarazzarsene. Al contrario, non appena posò gli occhi su Costanza, un'intensa emozione lo afferrò alla gola, mozzandogli il respiro. Mai gli era apparsa così bella e raggiante, tanto soddisfatta e in buona salute.

Il corpo aveva recuperato peso, aggiungendo grazia e attrattiva alle forme da adolescente. Il volto mostrava una pelle liscia, lucente, leggermente ambrata. Una manciata di efelidi intorno al naso le conferiva un piglio sbarazzino. Gli occhi splendevano di una felicità nascosta, più azzurri e intensi che mai, le labbra si schiudevano in un leggero sorriso, che non le aveva mai conosciuto prima.

La permanenza presso la corte normanna sembrava averle procurato un notevole giovamento. Senza dubbio aveva ritrovato vecchi amici, spasimanti, amori giovanili, con i quali aveva trascorso il tempo civettando, lasciandosi corteggiare, accordando favori ai preferiti, come quel Ruggero d'Aiello, capo dei ribelli e suo peggiore nemico.

Quei sospetti gli trapassarono il cuore come la lama di un coltello: ecco spiegata la gran quantità di doni con i quali lei, una prigioniera, era tornata in Germania. Erano il compenso ai piaceri elargiti agli amanti. Per trasportarli tutti erano stati necessari venti muli. E Costanza pretendeva di fargli credere che provenissero tutti da suo nipote Tancredi, il quale aveva persino rifiutato il cospicuo riscatto che l'imperatore gli offriva, dichiarando con disprezzo che lui non faceva commercio del proprio sangue e che gli restituiva la moglie solo perché così lei aveva ordinato.

Puah! Tutti uguali, quegli Altavilla: superbi e altezzosi. Amavano solo fare mostra di una pretesa diversità, riempirsi la bocca di paroloni: onore, sacrificio, lealtà, sacri principi. Tutte fandonie. In realtà erano impostori, spergiuri, abilissimi dissimulatori di un'indole depravata e corrotta. La più abile fra tutti si rivelava proprio Costanza, la cui modestia, pudore, devozione, altro non erano che un sapiente trucco, con cui celava il marcio della sua anima.

Ora che la Germania era stata ridotta all'obbedienza, aveva intenzione di scendere in Italia in tempi brevissimi. E allora, avrebbe scatenato una vendetta implacabile. Si sarebbe abbattuta sui nemici con tale violenza da lasciare sbigottito il mondo intero. Il primo a pagare sarebbe stato proprio Tancredi, l'usurpatore: l'avrebbe massacrato insieme ai figli maschi, affinché il seme di quella famiglia si disperdesse per sempre. Quindi sarebbe stata la volta di Ruggero d'Aiello, capo dei rivoltosi e amante della regina. Da ultima, Costanza in persona, dopo averla costretta ad assistere al supplizio di tutte le persone a lei più care. Le avrebbe ordinato di raggiungerlo in Italia solo dopo la vittoria, per mostrarle con quale scempio incrudeliva sui suoi familiari, sugli amanti, sul regno degli antenati, per obbligarla a consegnargli le chiavi dei forzieri. E, infine, l'avrebbe costretta ad ammirare il vincitore, Enrico di Svevia, incedere da conquistatore nella sala del trono, le spalle rivestite del famoso mantello regale di re Roberto, la reliquia più sacra e preziosa degli Altavilla, il simbolo stesso della loro regalità.

Si domandò se, ora che aveva concesso adeguato sfogo alla sua dissolutezza, la moglie avrebbe offerto nell'intimità coniugale una prova migliore delle proprie capacità o se avrebbe mantenuto quello sguardo colmo di paura e di rancore, quasi che lui le stesse rubando qualcosa e non esercitando un diritto inoppugnabile. Ma l'avrebbe punita, un giorno dopo l'altro, in quello stesso letto in cui lei l'aveva deriso e umiliato. Avevano ancora alcuni mesi da trascorrere insieme, prima che lui partisse per l'Italia.

Parte Seconda

IL DONO

Capitolo 9

Prima della partenza per la campagna in Italia, l'imperatore convocò il collegio dei medici imperiali per avere informazioni aggiornate sulle gravi condizioni di salute dell'imperatrice. Dopo il ritorno in Germania, infatti, la sovrana aveva cominciato a subire un lento ma inarrestabile peggioramento fisico, del quale i medici non riuscivano a comprendere le ragioni.

«Se qualcosa dovesse accaderle durante la mia assenza,» minacciò Enrico «pagherete con la vita la vostra inettitudine. La corona spende cifre considerevoli per pagare le vostre parcelle. Esigo che le cure diano risultati adeguati.»

I medici si scambiarono occhiate fuggevoli e preoccupate. Il capo del collegio, Anselmo di Upsala, tentò con cautela di difendersi.

«Perdonate se oso replicare a vostra maestà, ma l'inappetenza che ha colpito la sovrana è inspiegabile. Il disgusto per il cibo è tale che lo stomaco non riesce a sopportarne neppure una minima quantità. I pochi cucchiai di brodo che riusciamo a farle ingerire a fatica, vengono rigettati all'istante. Lo stesso accade con il latte.»

«E allora? Con tutto il vostro sapere, non riuscite a curare un mal di stomaco?»

«Ecco, sire...» insistette Anselmo di Upsala «non è così semplice. Tre mesi fa, quando è tornata dalla Sicilia, l'imperatrice godeva di ottima salute. È possibile che il malessere sia dovuto a una sofferenza dell'animo più che del corpo. La sovrana è molto avvilita, forse ha nostalgia della sua terra, oppure...»

Enrico, afferrata una coppa di vino, la scagliò contro l'interlocutore.

«Ciarlatani, incompetenti! Vi proibisco di pronunziare simili assurdità. Sperate di giustificare la vostra ignoranza e inettitudine con questi ridicoli pretesti? Cosa dovrei fare? Consentirle di vivere stabilmente in Sicilia? Durante la mia assenza fate in modo che sopravviva, anzi, che si conservi in piena salute. Quando le accorderò il permesso di raggiungermi in Italia, dovrà essere in grado di affrontare il viaggio e tutti gli impegni che l'attendono laggiù.»

I medici chinarono il capo, sconsolati. Neppure da prendere in considerazione l'ipotesi di svelare all'imperatore la verità: se fosse rimasta ancora in Germania, la moglie sarebbe morta in breve tempo. Il male di Costanza era la nostalgia per la sua terra, la solitudine, la mancanza di affetto. Le brutalità continue cui era sottoposta, delle quali, come dottori, erano consapevoli e testimoni. Ma nessuno di loro poteva porvi rimedio né arrestare il rapido deperimento fisico della sovrana.

Nei mesi successivi alla partenza del marito, Costanza manifestò un nuovo, gravissimo sintomo: in contrasto con la spaventosa magrezza del corpo, il ventre cominciò a ingrossarsi. Furono convocati rinomati specialisti, formulate le ipotesi più disparate, somministrato ogni genere di rimedi. Il gonfiore, anziché diminuire, aumentava. Trascorso un altro mese – il quinto – di gravi sofferenze e inutili terapie, il verdetto apparve così infausto che nessuno osò esprimerlo a voce alta: tumore all'utero?

Fu una vecchia serva della reggia che, una sera, suggerì a Costanza una sua personale spiegazione del fenomeno. Di lei si sussurrava che fosse una strega, capace di predire il futuro, che mescolasse le erbe per farne filtri magici e che Enrico provasse nei suoi confronti un timore reverenziale. Ciò nonostante, Costanza l'aveva presa a benvolere, forse per la riservatezza e la scontrosa dignità che dimostrava.

La convocava spesso al suo capezzale, soprattutto se si sentiva sofferente: le mani di Hanna, rugose e screpolate, si muovevano con abilità e sicurezza, procurandole sollievo e comunicandole un senso di protezione.

Quella sera, la vecchia Hanna, di solito taciturna e scontrosa, cominciò a borbottare nella sua lingua, che Costanza comprendeva pochissimo, a toccarsi più volte la testa con il dito indice, a inveire contro qualcuno che, a suo dire, era folle o stolto. A un tratto prese a denudarle il ventre e a tastarlo. Costanza, per quanto sorpresa da quella confidenza, non la respinse, poiché il tocco le parve gentile ed esperto.

Infine la vecchia provò a forzare la sua intimità, penetrandole con una mano nel corpo. Costanza sobbalzò e sporse le mani per respingerla. Hanna allora le sfiorò con delicatezza una guancia, mormorando parole per lei incomprensibili, ma dal suono rassicurante. Poi riprese la lunga e accurata esplorazione. Di tanto in tanto, poggiava l'orecchio sull'addome e auscultava.

Non appena ebbe terminato, scaraventò fuori della finestra l'intruglio preparato dai medici, che la sovrana avrebbe dovuto assumere prima di addormentarsi. Quindi le si accovacciò al fianco e, indicandole il grembo, prese a ripetere: «Bambino, bambino...».

«Cosa stai farfugliando?» domandò Costanza, allarmata. E, con gentilezza, la invitò a ritirarsi. Hanna, forse pentita della familiarità cui si era abbandonata, uscì dalla stanza.

Ma, prima di dileguarsi, insistette, con aria sdegnosa: «Bambino!».

Neppure per un attimo Costanza prestò fede ai vaneggiamenti della serva. Aveva piena fiducia nei suoi medici. E tuttavia, non le riuscì più di chiudere occhio. Rimase vigile per tutta la notte, la mente concentrata su ogni messaggio che il corpo le inviava, come se volesse spiarne anche il più insignificante segnale.

Fu così che, dopo alcune ore di veglia, avvertì nell'utero una sorta di fremito. Per un istante, qualcosa palpitò dentro di lei, come animato di vita propria. Acuì l'attenzione e, dopo breve tempo, per la seconda volta, percepì un impalpabile frullio d'ali.

Ecco, si faceva suggestionare dai vaneggiamenti di una vecchia serva. I medici non avevano mai neppure adombrato una simile eventualità, per spiegare i suoi disturbi. Tutti davano per scontato che non fosse più in grado di concepire. D'altro canto, il flusso mestruale, ripreso durante la permanenza in Sicilia, era comparso per l'ultima volta nel viaggio di trasferimento in Germania. Poi, più nulla.

Non voleva illudersi ancora. Desiderava solo che l'Altissimo la chiamasse presto a sé.

Ciò nonostante, continuò a vegliare senza allentare un momento la tensione.

La luce faceva capolino tra le spesse tende di velluto, preannunciando una giornata luminosa. Costanza giaceva nel letto sfinita dalla lunga veglia, le palpebre socchiuse, le mani ancora abbandonate sul ventre. All'improvviso, di nuovo un sussulto. Distinto, questa volta, inequivocabile. E un altro ancora.

Una vita palpitava, dentro di lei. Ne era certa. Oh, Dio, questa volta ne era certa.

Il cuore in tumulto, in preda a una gioia incontenibile di fronte a un tale miracolo, travolta da una commozione irrefrenabile, lasciò che lacrime di pura felicità le inondassero il volto, mentre i singhiozzi le scuotevano il petto. A poco a poco, dalle labbra si levò un gemito, come se le fosse impossibile tollerare una beatitudine così grande.

«Grazie... grazie... grazie...» ripeté mille volte. «Ti ringrazio di questo dono, Signore.»

Quindi, per la prima volta, parlò a suo figlio.

«Costantino, mio amore, mia vita, mio preziosissimo tesoro... io sono la tua mamma. Ora so che esisti, che vivi dentro di me. Non temere, avrò cura di te. Ti stupirò con la mia forza. Tu stesso me la infonderai. Ti proteggerò nel mio grembo e ti porterò alla luce, ti amerò come nessuno al mondo ha mai amato un altro essere umano. Sarai fiero di me. Tu sei mio, solo mio, un Altavilla, come tua madre, tuo nonno Ruggero, il tuo antenato Roberto. Diventerai forte e bellissimo, nobile e generoso. Di te parlerà il mondo intero. Ti difenderò, impedirò a chiunque di farti del male. Assieme trionferemo su tutte le avversità, su tutti i nemici, mio piccolo Costantino, mio dolcissimo dono. Ti sarò vicina fino a quando avrò respiro e anche dopo la morte. Grazie, grazie, Signore.»

A poco a poco, Costanza cedette alla stanchezza di una notte insonne e si assopì per qualche istante, sognando di stringere fra le braccia un bimbo biondo e paffuto, che spalancava sul mondo due grandi occhi dell'intenso azzurro degli Altavilla.

I medici reagirono con grande diffidenza e restarono a lungo increduli di fronte all'ipotesi adombrata dalla sovrana, che affermava di avvertire distintamente in grembo il palpitare di una vita. Qualcuno sorrise con commiserazione: l'augusta imperatrice era così debilitata nel fisico che persino i nervi stavano cedendo. Ormai l'ossessione di un figlio, che la perseguitava da anni, le aveva offuscato la mente.

Trascorse alcune settimane, dovettero però arrendersi all'evidenza. Con i loro strumenti, riuscirono a percepire nel ventre della sovrana il battito di un piccolissimo cuore. Si distinguevano anche i movimenti del feto. Accolsero quella conferma con un senso di fastidio, come se incolpassero Costanza o la natura stessa di essersi fatta gioco della loro scienza.

Preso atto della realtà, cominciarono a tormentarsi con il problema di ciò che sarebbe accaduto. Costanza era una donna debole, fragile, avanti negli anni. Le probabilità di portare a termine la gestazione erano minime. Per non parlare dei rischi del parto, sia per lei sia per il bambino. Se si fosse dovuto scegliere di salvare uno dei due, chi si sarebbe assunto la responsabilità di farlo?

Anselmo di Upsala provava invano a essere ottimista: era difficile che la gravidanza andasse avanti, ma non impossibile. Avevano quattro mesi abbondanti per aiutare l'imperatrice e rafforzarne la salute. Ora che le nausee stavano passando, le avrebbero imposto una dieta molto ricca. E soprattutto riposo. Costanza non doveva lasciare il letto, se voleva recuperare le energie sufficienti a far nascere il figlio.

«Maestà, dovete convincervi che partorire è una esperienza dolorosa e pericolosa. Occorrono vigore e robustezza. E voi ne avete poca. Se vostro figlio nascesse oggi, morireste entrambi. Dovete trascorrere il resto della gravidanza senza fare alcuno sforzo e nutrirvi, se volete riuscire nell'impresa.»

Costanza li ascoltava sorridendo, abbracciandosi il ventre. Parlava al bambino con la voce del cuore: «Non dare ascolto a questa gente, Costantino. Io e te, insieme, ce la faremo. Recupererò le forze. Mi riposerò e mangerò con appetito. Andrà tutto bene, anima mia».

Comprendeva i timori dei dottori e intuiva anche i pensieri che le nascondevano: i figli nati da una donna non più giovane potevano essere affetti da gravi tare fisiche o mentali. Eppure si sentiva calma e fiduciosa: Costantino sarebbe stato perfetto. E lei avrebbe sopportato qualsiasi pena, pur di stringerlo tra le braccia. Bastava questo pensiero, il bimbo che succhiava il latte dal suo seno, per sconvolgerla dall'emozione, suscitarle dolcissime lacrime di commozione, farle sentire il coraggio di una belva, pronta ad azzannare chiunque osasse minacciare il suo piccolo.

Più delle sofferenze, la spaventavano le ripercussioni che l'annuncio della prossima maternità avrebbe scatenato. La nascita di un erede al trono di Sicilia e all'impero avrebbe sconvolto equilibri consolidati. Come avrebbe reagito il papa, che, non sentendosi più minacciato, da qualche tempo aveva allacciato rapporti meno tesi con Enrico? E l'amato regno di Sicilia avrebbe accolto il bambino come un salvatore? I nobili avrebbero preferito mantenere l'appoggio a Tancredi? E infine, il marito. La gioia della paternità ne avrebbe mitigato la ferocia? Lo avrebbe indotto a desistere dai propositi di vendetta verso i ribelli e a rientrare con tempestività in Germania?

Allorché la gravidanza dell'imperatrice venne confermata in modo ufficiale dai medici, una staffetta partì alla volta dell'Italia per portare, nel più breve tempo possibile, il clamoroso annuncio a Enrico di Svevia.

Quando il corriere giunse all'accampamento imperiale, Enrico era impegnato in un colloquio riservato con la persona che tutti consideravano il suo più accanito nemico: Gualtieri di Palearia. All'insaputa di tutti, il legato papale stava lavorando a un nuovo, segretissimo complotto: trattare con entrambi i fronti dello schieramento, tanto i nobili ribelli del sud, che appoggiavano Tancredi, quanto Enrico di Svevia, che difendeva i diritti della legittima sovrana.

Il rischioso progetto aveva preso forma nella mente di Gualtieri allorché le spie lo avevano informato di un evento del tutto inatteso, che comprometteva ogni speranza di vittoria su Enrico di Svevia: le condizioni di salute di Tancredi erano mutate all'improvviso.

Il re, che poco tempo prima aveva sepolto il figlio primogenito, accusava forti dolori al ventre, aggravati da una febbre inspiegabile. Nessun rimedio aveva sortito effetto. La moglie Sibilla quasi non si allontanava più dal suo capezzale e appariva angosciata, gli occhi gonfi di lacrime.

L'inviato del papa era determinato ad agire in fretta, prima che la notizia diventasse di pubblico dominio: la metamorfosi politica andava avviata in tempi non sospetti, se voleva essere certo che la fine della contesa lo trovasse sul carro del vincitore.

Enrico VI aveva accolto con molto favore i segnali di disgelo da parte di Gualtieri di Palearia. Si erano tenuti fra loro ripetuti incontri e colloqui che avevano messo in luce affinità e sintonie. Ognuno aveva potuto riconoscere nell'altro la freddezza e il cinismo che erano anche propri.

La reciproca impressione era tanto favorevole che Enrico avrebbe desiderato di avere stabilmente al suo fianco un uomo di quella tempra.

Dopo essersi scusato con l'ospite, l'imperatore lacerò il sigillo e cominciò a scorrere la lettera, tralasciando, secondo la sua abitudine, i noiosi preliminari e le circonlocuzioni retoriche, per giungere alle notizie importanti:

«...*Sua maestà l'imperatrice ha concepito un figlio e sta portando avanti la gravidanza... le sue condizioni di salute, tutta-*

via, restano molto precarie... La necessità di evitare alla sovrana qualunque affaticamento, ci ha suggerito di proibirle di comunicare di persona alla maestà vostra il lieto annuncio, come pure ella ardentemente desiderava fare... L'imperatrice supplica la maestà vostra di abbandonare l'Italia e intraprendere al più presto il viaggio di ritorno in Germania, affinché sia assicurata l'augusta presenza della maestà vostra, al momento del lieto evento... Preghiamo Iddio affinché, nella sua immensa bontà, si degni di concedere...».

Enrico non si diede pena di continuare la lettura. Un sorriso freddo gli piegava all'ingiù gli angoli della bocca. Come un infaticabile ragno, Costanza non desisteva dal tramare alle sue spalle, nel vano tentativo di salvare i propri amanti. Una trappola, un'invenzione, un insulto alla sua intelligenza. Anche uno sprovveduto avrebbe intuito l'ingenuità di un simile proposito: approfittare della lontananza dell'imperatore per inventarsi una maternità inesistente, e presentargli, alla fine, un neonato qualunque, magari figlio di una serva o di una dama di compagnia. Nessun timore di essere smascherata, nessuna preoccupazione riguardo alle conseguenze di un gesto tanto audace. Come si era procurata tante complicità? Quanti traditori c'erano a corte, a cominciare dai medici, i primi a farsi corrompere dalle lusinghe di quella donna perversa?

Il furore represso e la rabbia cieca si manifestarono in mille macchioline rosse, disordinatamente sparse sul volto e sul collo dell'imperatore.

Il diabolico progetto della moglie sarebbe naufragato. Avrebbe provveduto lui, a sventarlo. Lungi dall'abbandonare l'Italia, avrebbe intensificato l'offensiva contro i ribelli: Costanza non sarebbe mai riuscita a salvare i suoi amanti e neppure se stessa.

Si guardò intorno: era così assorbito nelle sue riflessioni, da dimenticare la presenza di Gualtieri di Palearia, che gli sorrideva con candore, come se neppure si fosse accorto della lunga attesa a cui era stato costretto.

«Gravi fardelli pesano sulle vostre spalle, maestà. Lo intuisco dall'espressione preoccupata. È il destino di tutti i grandi sovrani.»

«Non solo dei sovrani. Di tutti coloro che si addossano responsabilità impegnative, come me e voi, caro amico. Posso usare questo appellativo familiare, considerati i rapporti fra me e la Santa Sede che voi rappresentate, o lo reputate un'offesa?»

«Un'offesa, maestà? Un onore, se permettete. E poi, le relazioni fra voi e il santo padre sono molto migliorate negli ultimi tempi.»

«Già,» confermò Enrico, sorridendo con ironia «da quando la sterilità di mia moglie ha posto la chiesa in una botte di ferro.»

Gualtieri di Palearia si guardò bene dal raccogliere la provocazione.

«Mi fa molto piacere vedervi sorridere. Solo poco fa apparivate così cupo che ho sospettato l'arrivo di spiacevoli notizie. Ringrazio Dio che non sia così.»

«Non saprei se definirle spiacevoli, amico mio. Di sicuro, sconvolgenti. Un marito non può non restare sconvolto, quando scopre che la moglie si ostina a ingannarlo, vi pare? Cosa ne pensate voi, che siete un uomo di chiesa?»

Gualtieri di Palearia decise di muoversi con circospezione. Enrico VI custodiva un segreto che riguardava l'imperatrice. Stava a lui essere così abile da carpirglielo.

«Penserei che avreste certamente tutte le ragioni per esserlo. Con il permesso di vostra maestà, tuttavia, ho difficoltà a credere che una sposa devota e pia quanto la nostra imperatrice possa anche solo concepire il proposito di ingannare il marito.»

«Anche voi, come tutti, siete persuaso che io abbia sposato una santa. Rispondetemi con sincerità, Gualtieri. Le vostre sono frasi di circostanza e di opportunità politica, oppure possedete inoppugnabili motivazioni per nutrire una fede così incrollabile in sua maestà? La conoscete a fondo?»

Gualtieri di Palearia spostò il peso del corpo da un piede all'altro, lisciò la barba con una mano, finse un imbarazzo che non provava. Aveva l'impressione che l'imperatore covasse rancore verso la moglie. Decise di seguire il proprio intuito.

«Perdonatemi, maestà, ma preferirei non essere coinvolto in questi discorsi.»

«Perché mai? Timore, forse?»

«Prudenza. Un umile servitore quale io sono non può permettersi di dispensare opinioni personali su coloro che siedono tanto più in alto di lui.»

«Umile servitore? Suvvia, Gualtieri, non fate un torto a voi stesso e spogliatevi, per un momento, delle vesti del diplomatico, che pure indossate con tanta padronanza. Sarei molto curioso di discutere apertamente con voi su questo argomento. Non possiamo, per qualche momento, dimenticare i nostri rispettivi ruoli e parlare con sincerità? Io sono molto riconoscente verso le persone che si schierano con lealtà dalla mia parte e riescono a conquistare la mia fiducia. E so anche compensarle in modo adeguato.»

Aveva visto giusto: l'imperatore detestava la moglie. Gualtieri di Palearia non si fece scappare l'occasione per danneggiare ancora una volta l'odiata Costanza.

«Non sono a conoscenza di nessuna informazione particolare sull'imperatrice, fatta eccezione per le notizie di pubblico dominio: aveva pronunziato un voto, un giuramento sacro. E lo ha infranto.»

«Non mi state raccontando tutta la verità, Gualtieri.»

«Chiedo venia, ma non mi sento di esporvi con franchezza il mio pensiero. Per rispetto della maestà vostra. Si tratta pur sempre della vostra sposa.»

«E io, al contrario, vi esorto a dimenticare che Costanza d'Altavilla sia mia moglie. Desidero che siate sincero. È l'unico modo per dimostrarmi la vostra amicizia.»

«Allora sia come vostra maestà desidera. Considero Costanza d'Altavilla un'anima corrotta, vittima della lussuria e della brama di potere, avvezza a qualsiasi bassezza, risoluta a qualunque inganno, pur di perseguire gli scopi più...»

Quindi, fingendosi spaventato dalle proprie parole, protese le mani.

«No, non intendo aggiungere altro. Vi avevo messo sull'avviso, maestà: era preferibile che non parlassi. Ora dovrò affrontare le conseguenze della vostra ira.»

Enrico ignorò l'ultima affermazione di Gualtieri di Palearia.

«Interessante. Siete la prima persona a esprimervi in questo modo. Tutti coloro che frequentano l'imperatrice sono pronti a giurare sulla sua cristallina onestà. È tale la stima che nutrono per lei, che qualcuno la venera come fosse un angelo del paradiso. Non vi nascondo, invece, che da lungo tempo ho concepito il dubbio che questa irreprensibilità sia solo di facciata e la sua modestia, null'altro che una eccellente recita.»

«Oh, questa è una caratteristica degli Altavilla, sire. Io li ho conosciuti bene. Sono sempre stati degli abili dissimulatori. Tutti. Si vantano di uniformare la loro vita a grandi ideali e nobili principi, ma in realtà...» Gualtieri di Palearia abbassò la voce.

«...nel profondo del cuore sono corrotti e dissoluti. I re normanni erano soprannominati "sultani battezzati". Mai definizione fu più appropriata. Falsi e corrotti, proprio come gli infedeli che frequentano e proteggono. Vi sembra plausibile che l'ambiente della corte, nella quale Costanza ha trascorso i primi sedici anni di vita, non abbia provocato nessuna influenza su di lei? Vi hanno mai raccontato del suo fratellastro Ruggero e delle morbose attenzioni che le riservava? O degli innumerevoli ammiratori? La reggia normanna pullulava di spasimanti per la bella principessa e io dubito che tanti giovanili ardori si siano contentati di una muta ammirazione. So per certo che alcuni di loro si sono recati a farle visita, durante la recente permanenza in Sicilia e che il loro cuore palpita ancora d'amore per lei. Non vi siete domandato, maestà, come mai l'imperatrice esitasse tanto a ricongiungersi a voi? Non vi è parso un comportamento inconsueto da parte di una prigioniera?»

Gualtieri di Palearia scorgeva gli occhi del re incupirsi sempre più, via via che lui lo incalzava con domande, formulava dubbi, adombrava accuse.

Enrico afferrò il documento che aveva ricevuto dalla Germania e lo tese al suo interlocutore.

«Come reagireste, se vi confidassi che, in questa missiva, l'imperatrice mi informa di avere finalmente concepito il tanto atteso erede al trono?»

L'annuncio giunse così inatteso che persino l'imperturbabilità di Gualtieri di Palearia vacillò. Non si era preparato nessuna strategia per fronteggiare un simile evento. Da tempo, ormai, aveva accantonato ogni preoccupazione. Eppure, era necessario elaborarne una in tutta fretta: l'imperatore spiava le sue reazioni e certamente aveva indovinato il suo stupore.

«Temo di avervi inferto una severa ferita, Gualtieri di Palearia» lo punzecchiò Enrico. «State annaspando, alla ricerca degli svantaggi che un simile evento procurerebbe alla causa della chiesa e alla vostra personale posizione. Sono certo che il papa vi redarguirà per l'inefficace lavoro svolto dalle spie che mantenete nella mia corte. Ho indovinato?»

Dissimulare: questa era la prima regola di un buon diplomatico. Ignorare la provocazione dell'imperatore.

«Mi permetto di contraddire la maestà vostra» rispose in tono affabile. «Stavo solo chiedendomi perché poco fa abbiate definito "sconvolgenti" le notizie giunte dalla Germania. Ho avuto l'impressione che ve ne sentiste offeso. In fondo, l'annuncio della prossima paternità avrebbe dovuto inorgoglirvi. Invece, pensandoci meglio, avevate ragione. Resto stupito dalla rapidità di intuizione e dalla saggezza del vostro comportamento. Conoscete così bene la natura depravata e perfida di vostra moglie da fiutare all'istante che vi sta ingannando. Pretende di farvi credere che una donna di quella età possa ancora concepire. Pensa di potersi fare beffe della vostra intelligenza. Questa è una colpa grave, un delitto di lesa maestà. Un simile affronto va punito.»

Ancora una volta, Enrico VI rimase colpito dalla perspicacia con cui Gualtieri di Palearia sapeva leggergli nel pensiero.

«Siete d'accordo con me. Cosa mi consigliate, allora, Gualtieri? Devo diffondere ai quattro venti la vergogna di questa falsa gravidanza? Accusarla di tradimento insieme a tutti coloro che l'hanno aiutata in questo inganno?»

«Non ora. Non dimenticate che gli Altavilla sono molto bravi a mentire. Costanza reciterebbe la parte della vittima presso tutte le corti europee e potrebbe essere creduta, se voi non avrete raccolto prove inconfutabili a suo carico. Purtroppo siete lontano e non potete procurarvele.»

«Cosa suggerite?»

«Vi ringrazio della fiducia, maestà. A mio avviso, dovreste comunicare all'imperatrice che non presterete fede alla gravidanza, fino a quando non avrete toccato con mano il suo ventre gonfio e sentito il bimbo agitarsi dentro di lei. Soprattutto, finché non l'avrete visto nascere sotto i vostri occhi. Solo a queste condizioni riconoscerete il neonato come legittimo. Imponete a Costanza di mettersi subito in viaggio e di presentarsi al vostro cospetto, prima che il tempo sia compiuto. Sono sicuro che non acconsentirà mai. Con l'aiuto dei medici traditori, accamperà mille pretesti per disobbedirvi. Piangerà, proclamerà che le è stato imposto il più assoluto riposo, che non potrebbe mai sopportare un viaggio così faticoso, pena la sopravvivenza del bambino. I dottori faranno di peggio. Tenteranno con ogni mezzo di farvi cambiare idea, suscitandovi mille sensi di colpa. Dovrete tener duro, mostrarvi inflessibile di fronte a tutti i loro argomenti, ricordando che non esiste alcuna creatura da proteggere ma solo un piano diabolico, ordito da Costanza e ispirato da Satana in persona. E voi dovete sventarlo.»

Enrico ascoltò con grande attenzione la tesi di Gualtieri di Palearia.

«Interessante» commentò alla fine. «Ma non sarà una battaglia facile, soprattutto ora che sono assillato da molte altre preoccupazioni.»

«Se ritenete che le mie modeste capacità possano essere di qualche aiuto,» lo tranquillizzò il cancelliere «sarò ben lieto di sostenervi in questa difficile impresa. Potrei occuparmi della corrispondenza con l'imperatrice, sollevandovi da questa sgradevole incombenza. Siate certo, sire, che non mi lascerò ricattare. Insieme, smaschereremo la sovrana e la svergogneremo di fronte al mondo.»

Abbandonando per un momento i modi gelidi e scostanti

che gli erano propri, Enrico manifestò un breve guizzo di euforia, abbracciando le spalle del legato e scrollandole.

«Vi ringrazio, Gualtieri. Il vostro suggerimento è eccellente. Lo seguirò alla lettera. Ordinate all'imperatrice di mettersi subito in marcia verso la Sicilia. Come san Tommaso, voglio mettere le mani sul suo ventre, osservare con i miei occhi il bambino uscire dal grembo materno. Solo allora crederò.»

Gualtieri di Palearia non perse tempo a gioire del successo. Presa carta e penna, informò sua santità, papa Celestino III, della grande notizia e gli suggerì una strategia per sventare la manovra di Costanza: la chiesa doveva screditarla agli occhi del mondo, accusandola di voler innalzare al trono dell'impero un bastardo, dalle origini oscure. Seminare dubbi, sospetti, illazioni: un figlio che fosse considerato illegittimo dalla pubblica opinione, non avrebbe potuto costituire alcuna minaccia.

Lui, invece, non si sarebbe allontanato un istante dal fianco dell'imperatore per continuare a soffiare sul fuoco e a rafforzare ogni giorno le ragioni dell'odio e della diffidenza verso la moglie.

Alla fine, Costanza d'Altavilla avrebbe perso la sfida.

Anselmo di Upsala si alzò dalla poltrona, con un sospiro. Non aveva il coraggio di fissare negli occhi i colleghi, radunati in cerchio intorno a lui. Lo accusavano di non aver fatto tutto il possibile per dissuadere l'imperatore dal suo folle proposito e di averli messi tutti in pericolo di vita. Lui invece riteneva di non avere colpe.

«*Il desiderio di vedere nascere vostro figlio, maestà, è del tutto comprensibile*» aveva scritto. «*Ci sembra però azzardato imporre alla sovrana un massacrante e disagevole attraversamento delle Alpi, in un periodo dell'anno in cui neppure un esercito si avventurerebbe in una simile impresa. Le condizioni di salute dell'imperatrice si sono aggravate nelle ultime settimane, anche a causa della rapida crescita del nascituro. Il rischio di un parto prematuro, di per sé molto elevato, diventerebbe una certezza, se dovesse avventurarsi fino in Sicilia. Quale padre imporrebbe una prova del genere alla moglie e al figlio?»*

Era stato fin troppo esplicito, esponendosi a un rischio gravissimo.

La lettera di risposta dell'imperatore, che Anselmo rigirava fra le mani, in attesa di riferirne il contenuto alla sovrana, lo lasciava intendere con molta chiarezza.

«*Se vi sta a cuore la vita, astenetevi in futuro dal commentare gli ordini. L'imperatrice, con un piccolo seguito del quale voi farete parte, lascerà immediatamente la Germania alla volta dell'Italia del sud. Qualunque ulteriore dilazione costerà a tutto il collegio e all'imperatrice in persona l'imputazione di lesa maestà.*»

Costanza aveva riflettuto a lungo e preso la sua decisione, prima ancora che Anselmo di Upsala si recasse a farle visita. Se voleva essere sicura che i diritti di Costantino fossero riconosciuti di fronte al mondo, doveva fare in modo che il marito lo accettasse come figlio legittimo. Per questo, non poteva far altro che eseguire gli ordini. Senza ulteriori indugi o ritardi. Il pericolo di un parto prematuro era molto concreto: sentiva il piccolo Costantino crescere con grande rapidità dentro di lei, irrobustirsi e già scalciare. Cosa sarebbe accaduto se fosse nato prima di giungere in Sicilia? Meglio partire subito, nonostante il freddo, i pericoli, le difficoltà del cammino. Da quei nemici poteva difendersi. Dalla calunnia, no.

Mandò a chiamare Anselmo di Upsala, che le parve persino più preoccupato del solito.

«Ho riflettuto con attenzione, Anselmo,» lo prevenne «e ho deciso che per il bene del bimbo è necessario fornire a sua maestà la prova di cui ha bisogno. Mio figlio verrà alla luce in Sicilia, sotto gli occhi del padre. Non ho paura. Ho detto la verità e confido nell'aiuto di Dio. Mi dispiace solo di dovervi imporre un sacrificio tanto pesante.»

«Il mio rischio è minore del vostro» replicò il medico, con un inchino.

«Vi ringrazio. Decidete quali persone faranno parte del seguito. Dobbiamo affrettarci, se non vogliamo vanificare gli sforzi di tutti.»

«Sarà fatto come voi ordinate.» Anselmo di Upsala fissò imbarazzato il pavimento, mordicchiandosi i baffi che gli ricadevano fluenti intorno al labbro superiore. «Maestà, nella lettera mi viene intimato anche di comunicarvi una notizia. Si tratta di un evento inatteso, che vi procurerà un grande dolore.»

«Parlate, Anselmo» lo esortò, con il cuore che già batteva all'impazzata.

«Vostro nipote Tancredi si è ammalato. Forti dolori al ventre e febbre altissima, che i medici non hanno saputo curare.»

«Vi sbagliate» ribatté Costanza, quasi sollevata. «Mio nipote gode di ottima salute. Si tratta del primogenito, purtroppo. Sono già stata informata della sua prematura scomparsa.»

«Mi dispiace. Ma si tratta proprio di Tancredi. È morto. Perdonatemi, mia signora, per il dolore che vi arreco.»

Anselmo di Upsala si interruppe, spaventato dal pallore mortale dell'imperatrice. Fece un inchino e si ritirò. Non poteva fare nulla per confortarla.

Costanza si abbandonò sul letto. Le tornò alla mente il volto paffuto del piccolo Guglielmo, gli occhi azzurri. Lo vide trotterellare sulle gambe grassottelle, ne udì le risate di gioia, quando giocavano assieme.

Pianse a lungo. Cosa sarebbe stato di lui e delle sorelle, ora che il loro coraggioso padre non poteva più proteggerli?

Capitolo 10

Enrico chiuse il plico che stringeva fra le mani e fece cenno a Gualtieri di Palearia di sedersi di fronte a lui.

L'imperatore non era solo. Alle sue spalle, un soldato dallo sguardo cupo e dalla pelle giallognola fissava impettito il vuoto davanti a sé. Gualtieri di Palearia lo scrutò senza dissimulare un certo sprezzo.

«Conoscete Markwald di Anweiler?» gli chiese Enrico. «È il capitano delle truppe mercenarie.»

«Non di persona,» commentò Gualtieri «ma per la fama delle atrocità cui si abbandona con la sua soldataglia.»

«Atrocità che ci hanno procurato la vittoria» lo rimbeccò Enrico.

«Il nostro successo è dipeso dalla morte di Tancredi, maestà. Il capitano ci ha procurato solo fastidi. Ho la scrivania zeppa di dispacci. Tutti uguali. Riferiscono che Anweiler rade al suolo interi villaggi, dopo averli saccheggiati, abusato delle donne e massacrato gli abitanti. Tanta inutile barbarie finirà per attirare l'attenzione del santo padre. Non conviene a nessuno sfidare il papa.»

«Siete troppo severo, Gualtieri. Non sottilizzerei sui metodi, quando ci recano cospicui vantaggi. Ho pregato il capitano di partecipare a questo incontro proprio perché spero che la vostra astuzia e la sua forza, unite, ci permettano di raggiungere l'obiettivo che ci sta a cuore.»

«Basterebbe la forza, maestà» intervenne Markwald di Anweiler, in un pessimo italiano. «Se non mettete in discussione i miei sistemi, libererò il regno dai ribelli in poche settimane.»

Gualtieri di Palearia si concesse un gelido sorriso.

«Poche settimane sono un tempo infinito. Il problema deve essere risolto in poche ore.»

«Poche ore, signor cancelliere?» sogghignò il capitano. «Bravo. E quale piano suggerireste?»

«È scritto nella lettera che avete fra le mani, maestà.»

«Ridicolo» commentò Anweiler. «L'ho letta e non ho trovato niente che possa definirsi un piano.»

«Considerati i limiti della vostra intelligenza, mi sarei stupito del contrario.»

L'imperatore alzò il braccio, per porre fine a quella discussione.

«Non mi piace che due collaboratori fidati come voi bisticcino. Non siamo qui per questo. D'altro canto, signor cancelliere, non vi nascondo che nutro io stesso delle perplessità. Prima di concedere l'approvazione, ho bisogno di qualche chiarimento.»

«Sono a vostra disposizione, maestà» rispose Gualtieri di Palearia.

«Avevamo concordato di usare il pugno di ferro con i ribelli. Vi avevo spiegato che non intendo trattare nessuna resa con loro. Invece qui leggo...» Enrico srotolò la pergamena, per poter citare con esattezza «che dovremmo "*riunirci il giorno di Natale, nella cattedrale di Palermo, per celebrare assieme la grande pacificazione*". Che "*non vi sarà alcuna vendetta, se i grandi del regno deporranno le armi e riconosceranno l'autorità della legittima sovrana*". Vi sbagliate. Non sono certo queste, le mie intenzioni.»

«Neppure le mie, maestà. La politica, purtroppo, è spesso inganno, doppio gioco.»

«Non dobbiamo fare politica, ma sbarazzarci dei ribelli, insieme alle loro famiglie» si intromise Markwald di Anweiler, guadagnandosi una nuova, sprezzante occhiata del cancelliere.

«Sarebbe la soluzione migliore, Gualtieri» confermò l'imperatore. «I loro feudi andranno in premio ai militari più fedeli, a cominciare dal capitano Anweiler. In questo modo, otterremo una sottomissione totale del regno e un perfetto controllo del territorio. Con tutto il rispetto per il vostro acume, non riesco a comprendere come questo progetto possa raggiungere lo scopo in breve tempo.»

«In poche ore, maestà» confermò Gualtieri di Palearia, con aria sibillina. «Dissimulare. Fingere. Essere concilianti. Tendere la mano. Abbondare con le promesse, perché l'avversario si fidi. Se questo accadrà, tutti i nobili accoglieranno il nostro invito. A quel punto, far scattare la trappola sarà un gioco da ragazzi. Non avrete più neppure bisogno dei miei consigli. Il capitano ha tutte le carte in regola per svolgere il lavoro sporco.»

«Spiegatevi meglio, Gualtieri.»

Il cancelliere si avvicinò un po' di più al sovrano e abbassò il tono di voce.

«Se i nobili del regno abboccheranno all'amo, li avremo tutti in fila nella cattedrale, il giorno di Natale.»

«E allora?»

«In fila come pecore al macello. Vi è chiaro, adesso, sire?»

Gualtieri ebbe un impercettibile moto di impazienza, di fronte allo sguardo vacuo di Enrico.

«È così semplice. Basterà che qualcuno chiuda tutte le uscite...»

«Adesso ci sono!» si entusiasmò l'imperatore, schioccando il pollice e il medio della mano destra. «Sbarrare le porte per impedire la fuga. Una volta bloccati dentro, Anweiler farà irruzione con i suoi mercenari e, in poche ore, proprio come dicevate, farà fuori tutti. Ho indovinato?»

«Non chiedetelo a me» replicò gelido Gualtieri, alzandosi in piedi come per prendere le distanze da quella ipotesi. «Non voglio sapere nulla di quanto accadrà nella cattedrale. Il mio compito consiste nel convincere i nobili ad aderire all'invito, promettendo loro perdono e nuovi feudi. Cosa farete dopo, è una questione che riguarda Anweiler.»

«Quale sarà la versione ufficiale, per giustificare l'accaduto?»

Gualtieri trasse un breve sospiro.

«Una congiura contro l'imperatore, naturalmente. Ordita in un giorno sacro come il Natale da quegli stessi che avevano finto di accettare le offerte di pace, per poter colpire con maggiore facilità. Sventata un istante prima di essere messa in atto. Ora, con il vostro permesso, mi ritiro a proseguire il lavoro. C'è un pugno di nobili, guidati dai conti d'Aiello, padre e figlio, che hanno giurato di non arrendersi mai. Non sarà facile piegarli. Del gruppo fa parte anche il suocero di Tancredi, Tommaso d'Acerra.»

«Voglio Ruggero d'Aiello a qualunque costo. È il primo della lista. Subito dopo, la moglie dell'usurpatore Tancredi, Sibilla d'Acerra, con il figlio maschio Guglielmo, l'unico rimasto.»

«Forse riuscirò a persuadere Sibilla. Con Ruggero d'Aiello ho poche speranze. Non si lascerà mai corrompere.»

«Affidatelo ad Anweiler.»

«Non subito. Il conte è abile e molto astuto. Fiuterebbe il doppio gioco e metterebbe sull'avviso tutti gli altri, compromettendo il piano. Di lui ci occuperemo a tempo debito.»

Senza aggiungere altro, il cancelliere si congedò. Rivolse solo un breve inchino al sovrano e non degnò neppure di uno sguardo Markwald di Anweiler.

Il giorno di Natale, l'imperatore fece il suo ingresso nella cattedrale di Palermo, gremita di folla e addobbata con sfarzo per la messa solenne. Come il cancelliere aveva previsto, i nobili gli avevano creduto e si erano arresi quasi tutti. Ora si assiepavano ai lati della navata centrale per rendergli omaggio, ignari della sciagura che di lì a poco li avrebbe travolti.

Enrico li osservava compiaciuto. Era molto soddisfatto della piega presa dagli eventi.

Nel suo viaggio verso sud, Costanza era giunta nella Marca anconetana. Si sentiva debole e spossata dalla fatica. Il ventre si contraeva con intensità crescente, tanto che i medici erano molto pessimisti. Temevano un parto nel giro di poche ore, a meno di interrompere il viaggio e riposare a lungo. Per questo inviarono un nuovo messaggio all'imperatore, informandolo del pericolo.

Enrico rispose accordando alla moglie il permesso di fare sosta a Spoleto. Corrado di Urslighen, fedelissimo dell'imperatore, l'avrebbe accolta con tutti gli onori. Inoltre se, come paventavano i medici, l'imperatrice avesse partorito prima di raggiungere la Sicilia, il conte era autorizzato ad assistere di persona al parto, per garantire che la sovrana non mentisse.

«Vi assicuro che non dubiterò delle parole del mio fedele amico» scriveva Enrico. «Se Corrado mi confermerà che il bimbo è uscito dal ventre dell'imperatrice Costanza, non solleverò più dubbio alcuno sulla sua legittimità e lo riconoscerò come erede. Qualora, invece, neppure il generoso favore che vi accordo servirà a tacitare le continue lamentele di mia moglie e ancora pretendesse di farmi credere che non può raggiungere la meta, avrò ottenuto la prova irrefutabile che mente, con la connivenza dei medici.»

Costanza avrebbe desiderato eseguire alla lettera l'ordine dell'imperatore. E invece, proprio nel giorno di Natale, mentre era ancora lontana dalla meta, le contrazioni si intensificarono ancora di più, nonostante i dottori tentassero di arrestarle con alcune pozioni.

Anselmo di Upsala la osservava, distesa nella lettiga, il volto pallido e affilato, gli occhi chiusi, cerchiati da due profonde occhiaie scure. Respirava a fatica.

Si rese conto che stava per verificarsi proprio l'ipotesi più temuta: il bimbo sarebbe venuto alla luce lungo il cammino, senza che nessun testimone di fiducia dell'imperatore potesse confermare la legittimità della nascita.

Come confessare a Costanza che stava per perdere la battaglia e che lui non aveva modo di aiutarla?

Quasi riuscisse a leggergli nel pensiero, la sovrana aprì gli occhi e lo fissò.

«So cosa vorreste consigliarmi, Anselmo, ma è impossibile. Dobbiamo raggiungere Spoleto. Non ho scelta.»

Con un panno di lino, il medico asciugò il sudore che, nonostante il freddo intenso, velava la fronte della sovrana.

«Maestà,» rispose, la voce incrinata dalla commozione «se potessi offrire la vita per aiutarvi, lo farei senza esitare. Ma contro la natura, non posso nulla. Non raggiungeremo mai Spoleto. Consentiteci di interrompere il viaggio e accamparci. È già buio. Proseguire sarebbe un grave azzardo. Ne va della salvezza vostra e di quella del bambino.»

«Riesco ancora a resistere. Non posso partorire nei campi. Lo sapete, mio caro amico.»

«Maestà, dovete preoccuparvi solo della salute del piccolo, se volete che sopravviva.»

Costanza reclinò il capo sulla spalla. Per alcuni istanti rimase in silenzio, il petto scosso da piccoli singhiozzi.

«Vi prego di condurmi almeno fino al luogo abitato più vicino,» supplicò «fosse anche un piccolo villaggio.»

«A giudicare dalla mappa, sembra ancora distante. Il cammino, alla luce delle torce, potrebbe richiedere troppo tempo. Se la situazione dovesse precipitare, rischiamo di non essere pronti.»

«Confido in Dio padre. Non mi abbandonerà, dopo avermi donato un figlio.»

Il corteo camminò per tutta la notte. Sul fare dell'alba, giunse in vista di un piccolo borgo addossato a una collina, sul quale infuriava un freddo vento di tramontana. Non appena lo scorse in lontananza, Anselmo di Upsala si accinse a inviare un messaggero, alla ricerca di un luogo dignitoso dove ospitare la sovrana.

Costanza lo fermò. Nelle ultime ore aveva maturato una decisione molto difficile, che di certo non avrebbe mancato di sollevare critiche e accuse. Ma a lei non interessava altro che il bene di Costantino.

«Non mi occorre alcun rifugio. Fate innalzare una grande tenda da campo nel centro della piazza principale di questo villaggio. Sapete come si chiama?»

«Jesi, maestà, nella Marca anconetana.»

«Jesi» ripeté Costanza. «È un bellissimo nome. Sono certa che mio figlio non dimenticherà il borgo in cui vedrà la luce...»

Si interruppe, portandosi le mani al ventre, incapace di trattenere un lamento.

Anselmo di Upsala prese dalla borsa una piccola fiala di liquido scuro.

«Prendete questa pozione. Vi calmerà il dolore.»

«A prezzo della mia lucidità?» chiese Costanza.

«Sì, maestà, è inevitabile.»

«Allora non la voglio. Vi ordino anzi di non farmi bere intrugli simili durante tutto il travaglio, neppure se mi sentirete rantolare.»

«Soffrirete molto. Questa medicina vi sarebbe di grande aiuto. Perché rifiutarla?»

«Devo salvare mio figlio, Anselmo. Per riuscirci, è necessario che io sia sempre cosciente di quanto accade. Ora vi prego: fate issare una grande tenda nella piazza principale del villaggio. Partorirò lì.»

Anselmo di Upsala ebbe un sobbalzo, che fece ondeggiare la barba fluente.

«Una tenda, nella piazza del paese? È impossibile... Impossibile!» ripeté.

Costanza finse di non averlo udito.

«Vi prego anche di inviare araldi in tutto il paese. Fate in modo che gli abitanti siano informati di quanto sta per accadere. Dite loro che l'imperatrice, in viaggio verso la Sicilia, è stata colta dalle doglie e ha stabilito di fermarsi a Jesi, per partorire. Che sono sola, lontana dalla famiglia. Per questo, supplico tutte le donne di assistermi durante il parto. Perché quella faccia, amico mio?»

«Maestà, credo che l'imperatore non approverebbe mai questo comportamento. Siete una sovrana. Non potete mostrarvi sofferente e discinta di fronte a semplici popolane. Voi non immaginate neppure a quali reazioni si lasci andare una donna, in questi casi.» Mentre parlava, Anselmo di Upsala scuoteva la testa con decisione.

«Tutte le donne del paese vedranno il piccolo uscire dal ventre della madre, che soffre e rischia come una di loro» ribadì Costanza, testarda. «In ogni istante del travaglio e al momento della nascita, deve essere presente nella tenda un numero di testimoni tale che nessuno possa mai più, in futuro, sollevare dubbi sulla legittimità del bimbo. La mia dignità non ne sarà sminuita. Eseguite gli ordini, Anselmo di Upsala.»

All'annuncio degli araldi, i vicoli della cittadina si riempirono di gente, usci e finestre si spalancarono. Le donne, avvolte in pesanti mantelli di lana, riunite in capannelli, cominciarono a scambiarsi le loro impressioni: era proprio vero che l'imperatrice Costanza si trovava in paese? All'inizio, stentavano a crederlo. Nessuna osava allontanarsi dalla soglia di casa, intimidita dal brontolio degli uomini, sospettosi che si trattasse di un raggiro. Persino le più coraggiose erano titubanti: come poteva, un'imperatrice, sollecitare la compagnia di povere contadine? Eppure gli araldi insistevano: nella piazza principale di Jesi, sotto una tenda da campo, si trovava l'imperatrice Costanza, in procinto di partorire l'erede al trono dell'impero. Sua maestà supplicava tutte le donne del paese di recarsi da lei, per confortarla e infonderle coraggio, con la loro presenza.

Alcune raggiunsero la piazza, videro la tenda e cominciarono ad avvicinarsi. Una domestica faceva loro cenno di avanzare senza timore.

Così una ventina di popolane fu ammessa alla presenza di Costanza, distesa su un modesto giaciglio. Aveva indosso una semplice camicia bianca, che metteva in evidenza la sporgente rotondità del ventre, e appariva pallidissima. Sorrise e le invitò ad avvicinarsi. Esitanti, si inginocchiarono a una certa distanza.

«Venite qui vicino, vi prego, non abbiate timore» le esortò. «Vi ringrazio della compagnia. Qualcuna di voi ha già avuto figli?»

«Io ne ho avuti otto, maestà.»

«Otto? Sei una donna fortunata. E anche molto esperta.

Avvicinati.» Costanza le prese una mano, ruvida e segnata dal lavoro, la trattenne fra le sue per vincerne la timidezza, poi se la pose sul ventre.

«Cosa senti?»

«Il bimbo che si muove, maestà. È robusto. Non so se sarà un maschio. Dalla forma, direi che è una femmina.»

«Non è vero» replicò un'altra, in tono deciso. «Fidatevi di me, maestà. Io di figli ne ho avuti quattro, ma ne so più di lei. Sono l'ultima di cinque sorelle e le ho assistite tutte io. Fatemi sentire. Che grosso. Non sarà così facile, maestà. Però è un maschio. Ne sono sicura.»

«Avvicinatevi anche voi, non siate timide, toccatemi il ventre, come fanno le vostre compagne. Per me, è un conforto.»

Intanto, un gruppo più numeroso si era raccolto davanti alla tenda. Eccitate, incuriosite, le donne si accalcavano l'una sull'altra, nella speranza che qualcuno uscisse a riferire quello che stava succedendo. Ben presto la piazza si riempì di una folla silenziosa, disciplinata e rispettosa. Le notizie che filtravano dalla tenda non erano buone. Alcune donne avevano lo sguardo velato di lacrime, altre scuotevano la testa, tutte parlavano sottovoce, per non disturbare.

«Corro a chiamare Assunta, che ne sa più di questi dottoroni. Non sarà facile, povera donna. Speriamo bene.»

Tutte le donne di Jesi furono ammesse a turno nella tenda. A ognuna fu consentito di sostare per quanto voleva, assistere all'interminabile e doloroso travaglio, accarezzare il ventre rigonfio. Qualcuna cercò di rendersi utile, altre si allontanavano preoccupate.

Costanza faceva del suo meglio per sorridere, ringraziare e mantenere il controllo. Si sforzava di resistere allo sfinimento e alla disperazione. Pregava l'Altissimo di abbreviare quello strazio.

Invece sorse una nuova difficoltà: l'utero non riusciva a

dilatarsi oltre, con grave pericolo per la partoriente e il nascituro.

I dottori si affaccendavano, parlavano piano ma non potevano mascherare la preoccupazione. Un guizzo di paura attraversò anche gli occhi di Assunta, la vecchia levatrice di Jesi, accorsa ad assistere la sovrana, subito dopo aver fatto partorire la moglie del macellaio del paese.

Entrata nella tenda, aveva intuito con una sola occhiata che Costanza era esausta. Per questo, le si era accovacciata vicino e le aveva stretto la mano, incoraggiandola con voce calma e profonda, detergendole il sudore.

«Si intravede già la testa del bimbo, maestà. È pelata. Forza!» la spronava, sapendo quanto queste parole infondessero coraggio nelle madri e facessero scaturire risorse insospettabili. «Manca poco. Bravissima! Ancora un piccolo sforzo per far uscire quella testolina calva. Animo, maestà, provate di nuovo. Siamo a un passo.»

Costanza non aveva più lasciato la mano di Assunta, come per trarne forza. La processione di donne che, a decine, entravano nella tenda e vi sostavano, non si era interrotta un istante, neppure in quei momenti di tensione. Anzi era aumentata, perché tutte volevano essere presenti nel momento cruciale della nascita. Con un filo di voce, Costanza ripeteva: «Venite al mio fianco. Toccatemi il ventre. Osservate anche voi la testa del bimbo fra le mie gambe».

A un tratto, Anselmo di Upsala assentì con il capo.

«D'accordo» sussurrò al collega. «Facciamo anche questo tentativo.»

Il più robusto di loro poggiò con forza l'avambraccio sullo sterno di Costanza, spingendo proprio nel punto in cui si disegnavano i contorni del feto. Per due volte ripeté la manovra brutale, imponendosi di non dare ascolto ai lamenti soffocati della sovrana.

La terza, Costanza si sentì lacerare come se un coltello affilato le penetrasse nelle carni. Incapace di resistere, proruppe in un grido lungo e lancinante.

Nella tenda si fece un silenzio assoluto. Per un lungo, interminabile istante, le parve che la vita si fermasse, che il cuore cessasse di batterle. Poi il vagito potente e acuto di un bimbo squarciò l'aria.

«È un maschio, maestà!» gridò l'ostetrica, anticipando i medici. «È sano e molto robusto. Sentite che strilli!»

Costantino era nato.

Per la prima volta ne udiva la voce. Dolore, sfinimento, paura scomparvero all'improvviso. Si sentiva solo struggere dal desiderio di guardarlo e di stringerlo a sé. Le prime braccia a scaldarlo, a confortarlo dovevano essere le sue.

«Datemi mio figlio,» ordinò con un filo di voce «senza pulirlo né coprirlo. Ci penserò io.»

Travolta da un'emozione che non aveva mai provato, serrò al cuore Costantino, incapace di parlare, scossa com'era da singhiozzi di gioia. Con le labbra, sfiorò la testa, le guance, la minuscola bocca. Attraverso la pelle, cercò di comunicargli tutta l'intensità del suo amore.

Poi lo mostrò alle numerose donne presenti, emozionate e incredule.

«Questo è il figlio di Costanza d'Altavilla, erede al trono normanno» annunciò. «Voi tutte l'avete visto uscire dal ventre della madre. Ringrazio Dio e voi, per avermi assistito.»

Erano passate solo alcune ore dalla nascita di Costantino e la levatrice di Jesi era tornata a casa. Voleva preparare una tisana di erbe che somministrava sempre alle puerpere per rinvigorirle. L'imperatrice ne aveva un grande bisogno. Abituata com'era alle forti contadine del paese, Assunta non riusciva a capacitarsi che quella donna esile, fragile, non più giovane, avesse trovato la forza di mettere al mondo un bambino tanto forte e robusto.

Si trovava sull'uscio di casa, quando venne avvicinata da tre individui avvolti in un mantello scuro, il cappuccio calato sulla fronte.

«Siete voi, la levatrice di Jesi?» le chiesero.

«Sono io» rispose, guardinga.

«Non spaventatevi. Non intendiamo farvi alcun male. Anzi, potremmo esservi molto utili.»

«Mai avuto paura, in vita mia. E non mi serve l'aiuto di nessuno. Me la cavo benissimo da sola. Buona giornata a voi» replicò, allontanandosi.

Quegli uomini, però, le si strinsero intorno.

«Non avere fretta, vecchia» le ingiunsero, cambiando tono. «Abbiamo qualche domanda da rivolgerti. In questo paese è nato un bambino, la scorsa notte. È vero?»

Assunta, cui quella gente piaceva sempre meno, si impose di non essere impulsiva e di mantenersi sul vago, per capire il senso di quella curiosità.

«È nato il figlio del macellaio. Si chiama Antonio. Un bel maschietto.»

«Proprio così. Il figlio del macellaio. Nessun altro. Risulta anche a te?»

Tacque, sempre più sorpresa e insospettita. Come potevano ignorare una notizia che ormai era risaputa persino nei più sperduti casolari delle campagne intorno a Jesi?

«Rifletti con attenzione» la incalzò uno dei tre. «A parte il figlio del macellaio, non è nato nessun altro bambino in paese. Dico bene? Una tua conferma ci sarebbe di grande aiuto per smascherare un pugno di malfattori che, in questo stesso momento, sta cercando di ordire una truffa scandalosa.»

Mentre parlava, l'uomo le aveva appoggiato una mano sul braccio, in un gesto che poteva sembrare amichevole. In realtà, le stringeva il polso in una morsa fastidiosa.

«Secondo questi lestofanti, la notte scorsa sarebbe nato un altro bambino, anche lui maschio. La verità, invece,» proseguì, suggerendo una possibile spiegazione del mistero «è che questi imbroglioni, corrotti dal denaro, hanno rapito il piccolo Antonio e hanno cercato di farlo passare per il figlio di un'altra: una donna ricca, potente, priva di scrupoli... Un'anima dannata, che non si vergogna di mentire per raggiungere i suoi scopi. Tu, però, conosci la verità, l'hai vista con i tuoi occhi. E la testimonierai al mondo intero. Puoi fare la tua fortuna, se ti schieri dalla parte giusta.»

A quel punto della conversazione, Assunta si ribellò.

«Se vi recate nella piazza principale di Jesi,» rispose, scrollando con energia il polso dalla stretta «potrete vedere una grande tenda. Dentro è ancora sdraiata una donna, che ha partorito da poche ore. Con dolore e fatica. Questo è ciò che ho visto. Di che scambio andate cianciando? Se non mi credete, interrogate le donne di Jesi. Erano lì, a centinaia. Vi basta, la testimonianza di tutte le donne di Jesi?»

«Potrebbe averle pagate. Fa ricorso spesso alla corruzione. Non le manca certo il denaro. Se ci aiuti, non te ne pentirai. Parlo per conto di gente che può molto.»

Assunta era indignata. Avrebbe voluto rispondere per le rime a quella gente volgare, scacciandola in malo modo. E invece, quasi senza accorgersene, si ritrovò a ridere. Un riso scrosciante e liberatorio, tanto più incontenibile quanto più osservava le facce attonite di quei signori.

«Di tutte le scempiaggini che mi è toccato sentire fino a oggi, nella mia vita,» farfugliò «questa le batte tutte. Uno scambio di neonato. L'imperatrice, d'accordo con tutte le donne di Jesi. Ah! So io cosa ci vorrebbe, per certa gente.»

Si allontanò scuotendo il capo, senza più degnarli di uno sguardo. Ma non sottovalutò l'accaduto e, senza perdere tempo, si precipitò a informarne la sovrana.

La mattina successiva, gli araldi fecero il giro del paese, convocando ancora una volta il popolo nella piazza principale. Le donne, in realtà, non erano neppure rientrate a casa, tutte prese nel loro ruolo di consigliere e aiutanti della regina. Gli uomini risposero all'appello numerosi, impazienti di osservare anch'essi da vicino un'imperatrice.

Costanza non si fece attendere. Uscì dalla tenda e si mostrò alla folla che gremiva la piazza. Appariva esangue, ma si teneva in piedi, orgogliosa e altera. Intorno a lei si fece silenzio. Tutti si inginocchiarono ai suoi piedi.

«Cittadini di Jesi, voglio ringraziarvi per la generosa accoglienza che mi avete riservato, in un momento per me tanto difficile. Grazie all'aiuto delle donne, che non mi hanno abbandonato un istante, mio figlio è nato e gode di ottima salute. In segno di gratitudine per la vostra generosità, ho deciso che proprio il popolo di questo villaggio, prima di chiunque altro, faccia la conoscenza ufficiale del futuro imperatore.»

Fece cenno che le portassero il piccolo Costantino, lo prese tra le braccia e lo mostrò alla folla. Il bimbo strepitava a gran voce, reclamando il cibo.

«È un bimbo sano, con un vigoroso appetito. Guardate con quanta avidità succhia il mio latte.»

Senza curarsi del freddo, si dischiuse le vesti, offrì il seno turgido agli sguardi dei presenti e ne schiacciò i capezzoli. Un abbondante zampillo di liquido biancastro gocciolò ai suoi piedi e si rapprese per terra, in un'ampia macchia scura. Poi, quando fu certa che tutti avessero visto, lo porse a suo figlio, che vi si avventò.

Alcuni giorni dopo la nascita di Costantino, nella reggia di Palermo, Gualtieri di Palearia ricevette una lunga missiva, la cui lettura gli provocò un indescrivibile furore. Tutte le sue previsioni si rivelavano errate: non solo la gravidanza di Costanza era vera, ma soprattutto, le sorprendenti circostanze in cui aveva dato alla luce il figlio vanificavano qualsiasi tentativo di screditarne la legittimità. La "puttana normanna", come lui la chiamava in privato, degna rappresentante di quella stirpe dissoluta, aveva beffato tutti: l'imperatore, la chiesa e, soprattutto, lui, Gualtieri. D'altro canto, non avrebbe mai potuto immaginare che quella sfrontata partorisse in pubblico, che si mostrasse nuda e urlante di fronte a tutte le donne di Jesi. Come se non bastasse, il giorno dopo si era denudata il seno di fronte al paese intero, uomini compresi, per mostrare il latte che ne usciva. Si era mai vista una simile impudente?

Eppure, aveva vinto lei. Questa era la amara verità. Ma si sarebbe vendicato dell'arroganza di quella donna. Per cominciare, l'avrebbe condannata al più grande dolore che si può infliggere a una madre: separarla per sempre dal figlio. Avrebbe spiegato all'imperatore che la decisione più saggia era trasferirlo subito in Germania, per educarlo con rigore e severità, come si conviene a un futuro sovrano, al riparo dalla influenza negativa che la madre, una Altavilla, avrebbe potuto esercitare.

Quanto a Costanza, invece, intendeva farla trasferire in Sicilia, sotto il suo controllo. Avrebbe continuato a soffiare sul fuoco della gelosia che Enrico nutriva per lei, a insistere sul legame che univa la regina a Ruggero d'Aiello, capo dei rivoltosi, a insinuare il sospetto del tradimento. Non sarebbe stato difficile. Godeva della più completa fiducia dell'imperatore, di un potere immenso: prima o poi l'avrebbe fatta cadere in trappola e condotta alla rovina. Voleva vederla sul patibolo, condannata a una morte atroce e umiliante. Solo allora, si sarebbe sentito soddisfatto.

Si mise subito all'opera. Nel viaggio verso sud, Costanza aveva previsto una lunga sosta presso il conte di Spoleto, nella speranza di riposarsi e riprendersi dalle fatiche del parto. E invece, avrebbe trovato ad attenderla un'amara sorpresa.

Si avvicinò allo scrittoio, intinse nell'inchiostro la lunga penna d'oca e si accinse a scrivere una lettera a Corrado di Urslighen.

«*Vivamente ci appelliamo alla vostra lealtà*» concludeva la lettera, nello stile pomposo che il neo cancelliere trovava così consono alla carica che ricopriva «*affinché nulla sia tralasciato di quanto richiesto. In particolare vi esortiamo a ragguagliare la sovrana sugli accadimenti di Palermo con minuziosa precisione e a spiarne con attenzione ogni reazione, commento o gesto. Nessun dettaglio deve sfuggire alla vostra solerzia. Come sempre, carissimo Corrado, voi incarnate gli occhi e le orecchie dell'imperatore. Contiamo sulla vostra provata fedeltà al sovrano, prima che a chiunque altro.*»

Firmò la lettera, aggiungendovi, compiaciuto, anche il titolo: primo cancelliere della corona. Vi appose il sigillo e la spedì a Corrado di Urslighen con il più veloce dei suoi corrieri.

Alcuni giorni dopo il parto, l'imperatrice, circondata da un folto seguito di donne che piangevano, agitavano fazzoletti e invocavano benedizioni sul piccolo Costantino, abbandonò Jesi e riprese il cammino verso Spoleto, dove si augurava che le cure e l'ospitalità del conte e della moglie potessero aiutarla a riprendersi.

All'arrivo, trovò, invece, una fredda accoglienza.

Il conte, con un certo sussiego, la informò che l'imperatore riconosceva la legittimità del figlio nato da lei ma criticava con durezza le circostanze nelle quali era venuto alla luce, del tutto indegne di una sovrana. Al bambino andava imposto il nome di entrambi i nonni: Federico Ruggero, ma sarebbe prevalso quello del grande avo paterno. Inoltre, doveva essere subito affidato alle cure del conte e della contessa di Urslighen, fino al prossimo, definitivo trasferimento in Germania. L'imperatrice, al contrario, sarebbe ripartita con urgenza alla volta di Palermo. Enrico era sfuggito per puro miracolo a una congiura, ordita nel giorno di Natale, proprio mentre offriva ai ribelli la pacificazione generale. Quel nuovo, ignobile tradimento era stato represso con pugno di ferro, come monito per il futuro. La regina, con la sua presenza nella reggia, avrebbe mostrato a tutti che condivideva e approvava l'operato del marito.

Le parole di Corrado gettarono Costanza nella disperazione: Costantino era nato da pochi giorni e già Enrico si preparava a strappargliel. Senza più prestare attenzione al conte, si avvicinò alla culla, nella quale il bimbo dormiva placidamente. Lo sollevò e lo serrò al petto, coprendogli il capo di baci, accarezzandogli con la mano la pelle rosata.

«Costantino, mio tenero fiore, se davvero giungeranno a tanto, non dimenticarmi. Porta con te il suono della mia voce, il tepore delle braccia che ti stanno stringendo, l'odore della pelle che per prima ti ha sfiorato, appena nato. Tu appartieni a me. Vivrò solo per poterti riabbracciare, figlio adorato. Un giorno ti riporterò a casa, a Palermo. Non so quando, amore mio, ma ci riuscirò. Io, Costanza d'Altavilla, figlia di Ruggero, lo giuro sulla memoria dei miei padri.»

«Devo imporvi anche di non allattare più il principe, maestà» riprese Corrado. «L'imperatore teme che un eccessivo attaccamento fra madre e figlio sia negativo per la crescita del futuro re. Ci sono balie a volontà. Voi dovete occuparvi di cose molto più importanti. L'imperatore mi ha chiesto di raccontarvi nei minimi particolari quello che è successo nella cattedrale di Palermo. Come posso farlo, se siete distratta da futili occupazioni? Consegnatemi il principino, una volta per tutte» la esortò, tendendo le braccia.

Costanza voltò le spalle, per impedire che le mani di Corrado di Urslighen sfiorassero il bambino. «Continuerò a occuparmi di mio figlio e lo nutrirò fino al momento della partenza. So bene che tutto è già predisposto e che mi resta ancora poco tempo da trascorrere con lui. Non macchiatevi di una inutile crudeltà, conte di Urslighen. In ogni caso, sono pronta ad ascoltarvi con attenzione, se questa è la volontà dell'imperatore.»

Costanza si impose di ascoltare le parole di Corrado, senza reagire. Sapeva che ogni sua affermazione sarebbe stata riferita e usata contro di lei. Ormai aveva intuito il piano di Gualtieri di Palearia: sottrarle il figlio, sbarazzarsi di lei con un'accusa di tradimento e poi assassinare anche Costantino.

Eppure, quanto più il conte si addentrava nella sua minuziosa esposizione, tanto più si sentiva sopraffare da un orrore che, alla fine, non le fu possibile celare.

Il conte di Urslighen, con un certo disappunto, non mancò di fargliele rilevare.

«Vi vedo molto pallida e scura in volto. Devo dedurne che disapprovate il comportamento dell'imperatore? Che lo trovate troppo duro? Permettetemi di confessarvi che sono stupito. In definitiva, sua maestà ha agito per difendere i vostri interessi.»

Costanza si avventò su di lui come una furia.

«Non bestemmiate, Corrado di Urslighen. Vi proibisco di rendermi complice di un eccidio così brutale e premeditato.»

Per alcuni istanti, Corrado la fissò con durezza, senza replicare.

«Non vi interessa saperne di più? Quali sono le condizioni di salute dell'imperatore, per esempio?» domandò, con sguardo minaccioso. «Se i congiurati siano stati catturati o se qualcuno sia riuscito a fuggire?»

Costanza si asciugò gli occhi e non rispose. Non era la sorte di Enrico, a preoccuparla, ma quella della famiglia di Tancredi, del piccolo Guglielmo. Dei nobili del regno, fedeli alla sovrana. Di Ruggero d'Aiello.

«Posso fermarmi ancora qualche tempo presso di voi, conte, per riprendere le forze?» chiese soltanto. «Mi sarebbe di grande aiuto.»

«Non posso modificare gli ordini del sovrano» rispose Corrado, asciutto. «Non vi sono concesse soste. L'imperatore ritiene che a Palermo avrete tutto il tempo per riposare. Dovrete essere pronta a ripartire entro una settimana, al più tardi.»

Sette giorni, forse meno. Poi avrebbe perso Costantino. Il suo tenero, adorato Costantino, agnello fra i lupi.

Capitolo 11

Il convento, modesto e poverissimo, godeva di un paesaggio incantevole, che abbracciava le colline circostanti e, in lontananza, il mare. Costanza lo vedeva brillare di piccole scaglie infuocate, dalla finestra della stanza che le era stata assegnata, durante una sosta nel suo viaggio verso Palermo.

Un tempo bastava quello spettacolo a renderla felice. Ora, invece, più nulla riusciva a lenire il dolore per la lontananza di Costantino. La sofferenza e l'angoscia per il futuro erano così forti, da procurarle un'oppressione nel petto.

Due leggeri colpi alla porta la distrassero dai quei pensieri, preannunciando la visita del padre superiore, che le aveva chiesto un colloquio privato. Si asciugò in fretta gli occhi.

«Accomodatevi, reverendo padre. Grazie per la vostra ospitalità. Scusatemi, se resto seduta.»

Il padre si fece avanti ma non rispose, né sollevò il cappuccio del saio, calato sugli occhi a nascondere il viso. Costanza lo osservò con attenzione. Lo ricordava più basso ed esile dell'individuo che aveva di fronte. Quell'uomo non era l'abate del convento. Sentì il cuore accelerare i battiti. Forse era stata tradita e aveva di fronte un sicario di Gualtieri di Palearia. Rimpianse di non avere fra le vesti un pugnale ma poi rifletté che, in ogni caso, non avrebbe avuto forze sufficienti per adoperarlo.

«Chi siete?» domandò brusca. «Chi vi ha dato il permesso di entrare?»

«Voi stessa, maestà.»

Costanza trasalì. Conosceva bene quella voce ma stentava a credere che fosse davvero lui.

«Dovreste essere più prudente, mia signora» proseguì l'intruso. «Il regno di Sicilia pullula di assassini e di spie. Per questa volta, però, non correte pericolo.»

Tolse il cappuccio dal viso e si precipitò ai piedi della regina, prendendole una mano e portandola alle labbra. Il volto di Costanza si illuminò di genuina felicità.

«Non mi sbagliavo. Siete proprio voi, Ruggero, amico mio carissimo. Dio vi benedica per la felicità che provo in questo momento.»

«Sono stato molto in ansia per voi» replicò Ruggero, fissandola negli occhi, l'esile mano racchiusa fra le sue, il cuore in tumulto. «Siete pallida e sofferente, Costanza. Enrico vi sta uccidendo giorno dopo giorno. E voi subite qualsiasi sopruso, senza ribellarvi.»

Costanza pose un dito leggero sulle labbra di Ruggero, per impedirgli di proseguire.

«Quello che accadrà a me, ormai non ha più importanza» rispose con una dolcezza che Ruggero non le aveva mai conosciuto. «Ancora una volta, Dio mi ha aiutato e vi ha salvato dal massacro. Ora posso morire più serena, so che combatterete al mio posto. Dovete sopravvivere, Ruggero. Avete una missione cruciale, da compiere: salvare Costantino, l'erede legittimo al trono degli Altavilla.»

«Allora, è vero?»

«Tutto vero.»

«Dio sia ringraziato. È una gioia che compensa tanti dolori. Dov'è il bimbo?»

«Mi è stato tolto. Il padre ha deciso di portarlo in Germania, lontano da me. Lo perderò per sempre. Solo voi potete aiutarmi. Fatelo, vi prego, per me e per il regno.»

«Il regno è distrutto. I nobili sono stati massacrati a migliaia. I pochi che sono scampati all'eccidio della notte di Natale, vengono braccati. Dobbiamo questo incontro a un atto di bontà del padre superiore, un amico fedele e leale. Ma io rappresento un pericolo per voi. Siete circondata da spie e da sicari prezzolati. Avrebbero potuto uccidervi mille volte e, se questo non è ancora accaduto, è solo perché Enrico vi vuole al suo fianco, nella reggia di Palermo, il giorno dell'incoronazione. Intende salvaguardare una parvenza di legalità agli occhi del mondo. Dopo, non gli sarete più necessaria e troverà un pretesto per uccidervi. Dobbiamo sventare questo piano. Siamo in pochi ma determinati. Questa volta la congiura per assassinare Enrico di Svevia verrà preparata per davvero, in ogni dettaglio.»

«È una follia. Enrico vi scoprirà e vi catturerà. L'avete detto voi stesso che ha spie dappertutto. E allora, cosa sarà di mio figlio?»

«Sono già ricercato in tutto il regno, non ho più speranze. Posso solo morire con onore, battendomi fino all'ultimo.»

«Vostro padre?»

«È stato catturato. Hanno sparso la voce che gli infliggeranno un supplizio atroce, a meno che io non mi consegni. Ma non posso farlo. Ci eravamo scambiati un giuramento: se uno dei due fosse stato preso, l'altro avrebbe continuato la lotta contro il tiranno.»

«Che ne è stato della famiglia di mio nipote Tancredi? E del piccolo Guglielmo?»

Ruggero chinò il capo.

«Il conte Tommaso d'Acerra, suocero di Tancredi, è tra i pochi che non si sono arresi. Credo sia vivo e si nasconda da qualche parte, come faccio anch'io. La moglie Sibilla temeva troppo per la sorte dei figli e aveva deciso di fidarsi della promessa di perdono. Era nella cattedrale. Non credo sia ancora viva. E forse sarebbe meglio così.»

Ruggero scosse la testa, senza trovare il coraggio di proseguire.

«Cosa sarà di noi, adesso? E mio figlio? Come farò a proteggerlo?»

«Vorrei potervi rispondere, Costanza. Ma so soltanto che questa potrebbe essere l'ultima volta che ci incontriamo, l'ultima occasione che il destino mi offre per farvi una confessione, svelarvi un segreto che custodisco nel cuore da tanti anni. Per favore, non cercate di impedirmelo. Consideratelo un dono d'addio per un vecchio amico, un ricordo che porterò nell'anima. Se dovessi morire fra i tormenti, mi infonderà la forza di sopportarli con dignità. Non ho vissuto un solo giorno della mia vita senza pensare a voi. Vi amo da quando ho memoria, senza che nulla sia mai cambiato. Non vi chiedo niente, neppure un segno che abbiate udito e compreso le mie parole. Mi basta avervi aperto il cuore. Non volevo morire con questo rimpianto.»

«Ruggero, mio preziosissimo amico» sussurrò Costanza, commossa. «Vi ho ascoltato. Le vostre parole mi sono di grande conforto, mi riempiono l'animo di dolcezza e gratitudine. Ma quel tempo è finito per sempre. Ora, con la stessa intensità, dovete amare Costantino. Se davvero vi sono così cara, aiutatemi a salvare lui.»

«Mi batterò fino all'ultimo respiro. Per Costanza regina e per il re legittimo.»

Appena giunta a Palermo, Costanza fu condotta alla presenza del primo cancelliere del re.

Gualtieri di Palearia, seduto presso l'imponente tavolo da

lavoro, lasciò trascorrere una frazione di secondo, prima di sollevare lo sguardo sull'imperatrice. Non le mosse incontro, non si alzò neppure in piedi. L'affronto alla sua dignità di regina le avrebbe fatto comprendere quanto fosse in disgrazia presso il marito e, di conseguenza, in pericolo di vita: un messaggio rivolto anche a quanti ancora speravano in un suo intervento contro il "tiranno tedesco".

Vedere la sovrana così sofferente suscitò nel cancelliere un malevole compiacimento.

«Immagino che siate fiera del vostro successo, ottenuto calpestando ancora una volta le leggi della morale, della dignità e del pudore» l'apostrofò, sprezzante. «Non c'era da aspettarsi altro da una spergiura che ha rinnegato la santa madre chiesa.»

«Accusate me, dopo che voi stesso vi siete schierato dalla parte dell'imperatore e ne avete appoggiato i misfatti?»

«Misfatti?» ripeté con finto stupore il cancelliere. «Basterebbe questa parola, per incolparvi di lesa maestà. Non ho tradito la chiesa. La posizione che ricopro, mi consente di favorire nel miglior modo possibile gli interessi del papa. Le mie decisioni sono legge persino per l'imperatore. Se ancora non siete stata uccisa, lo dovete a me. Sono stato io a convincere sua maestà che abbiamo bisogno della vostra presenza. Almeno per qualche tempo.»

«Voglio parlare con l'imperatore.»

«Non ha tempo da sprecare. In ogni caso, ignorerebbe le vostre lamentele. Vi vedrete il giorno dell'incoronazione. Vi sta preparando un'accoglienza davvero trionfale.» Gualtieri si concesse un sorriso di scherno. «Enrico VI è un pazzo. Ci sbarazzeremo anche di lui. Ogni cosa a suo tempo. Poi toccherà al piccolo erede.»

Gli occhi del cancelliere brillarono di una luce sinistra, che fece rabbrividire Costanza.

«Come vedete, vi parlo con la massima franchezza. Non avete alcuna possibilità di nuocermi. L'imperatore non vi crederebbe mai. Siete sola, Costanza, in mio completo potere. I vostri amanti non possono più aiutarvi.»

Costanza non disse nulla. Voltò le spalle al cancelliere e abbandonò la stanza.

La cattedrale era addobbata con uno sfarzo degno della migliore tradizione degli Altavilla. Una distesa di fiori multicolori, disseminati in ogni angolo, saturavano l'aria di un odore intenso e dolciastro, mescolato a quello dell'incenso, che si sollevava in brevi sbuffi di fumo dai turiboli, manovrati con perfetta cadenza. Paramenti scintillanti d'oro ornavano gli altari. Lungo le navate, grandi drappi preziosi pendevano dai soffitti.

Davanti all'altare maggiore, sotto un baldacchino di porpora e oro, sedeva il vescovo, che indossava la mitria e la pianeta delle occasioni solenni, doni preziosissimi dei re di casa Altavilla. Gli facevano corona i prelati, i parroci delle chiese palermitane, i diaconi. Alle loro spalle, era schierato il coro, in tunica rossa e camice bianco. Un tappeto di velluto scarlatto, ricamato in oro e argento, segnava il cammino fino al trono riservato al re, davanti al quale, sopra un prezioso cuscino intessuto d'oro e perle bianche di fiume, posava l'ampollina con l'olio consacrato, la corona e lo scettro. Gioielli di valore inestimabile, tempestati di un numero incalcolabile di pietre preziose: granati, turchesi, ametiste, smeraldi, zaffiri, rubini, perle. Creati da artisti che lavoravano solo per la casa normanna e non lasciavano mai la reggia, abitando e lavorando in un'area interamente riservata a quello scopo.

La cattedrale era gremita di volti per lo più sconosciuti. Gli antichi feudatari del regno, nominati dagli Altavilla, erano scomparsi. Al loro posto, era schierata la nuova nobiltà: rozzi soldati tedeschi, le spade ancora lorde di sangue, che avevano assunto il pieno possesso del regno.

Sorridevano fra loro, scambiandosi occhiate compiaciute, pronti a plaudire all'arrivo di Enrico di Svevia. Il sovrano sfilava per le vie della città, preceduto da un lungo corteo regale aperto, per suo espresso ordine, dalla lugubre fila di prigionieri catturati il giorno di Natale e non ancora trucidati, proprio per esibirli in catene, come trofeo, nel giorno solenne dell'incoronazione: un monito per gli sconfitti e una ostentazione di forza, da parte del vincitore.

Il popolo di Palermo, assiepato nelle vie della città, osservava lo spettacolo in un silenzio ostinato, così innaturale da suonare come una sfida premeditata al sovrano. Solo una volta dalla folla si levò un grido di raccapriccio: quando, fra i prigionieri, apparve il piccolo Guglielmo, il figlio di Tancredi l'usurpatore. Il bimbo – accecato e mutilato in modo orribile nella sua virilità, perché il seme di quella famiglia si disperdesse per sempre – camminava curvo, trascinando il peso delle catene, le mani protese in avanti, nel tentativo di indovinare gli ostacoli che non poteva più vedere con gli occhi. Dietro di lui, singhiozzante, si trascinava la madre Sibilla con le due figlie.

Da ultimo, avanzava Enrico di Svevia, lo sguardo fisso davanti a sé, indifferente alle migliaia di occhi puntati su di lui come tanti coltelli, quasi non si sentisse neppure sfiorato dall'odio che si levava dalla gente. Come ulteriore spregio, sfoggiava compiaciuto il mantello regale dei re normanni, il gioiello più prezioso della corona, simbolo stesso della sovranità, che, per legge, avrebbe dovuto ricoprire solo le spalle degli Altavilla.

Costanza, secondo gli ordini che le erano stati impartiti, seguiva il marito a una certa distanza. Con il cuore straziato, fissava lo scempio inflitto alla famiglia di Tancredi, l'insulto al popolo e alle tradizioni del regno. Vide Enrico VI incedere nella cattedrale, acclamato dalla folla dei nuovi feudatari, inginocchiarsi e cingere la corona che era stata un giorno dei suoi avi. Lacrime di umiliazione e dolore le rigavano le guance. Non fece nulla per trattenerle, incurante degli sguardi minacciosi dell'imperatore: il popolo di Palermo doveva sapere che stava soffrendo come tutti loro, anche se questa disobbedienza le fosse costata la vita. L'ultima regina normanna sarebbe morta con onore, come imponeva la storia di una grande famiglia.

La sola ragione che la teneva ancora in vita era Costantino. Dopo lo spettacolo della sorte toccata a Guglielmo, pensava al futuro del figlio con orrore e angoscia. Perché l'aveva tanto desiderato, se poi non sapeva proteggerlo? Se lo abbandonava indifeso, alla vendetta dei nemici?

Nei due mesi successivi all'incoronazione, Enrico si assentò da Palermo e si recò a Spoleto per predisporre il trasferimento del piccolo Federico in Germania. Le cure del regno furono affidate a un consiglio di reggenza, a capo del quale il nuovo re pose di nome la regina. Ma di fatto, affidò ogni responsabilità all'onnipotente primo cancelliere.

Durante la lontananza del marito, Costanza, alla ricerca di un impossibile conforto ai dispiaceri, tornò a visitare i quartieri popolari della città, secondo un'abitudine che fin da bambina le era molto cara. Avvertì quanto profondo fosse l'odio della gente verso l'imperatore e le orde di mercenari attraverso le quali opprimeva il paese.

«Perché tenete vostro figlio lontano dalla Sicilia, maestà? L'abbiamo atteso tanto. Restituiteci un re normanno» la supplicavano. «Difendeteci da questi barbari.»

Qualcun altro, più audace, mormorava: «Non riconosceremo altro re che vostro figlio. La rivolta scoppierà presto. Nel regno scorreranno ancora fiumi di sangue».

Costanza confidava le sue pene alle donne del popolo, madri come lei, e le supplicava di vegliare su Costantino, se un giorno fosse tornato a casa e non l'avesse più trovata.

Quando Gualtieri di Palearia fu informato di queste iniziative della regina, si infuriò al punto da convocarla alla sua presenza. Costanza non si presentò, rispondendogli che, se il cancelliere desiderava conferire con lei, poteva presentare una supplica e attendere che fosse accolta.

«È indegno di una sovrana aggirarsi nei bassifondi della città, in mezzo alla plebe più umile e volgare» la rimproverò il cancelliere, quando alla fine riuscì a incontrarla. «Per giunta, da sola e senza scorta. Vi rendete conto dei pericoli cui vi esponete e delle mie responsabilità, dal momento che devo provvedere alla vostra sicurezza?»

«Non mi ero accorta che vi premesse tanto» replicò Costanza, in tono pacato. «Forse siete così in ansia perché nei quartieri popolari le spie non si azzardano a seguirmi. Sanno bene che non ne uscirebbero vive.»

«Pensate che non capisca lo scopo di queste manovre? Complottare ai danni di vostro marito, incontrare i nemici della corona, al sicuro da sguardi indiscreti. Informerò l'imperatore del vostro comportamento.»

«Non sono ancora una prigioniera, signor cancelliere.»

«Farò in modo che lo diventiate» ribatté Gualtieri di Palearia, allontanandosi.

Per tutta risposta, Costanza intensificò le visite. Voleva far capire alla sua gente che non condivideva la brutalità di Enrico, che ne era una vittima, come tutti. Solo così Costantino sarebbe stato amato, un giorno, come figlio di Costanza ed erede degli Altavilla, non degli Hohenstaufen di Svevia.

Un pomeriggio, durante uno dei vagabondaggi per la città, un povero mendicante le si avvicinò silenzioso e furtivo.

«Continuate a camminare, senza parlare né voltarvi» le bisbigliò. «Proseguite fino al piccolo altare votivo e poi girate a sinistra. Poco più avanti, vedrete un androne con l'insegna di un calzolaio. Entrate e aspettate.»

Costanza seguì le indicazioni senza timore: aveva riconosciuto la voce di Ruggero d'Aiello.

All'interno del portone, era buio fitto. Strinse gli occhi, cercando di distinguere qualcosa di ciò che la circondava. Una luce filtrò da una piccola porta. La spinse ed entrò.

I presenti si inchinarono ai suoi piedi. Si udì uno scalpiccio di passi. Pochi istanti dopo, nella piccola stanza si materializzò, quasi dal nulla, la figura imponente di Ruggero d'Aiello.

Prese la mano della regina e la portò alle labbra. Prima di inchinarsi, indugiò un istante a fissarla, gli occhi negli occhi di lei.

«Rivedervi è una gioia ogni volta più grande» bisbigliò.

«Anche per me, amico mio. È la conferma che siete ancora vivo. E che non tutto è perduto.»

«Dobbiamo agire, maestà. Siamo qui per mettervi al corrente delle nostre intenzioni. Abbiamo riflettuto a lungo, prima di compiere questo passo. Siamo consapevoli di esporvi a un rischio gravissimo. Se, Dio non voglia, qualcuno sospettasse di voi...»

«La mia vita è già appesa a un filo, Ruggero. In ogni momento potrei essere uccisa da un sicario, pagato dal re o dal primo cancelliere. Ormai non servo più. Sono solo un peso inutile. Non dovete temere per me ma per voi. Cosa pagherei, per sapervi lontano da qui, al sicuro, fuori dei confini del regno. Solo così, posso continuare a sperare.»

«Presto saremo liberi tutti, se il piano riuscirà. E voi riabbraccerete vostro figlio. Ve lo giuro, Costanza.»

«Quale sarà il mio compito?»

«Avvertirci per tempo del ritorno di vostro marito.»

«Non ne verrò informata. Non conto nulla, all'interno della reggia. Persino i servi ne sanno più di me.»

«Dovrete cercare di scoprirlo. È di importanza cruciale. Siete la nostra unica speranza.»

Costanza portò una mano al petto, per placare l'affanno che le faceva martellare il cuore.

«Ho paura. Non per me, ma per Costantino. Cosa sarà di lui, se fossimo scoperti?» chiese, pallidissima, gli occhi colmi di lacrime.

Ruggero non rispose. Solo strinse forte tra le sue le mani della sovrana.

Costanza aprì il medaglione che le pendeva all'altezza del cuore.

Il foglio, ripiegato più volte, era sempre lì. Lo accarezzò con le dita, ne ascoltò il leggero fruscio. Un suono dolce, alle orecchie. Da due giorni ripeteva quei gesti di continuo, quasi temesse che il suo segreto potesse essere scoperto o la carta dissolversi all'improvviso.

Alla fine, la contessa di Urslighen aveva risposto alle sue suppliche e corso un grave rischio, per aiutarla. Da quando era a Palermo, le aveva scritto tre volte. In gran segreto, per non essere scoperta dal cancelliere.

Ancora una volta, il popolo le era stato d'aiuto. Alcuni commercianti, in grado di uscire ed entrare dalla città senza destare l'attenzione delle spie, avevano recato i messaggi a Spoleto, senza farsi scoprire.

Costanza supplicava la contessa – madre come lei – di avere pietà del suo dolore. Nessuno le dava notizie di Costantino e lei si struggeva dal desiderio di sapere qualcosa di lui: come stava? Cresceva bene? Era sereno? Avrebbe dato la vita per poterlo stringere a sé o avere un suo piccolo ricordo.

Alla fine, quando ormai non ci sperava più, era giunta la risposta tanto attesa.

«Maestà, solo poche righe. Non posso fare di più. Le affido al vostro messaggero, a rischio della vita. Voi sapete bene che, se venissi scoperta, neppure mio marito potrebbe salvarmi dall'ira dell'imperatore. Per questo, vi supplico: non scrivetemi mai più. Mi vedrei costretta a denunciarvi, per proteggere me stessa e la mia famiglia. Il principino sta bene. È un bimbo forte e robusto. Cresce a vista d'occhio. Ma sente la vostra mancanza. Non saprei spiegarvi il perché. Eppure, da madre, capisco che è così. Il bimbo intuisce che le braccia che lo stringono non sono più le vostre. Per questo, è spesso irascibile. A volte, piange fino alla disperazione. Per quello che posso, veglierò su di lui. Ma molto presto partirà per la Germania e non sarà più sotto il mio controllo. Se potete, maestà, impeditelo. Ho un brutto presentimento. Non so cosa sarà di lui, se dovessero portarlo via. Come mi avete chiesto, vi invio un segno del piccolo Federico.»

In fondo alla lettera, al posto della firma della contessa, vi era l'impronta di un minuscolo dito, intinto nell'inchiostro e poi calcato sulla carta. Costanza, vedendola, aveva pianto tutte le sue lacrime e l'aveva baciata tante volte che il tratto cominciava già a sbiadire.

Quella lettera le aveva infuso il coraggio di agire. Voleva salvare suo figlio, riabbracciarlo. E non aveva altra scelta, se non la più pericolosa e disperata: allearsi ai congiurati. Contro suo marito.

Capitolo 12

«Che notizie mi portate, Gualtieri?»

«Ottime, maestà. Il denaro della corona è stato ben speso.»

«Si è trattato di una somma enorme.»

«Le spie costano molto care, sire. Tanto più, quando sono abili. Ma i fatti mi hanno dato ragione. Il complotto è stato scoperto. Ne conosciamo gli artefici: sono quattro...»

«Il primo è Ruggero d'Aiello.»

Gualtieri di Palearia strinse le labbra e fece un cenno d'assenso.

«Poi il suocero di Tancredi, Tommaso d'Acerra...» aggiunse.

«Uno spudorato ambizioso, un maneggione, che non accetta di vedersi sottrarre il trono di Sicilia, su cui tentava di allungare le mani, da quando il genero è morto.»

«Il terzo è l'ammiraglio della flotta del regno, Margitone, un fedelissimo degli Altavilla. Il piano prevedeva di sollevare il popolo di Palermo e provocare una rivolta in città. Con l'appoggio della plebe, i ribelli avrebbero attaccato la reggia: vostra maestà e io saremmo stati l'obiettivo principale. I congiurati attendevano il vostro ritorno per agire. Sono riusciti a venirne a conoscenza, sebbene avessi imposto il più assoluto riserbo, per ragioni di sicurezza. Da settimane ricevevo dalle spie rapporti molto preoccupanti. Abbiamo corso un rischio molto grave, sire. Il piano è stato sventato all'ultimo istante.»

«Li avete acciuffati tutti, naturalmente.»

Gualtieri di Palearia fissò Enrico negli occhi e tacque.

«State cercando di nascondermi una brutta notizia, Gualtieri?»

«Tommaso d'Acerra e Margitone sono stati presi. Ruggero d'Aiello, invece...»

«No! No!» gridò Enrico, picchiando violenti colpi sul tavolo. «Non voglio credere che ancora una volta ve lo siete lasciato sfuggire. Questo è gravissimo, cancelliere.»

Gualtieri chinò la testa e fissò il pavimento senza replicare. Sapeva che quel fallimento avrebbe provocato l'ira del sovrano. Ruggero d'Aiello era scampato alla cattura. Per un soffio. Quell'uomo era un demonio: abile, veloce, astuto. Fiutava il pericolo nell'aria.

«Comprendo e condivido il vostro furore, maestà. Tuttavia, non tutto è perduto. Se mi concederete ancora un poco di fiducia, sono certo di poter studiare il modo...»

«Ah! Comincio ad averne abbastanza dei vostri piani astrusi e complicati. Dovevo lasciar fare ad Anweiler. Consentirgli di massacrare la plebe di Palermo, casa per casa. Quella gentaglia arrogante, che rimpiange gli Altavilla, protegge i traditori come d'Aiello e medita di sollevarsi contro il re.»

Gualtieri di Palearia assunse un'espressione fredda e ostile.

«Sono state le mie idee, che voi definite oggi astruse e complicate, a farvi sequestrare tutti i nobili del regno. Vostra maestà lo sta dimenticando. In ogni caso, se pensate che Anweiler e i suoi metodi possano esservi più utili del vostro cancelliere...» Gualtieri di Palearia si alzò dallo scranno. «...sono pronto a togliere subito il disturbo. Naturalmente porterò con me alcune interessanti scoperte.»

«Sedetevi, Gualtieri. Non vi ho congedato. Sono solo molto adirato. La cattura di Ruggero d'Aiello è il mio cruccio principale.»

«Anche il mio, maestà. Tuttavia, ho in serbo una informazione così preziosa e importante che sono certo di guadagnarmi il vostro perdono: il nome del quarto congiurato. Una persona che ha avuto l'ardire di frugare tra le carte riservatissime della cancelleria. Tra le mie carte, nella mia stanza di lavoro. E poi ha svelato ai traditori la data del vostro ritorno.»

Enrico lo fissò con ansia. Gualtieri assaporò il piacere di tenerlo ancora un poco sulle spine: la notizia che stava per comunicargli avrebbe di certo compensato il dispiacere per la fuga del grande nemico.

«Si tratta di vostra moglie, Costanza d'Altavilla. È lei, la spia» sussurrò in un soffio. «Le prove sono inconfutabili. E ora l'abbiamo in pugno. Possiamo accusarla di fronte al mondo intero e condurla al patibolo. Nessuno avrà nulla da eccepire: neppure il papa.»

Con uno scatto improvviso, Enrico di Svevia si alzò in piedi e afferrò al petto Gualtieri di Palearia. Lo sguardo era stravolto, gli occhi torvi, il volto pallidissimo.

«Non è vero!» gridò. «Siete un bugiardo, un incapace!»

Poi, stupito lui stesso della propria reazione, abbandonò la presa e tornò a sedersi.

«Non capisco, maestà» balbettò il cancelliere, meravigliato. «Da mesi voi e io stiamo inseguendo un unico obiettivo: raccogliere prove contro Costanza per tacciarla di lesa maestà e giustiziarla. Non erano questi i vostri ordini?»

Enrico continuò a fissarlo in silenzio, con astio. Le mani tradivano un forte tremito. Gualtieri di Palearia se ne accorse, sebbene il sovrano cercasse di controllarlo stringendole fra loro, in un gesto convulso.

Forse Enrico gli aveva mentito. Oppure, aveva mentito a se stesso: credeva di odiare Costanza. In realtà, l'amava. Di un amore negato, contorto, malato come il suo animo: un sentimento inappagato e senza speranza, che rendeva la follia di quell'uomo ancora più pericolosa e imprevedibile. Rischiava che l'imperatore facesse pagare a lui, la propria frustrazione: la posizione di primo cancelliere del regno, conquistata con tanta fatica, era in pericolo. E, con essa, il potere smisurato di cui godeva.

Doveva correre ai ripari.

«Vi vedo tentennare proprio ora che siamo a un passo dalla vittoria, vittima della nobiltà del vostro cuore e dell'affetto che, nonostante tutto, provate per vostra moglie. Sentimenti che vi fanno onore. Tuttavia, mal riposti. Non merita pietà, una donna che prima ha tradito un voto fatto a Dio e poi non ha esitato a concedersi al peggiore nemico del proprio marito.»

«Indizi, sospetti» gridò ancora Enrico, sempre più alterato. «Nessuno mi ha ancora fornito una prova inconfutabile. Nemmeno voi.»

«Ma posso farlo, sire» replicò il cancelliere, impassibile. «Finora me ne sono astenuto solo per rispetto nei vostri confronti. Perché infierire su un uomo che già si professa del tutto sicuro della doppiezza della moglie? Ho voluto risparmiarvi un nuovo dolore. Ma se me lo ordinate, è mio dovere obbedire.»

Gualtieri afferrò una delle cartellette di cuoio che portava sempre con sé, ricolme di documenti. La aprì e frugò all'interno. Nella stanza regnava un silenzio teso, rotto solo dal fruscio delle carte che il cancelliere passava in rassegna e rimetteva in ordine, dopo averle scorse. Alla fine, posò sul tavolo una busta chiusa.

«Qui dentro è racchiusa la conferma che cercate. Non voglio essere presente, durante la lettura. Sarei costretto a subire di nuovo gli strali della vostra ira. Ho la sensazione che, lungi dal provare gratitudine per lo zelo con il quale ho servito la vostra causa, consideriate responsabile me, della dissolutezza di quella donna. Una volgare sgualdrina, una spia al servizio del suo amante di sempre. Leggete pure, sire. Ma fate molta attenzione: è un documento fragile, strappato al fuoco, a mio rischio e pericolo. Se, dopo averlo esaminato, riterrete di non avere ancora rassicurazioni sufficienti, inviatemi un messaggio. Capirò. E lascerò la mia carica e il regno di Sicilia.»

Quindi accennò un inchino e abbandonò la stanza.

Per alcuni istanti Enrico fissò l'involucro, senza aprirlo. Provò ad allungare una mano ma subito la ritrasse, spaventato dal tremito che la agitava. Anche la palpebra dell'occhio destro pulsava e si contraeva, in un riflesso nervoso incontrollabile.

Comprendeva lo sconcerto del cancelliere, al quale non aveva alcuna giustificazione da offrire. Non era in grado di spiegare il suo comportamento neppure a se stesso. Quella donna lo teneva ancora in suo potere, anche se si rifiutava di incontrarla. Neppure dopo il suo ritorno a Palermo, le aveva concesso udienza, sebbene lei lo tempestasse di suppliche: in realtà, non desiderava vedere lui. Voleva solo notizie del figlio.

In tanti anni di matrimonio, mai una volta aveva avuto un gesto d'affetto per il marito. Mai aveva mostrato un breve fremito di passione. Solo odio: fino a spiarlo e a venderne la vita all'amante.

Una sgualdrina: aveva ragione Gualtieri di Palearia. E lui, stolto, trovava insopportabile l'idea di perderla per sempre. Quella donna si era impossessata della sua ragione, della sua anima. Lo aveva sempre saputo. Per questo doveva sbarazzarsene.

Finalmente trovò la forza di aprire la busta. All'interno vi era un frammento di pergamena, bruciacchiato, consunto, annerito in molti punti. Lo maneggiò con circospezione, come il cancelliere aveva suggerito.

Non era facile decifrare le poche parole che il fuoco e il tempo avevano risparmiato. Dovette avvicinare la candela e aguzzare la vista.

«*Mio carissimo Ruggero,*
...anche solo immaginare di parlare con voi, mi è di grande conforto. Fingo che siate qui... raccontandoci qualunque segreto, anche il più riposto o scabroso. Come facevamo... Non ho mai dimenticato quel tempo... il ricordo è per me come una sorgente d'acqua... anche nel vostro cuore nulla è mutato e l'antica...
Da quando vivo da sola, a Salerno, la vita scorre così tranquilla...»

Enrico non si diede pena di leggere oltre. Era tutto molto chiaro. Accartocciò il foglio. Poi ci ripensò. Lo riaprì e lo fece in mille pezzi. Li sparpagliò in terra e li scalciò con furore. Ogni colpo era accompagnato da un insulto verso la moglie.

Quindi, paonazzo in viso, il respiro affannoso, si lasciò crollare sulla sedia, esausto.

«Non è stata ancora inventata un pena adatta a punire questi traditori» commentò, con lo sguardo perso nel vuoto e una smorfia di disgusto sulle labbra sottili. «La escogiterò io. Voglio qualcosa di così spettacolare da lasciare il mondo allibito. Anche per lei. Soprattutto per lei.»

Con la lucida follia che lo sosteneva, Enrico intuì subito quale sarebbe stata la tortura più atroce per Costanza: essere spettatrice del supplizio degli altri congiurati, amici fedeli, per i quali non poteva fare nulla.

L'ammiraglio Margitone fu il primo. Venne legato per i quattro arti, agli zoccoli di quattro cavalli imbizzarriti. Lanciati in folle corsa verso direzioni opposte, gli animali squartarono il condannato. Poi, per molte ore, vagarono per le vie della città, trascinandosi dietro i resti.

La folla assistette all'esecuzione nel più assoluto silenzio, secondo gli ordini dell'imperatore, desideroso di udire solo le grida di dolore dell'ammiraglio. Ma questi non gli concesse la soddisfazione. Come riferirono gli aguzzini che gli erano accanto, morì quasi senza un lamento.

La fine di Margitone fu magnanima, se paragonata alla morte inflitta a Tommaso d'Acerra. Enrico lavorò di persona al progetto per diversi giorni, consultandosi con esperti fabbri e illustrando loro con schizzi e disegni l'idea che aveva in mente.

Al centro di una stanza fece collocare un rozzo trono di ferro. Sotto, fece accendere un fuoco che, in breve, lo rese incandescente. Il calore che si sprigionava tutt'intorno era tale, che l'aria si sollevava in piccole onde. Poco distante, uno dei carcerieri preparò un grosso martello, alcuni chiodi e un massiccio anello di metallo, una sorta di grezza e disadorna corona regale.

Quando Costanza intuì quello che stava per accadere al conte d'Acerra, svenne per l'orrore ma fu subito soccorsa dai medici.

«La pena del vostro protetto verrà interrotta e ripresa ogni volta che perderete i sensi» precisò Enrico, impassibile. «In questo modo, allungherete di molto le sofferenze del condannato. Quindi vi consiglio di comportarvi bene. Siete stata informata che assistere alla fine dei congiurati è parte integrante della punizione che vi attende.»

Prima di affidarlo ai carnefici, l'imperatore rivolse a Tommaso d'Acerra, inginocchiato nudo ai suoi piedi, un breve saluto.

«È giunta la vostra ora. Me ne rammarico, ma ammetterete di non avere dato prova di saggezza. Vi siete dimostrato stolto e ambizioso. Volevate impossessarvi del trono di Sicilia e avete tentato ogni strada, anche la più ignobile, per raggiungere lo scopo. Prima vi siete fatto scudo di Tancredi, poi di vostra figlia Sibilla. Infine, avete congiurato per uccidere il sovrano legittimo.»

Sorrise, con cinica soddisfazione. «Consolatevi» proseguì. «Almeno nel momento della morte, sarete accontentato: avrete il trono e la corona.»

Tommaso d'Acerra fu sollevato di peso e posto sul sedile di ferro arroventato dal fuoco. In un attimo, l'aria fu satura delle sua urla lancinanti e dell'odore di carne bruciata. Gambe, braccia e torace furono immobilizzate con una massiccia catena. Intanto, abili fabbri inchiodarono sul capo del condannato il cerchio di metallo.

Enrico assistette alla dolorosa agonia di Tommaso d'Acerra, compiaciuto del risultato e divertito dalle trovate con cui i buffoni di corte irridevano il moribondo.

«Vi sarete resa conto che ai nemici non riservo una bella sorte» disse a Costanza, quando tutto fu finito. «Non farò eccezioni per voi. Anzi, vista la posizione che ricoprite, il supplizio sarà ancora più esemplare. Vi restano pochi giorni di vita, che vi concedo solo perché, nel frattempo, spero di attirare in una trappola il vostro degno compagno di congiure, Ruggero d'Aiello. Ha lasciato morire il padre, senza consegnarsi. Forse sarà più generoso con l'amante. Ho sparso la voce di un possibile scambio. Gli verranno concessi tre giorni di tempo, per arrendersi e tentare di salvarvi. Vedremo, se davvero vi ama. In questo caso, non dovreste morire da sola. E comunque, lo cattureremo lo stesso. Anche se la plebe lo nasconde e lo protegge.»

«Concedetemi di riabbracciare per l'ultima volta mio figlio, prima di morire» lo supplicò Costanza.

«Mai. Mio fratello Filippo, con una forte scorta armata, è a dieci giorni di marcia da Spoleto, forse meno. Ha l'ordine di prelevare il principe e di portarlo al sicuro in Germania. Federico non conoscerà mai la Sicilia, dannata terra di traditori. E neppure saprà di voi. Troveremo un modo, in futuro, di negare la maternità e accusarvi di truffa.»

«Ci sono migliaia di testimoni. Non potete farlo.»

«Lo farò. Dovessi massacrare uno a uno tutti gli abitanti di Jesi.»

Quella sera stessa, Enrico partì per recarsi a caccia nelle campagne intorno a Messina. Sarebbe stato via tre giorni per svagarsi e avere il tempo di progettare una esecuzione degna dell'ultima regina normanna.

Prima di allontanarsi, ordinò ai medici di prendersi adeguata cura della moglie. Dopo la morte di Tommaso d'Acerra, le condizioni dell'imperatrice erano a tal punto peggiorate che Enrico temette di essere privato del piacere di vendicarsi di persona.

I tre giorni trascorsero. Costanza, pur senza riuscire a toccare cibo, sopravvisse.

Passò anche il quarto giorno. E il quinto, senza che Enrico comparisse.

Al sesto, dalla finestra della stanza dove era tenuta prigioniera, Costanza credette di udire in lontananza un sordo brontolio. Cercò di sollevarsi dal letto: conosceva bene quel clamore. Ne aveva già fatto esperienza a Salerno, la sera in cui la plebe le era stata aizzata contro da Gualtieri di Palearia. Stava per accadere di nuovo. Ecco la tortura che l'imperatore aveva in serbo per lei: essere trucidata dal popolo di Palermo, cui aveva affidato la salvezza di Costantino. Quali menzogne aveva raccontato, Enrico, per ottenere un simile risultato?

Se doveva morire, voleva farlo con dignità, come una regina e una Altavilla. Nessuno l'avrebbe vista così malridotta e sofferente. Sostenuta dall'orgoglio, abbandonò il letto, si lavò il viso e le mani, indossò l'abito più bello. Raccolse i capelli in una treccia ordinata e vi depose un velo candido, sul quale collocò il diadema delle spose di casa Altavilla, che aveva indossato il giorno delle nozze e che, con caparbietà, si era rifiutata di consegnare al marito, unico gioiello fra tutte le proprietà della corona.

Dalle strade si levava ormai un boato così potente e minaccioso, da farle pensare che tutta Palermo si fosse ammassata intorno alla reggia. Le giungeva alle orecchie anche un forte fragore di armi, l'eco di una battaglia sempre più incalzante. Strinse fra le mani il crocifisso.

«Signore,» supplicò, tremante «affido alla tua pietà il mio adorato Costantino, l'unica ragione di vita. Trova tu, Signore, la strada per trasformarlo nell'uomo e nel re che desideravo. Infondimi la forza di morire con dignità e accogli in cielo la mia anima.»

Ormai si combatteva con asprezza a pochi passi dalla sua stanza. Udiva grida, imprecazioni. Fra poco sarebbero venuti a prenderla.

D'improvviso, fra gli strepiti del combattimento, si levò un urlo, più forte degli altri.

«Costanza, Costanza! Dove vi hanno rinchiusa? Aprite!»

La voce di Ruggero.

«Costanza! Sono io, Ruggero! Siete libera, Costanza. Il tiranno è morto!»

Prima ancora che trovasse la forza di rispondere, la porta

venne abbattuta, due braccia la chiusero in una stretta vigorosa e, senza sapere come, si ritrovò serrata al petto di Ruggero d'Aiello.

«Enrico di Svevia è morto, Costanza. La notizia è sicura.»

La sollevò fra le braccia, un esile fuscello senza peso, e la depose sul letto, accarezzandole il volto, sfiorandole la fronte, le guance.

«Costanza, Costanza. Siete salva.»

Riaprì gli occhi, fissò Ruggero in volto, ancora incredula che fosse proprio lui.

«Come potete esserne certo?» chiese. «Enrico stava benissimo, fino a pochi giorni fa.»

«Morto. Un'infezione intestinale fulminante, durante la battuta di caccia. Purtroppo, non abbiamo tempo di rallegrarcene. Gualtieri di Palearia e Markwald di Anweiler stanno già accordandosi per spartirsi il paese e sbarazzarsi di voi, accusandovi di aver fatto avvelenare l'imperatore. Anweiler ha messo in catene il cuoco che accompagnava Enrico. Sotto tortura, lo costringeranno a confessare quello che vogliono. Dobbiamo agire con rapidità, se vogliamo sventare la manovra. Il popolo di Palermo è tutto nelle strade, sta combattendo. È pronto a morire per voi. Attendiamo i vostri ordini, maestà.»

Un leggero rossore imporporò le guance di Costanza, attenuandone il pallore, gli occhi brillarono di eccitazione e impazienza.

«Come regina del regno normanno, vi ordino di salvare l'erede al trono e riportarlo fra le braccia della madre. Il tempo è contro di noi. So che Filippo di Svevia, fratello dell'imperatore, era a meno di dieci giorni di marcia da Spoleto, la sera in cui Enrico ha lasciato Palermo. Dovete precederlo, Ruggero. Informerete il duca di Urslighen delle novità e gli imporrete di consegnarvi Costantino.»

«Non crederà alla notizia della morte dell'imperatore. Sospetterà un raggiro. E non vi obbedirà.»

«Lo farà, se il messaggio sarà scritto dal primo cancelliere del regno e recherà il suo sigillo.»

«Gualtieri di Palearia? Non metterà mai il proprio nome sotto un documento del genere. Firmerebbe la propria condanna.»

«Questo lo vedremo. Siete armato?»

«Sì, maestà.»

«Allora, seguitemi.»

Appoggiata al braccio di Ruggero d'Aiello, Costanza percorse i corridoi che conducevano negli appartamenti riservati al primo cancelliere. Si sforzò di reagire alla debolezza e di mantenere un'andatura sicura e dignitosa. Dentro di lei, divampava un'energia che ignorava di possedere. Le sembrava di non essersi mai sentita tanto forte e risoluta.

Dall'ufficio di Gualtieri di Palearia provenivano grida e minacce.

«Aprite la porta» ordinò alla sentinella, davanti alla stanza del primo cancelliere. All'ingresso inatteso della regina, i presenti ammutolirono. Costanza, ignorando tutti gli altri, compreso Markwald di Anweiler e alcuni ufficiali, si arrestò di fronte a Gualtieri di Palearia. Per alcuni istanti, i due si scrutarono negli occhi con freddezza.

«Allontanate questi signori. Subito» intimò Costanza.

«Osate impartirmi ordini?»

«D'ora in poi, rivolgetevi a me solo con il titolo di maestà.»

Gualtieri di Palearia si concesse un gelido sorriso di scherno.

«Osservo... maestà, che vi siete scelta come scorta un fuorilegge, al quale la giustizia del re sta dando la caccia da molto tempo.»

«Il re è morto, Gualtieri di Palearia. Ora esiste solo la mia giustizia.»

«Mentite. Guardie, arrestate quest'uomo!»

Costanza sollevò un mano per trattenere i soldati che già sopraggiungevano e che si fermarono, esitanti.

«Non azzardatevi, Gualtieri di Palearia» lo ammonì, con molta calma. «Non schieratevi contro la regina. Non vi conviene, almeno fino a quando non avrete ascoltato quello che vi propongo. Il popolo di Palermo è nelle strade. Lo udite? E freme dalla voglia di vendicarsi. Le parti si sono invertite. Oggi sono io a minacciare voi, a mettervi in guardia. Se non siete ancora morto, è solo perché, per ora, ho bisogno di voi, vivo. Ma provate a sfidarmi, a disobbedire a uno solo dei miei ordini, e sarete il primo a essere consegnato alla plebe palermitana. Ma credo che non sarà necessario» proseguì, più conciliante. «Confido che l'esperienza e l'acume politico di cui vi vantate tanto vi suggeriscano la soluzione più vantaggiosa: scendere a patti con il vincitore. Ora sbarazzatevi di questa marmaglia.»

Gualtieri di Palearia, dopo un attimo di esitazione, si avvicinò a Markwald di Anweiler e confabulò brevemente con lui. Markwald sorrise sprezzante, estrasse dalla cotta un grosso mazzo di chiavi e le dondolò davanti agli occhi di Costanza.

«Non cantate vittoria, Costanza» l'apostrofò, con un inchino beffardo. «Queste sono le chiavi dei forzieri di casa Altavilla. Tutte le vostre ricchezze, come vedete, sono in mio possesso. L'imperatore, morendo, le ha affidate a me. Posso disporre del regno a piacimento. Non sarete mai regina, se non vi riconoscerò come tale.» Poi si dileguò, scortato dai suoi uomini.

«Voglio riprendermi mio figlio Costantino» riprese Costanza, rivolta al cancelliere. «E sarete voi, ad aiutarmi.»

«Impossibile. Filippo di Svevia è troppo vicino a Spoleto, per poter essere intercettato. Né lui né il conte di Urslighen sono informati di quanto è accaduto. Per quanto li riguarda, gli ordini dell'imperatore sono gli unici validi. Non si lasceranno mai persuadere da una vostra lettera.»

«Dalla mia, no, dalla vostra, sì. Sedetevi e scrivete un documento ufficiale indirizzato a Corrado di Urslighen, in cui lo informate di esservi schierato dalla parte della legittima sovrana, dopo la morte del re, e gli ordinate di consegnare il bambino al messaggero della corona, il conte Ruggero d'Aiello.»

«Perché dovrei acconsentire? Cosa ci guadagno?» temporeggiò Gualtieri di Palearia.

«La vita, tanto per incominciare» replicò Costanza, senza lasciarsi intimidire. «Avete molti torti da farvi perdonare. Potrei cercare di dimenticarli, se servirete me e mio figlio con lo stesso zelo che avete riservato all'imperatore. Inoltre, potrei anche prendere in considerazione un cambiamento, nella politica sin qui adottata dal regno normanno verso la Santa Sede. Il papa pretende che le corone dell'Italia del sud e dell'impero non siano concentrate nelle mani di un unico sovrano. A certe condizioni, potrei essere disponibile a pagare quel prezzo. Se Costantino mi sarà restituito, crescerà qui, nella terra degli avi, e regnerà sul trono degli Altavilla, rinunciando a ogni pretesa sull'impero. Proprio come la Santa Sede ha sempre desiderato. In cambio, chiedo al santo padre di schierarsi dalla parte di Federico, erede legittimo al trono di Sicilia, e di condannare Markwald di Anweiler e ogni sua pretesa al trono normanno. La soldataglia tedesca dovrà essere privata dei feudi e dei titoli, che torneranno ai nobili che li detenevano prima dell'invasione. Quanto a voi, Gualtieri di Palearia, insieme alla vita conserverete anche il ruolo di primo cancelliere del regno. È superfluo aggiungere che questo accordo avrà valore solo se potrò riabbracciare mio figlio. Se non accettate queste condizioni, sarete consegnato al popolo di Palermo, che vi reclama a gran voce.»

«Voi siete troppo generosa, maestà» interloquì Ruggero d'Aiello, stringendo l'elsa della spada. «Quest'uomo non ci serve più e ha fatto molto male a noi tutti. Sistemiamo la faccenda subito.»

Gualtieri di Palearia si schiarì la voce prima di replicare, sforzandosi di non lasciar trasparire l'agitazione.

«Commettereste un grave errore. Posso esservi molto utile, maestà. Nel regno non esiste segreto di cui non sia a conoscenza. In questi anni, ho solo fatto il mio dovere e non ho mai inteso offendervi. Ora sono pronto a servirvi con la stessa lealtà e impegno con cui ho servito Enrico. Vi fornirò tutto l'appoggio di cui avrete bisogno, nei tempi difficili che si preparano per il paese. Grazie alla mia mediazione, potete essere certa che sua santità accoglierà con molto favore l'accordo che gli proponete. Un'alleanza con la chiesa e la protezione del papa sono quello che vi occorre per tenere a bada Markwald di Anweiler.»

Si interruppe, in attesa di un cenno di assenso della sovrana, che rispose con un impercettibile movimento del capo: l'accordo era concluso.

«Bene. Ora è urgente occuparsi del piccolo Federico» riprese Gualtieri, rassicurato. «In pochi minuti saranno pronte due lettere, con la firma e il sigillo del primo cancelliere. Una sarà consegnata a Corrado di Urslighen, l'altra a Filippo di Svevia. Tuttavia, maestà, permettetemi di essere franco. Non credo che riusciremo a precedere Filippo di Svevia. Il tempo è contro di noi.»

«Il nostro messaggero partirà all'istante. Ripongo in lui la massima fiducia.»

Quando le lettere furono pronte, Costanza le consegnò a Ruggero d'Aiello.

«Prendete con voi tutti gli uomini che ritenete necessari. Filippo dovrà interrompere la marcia nel punto preciso in cui gli sarà consegnato il messaggio. Non un passo in più. Deve essere fermato prima che metta piede in città. È fondamentale, Ruggero.»

Il conte d'Aiello fece un inchino, in segno di obbedienza. Costanza fissò negli occhi il vecchio amico, senza nascondere la commozione e l'affetto che provava per lui.

«Il futuro del regno dipende solo da voi, mio fedele compagno.»

Ruggero si inginocchiò ai piedi della sovrana, le strinse con delicatezza una mano, poggiandovi sopra la fronte.

«Farò tutto quello che posso, maestà, fino al limite delle forze e della vita stessa. Prego l'Altissimo di non deludere la fiducia di cui mi onorate. Tuttavia, se il peggio dovesse accadere, sappiate che morirò con il vostro nome sulle labbra.»

«Il Signore vi benedica e vi riconduca da me sano e salvo, Ruggero.»

«Dio vegli su di voi e vi conservi, mia amata regina.»

Capitolo 13

«Siamo pronti per riprendere la marcia, mio signore.»

Filippo di Svevia fece un cenno di assenso. La meta era ormai a mezza giornata di cammino. Quella notte avrebbe dormito a Spoleto, in un letto comodo e confortevole. Anche la truppa avrebbe riposato, dopo tanti giorni di marce forzate e fatiche estenuanti, per accelerare il più possibile la missione, come aveva ordinato Enrico.

Una staffetta raggiunse Filippo proprio mentre si accingeva a impartire il comando di avanzare.

«È appena giunto al campo un messaggero a cavallo, mio signore» affermò il soldato. «Sostiene di aver cavalcato giorno e notte per consegnare a vostra altezza un messaggio di importanza vitale. Chiede di essere ricevuto all'istante, nel nome della...»

«All'istante?» lo interruppe Filippo, stupito.

«Così si è espresso, mio signore. Nel nome di sua maestà la regina Costanza, ha detto.»

«La regina Costanza? Portatemi qui questo zotico.»

Un giovanissimo cavaliere venne scortato alla presenza di Filippo di Svevia. Aveva le vesti impolverate, i capelli scarmigliati, il respiro ansante, l'aria esausta di chi si è impegnato in uno sforzo al limite della possibilità. Lo sguardo, però, restava duro e deciso, sul volto ancora imberbe. Fece solo un breve inchino di cortesia. Poi trasse dall'armatura una lettera e la porse a Filippo, che ne esaminò il sigillo: quello del primo cancelliere dell'imperatore. L'ennesima esortazione ad affrettarsi. Stizzito, infranse la ceralacca e cominciò a leggere con aria annoiata.

«Posso conoscere il vostro nome, cavaliere?» chiese con fare brusco, dopo aver concluso la lettura.

«Emanuele di Lauria, mio signore.»

«Siete uno dei nobili ribelli all'autorità dell'imperatore?»

«L'unica sovranità che riconosce la mia famiglia, è quella della regina Costanza.»

«Un ribelle, appunto. C'era da aspettarselo. Non mi fido di voi né del plico che mi avete consegnato. Credo si tratti solo di un ingenuo tentativo di raggirarmi. Intendo proseguire la marcia e raggiungere Spoleto. Soldati, catturate quest'uomo.»

«Il dispaccio è firmato dal primo cancelliere in persona. Potete facilmente verificarlo» replicò Emanuele di Lauria, senza farsi impressionare dalla minaccia di Filippo. «Gli ordini sono inequivocabili: dovete arrestare la marcia nel punto preciso in cui vi ho consegnato il messaggio. Qualunque tentativo di proseguire sarà considerato un'aggressione nei confronti del regno di Sicilia. Di conseguenza, verrete trattato come un nemico e un invasore.»

«Falso. Sto eseguendo la volontà del sovrano, Enrico di Svevia.»

«L'imperatore è morto. I suoi ordini non hanno più valore. Vi sconsiglio di agire in modo impulsivo: sarebbe la scelta meno opportuna per garantirvi un tranquillo ritorno in patria.»

«State cercando di spaventarmi?»

«Di farvi riflettere. Siete solo, in un paese straniero. Nessuno correrà in vostro soccorso.»

Filippo si morse il labbro inferiore, senza ribattere.

«Inviate una staffetta a Spoleto dal conte di Urslighen» intimò, rivolto agli ufficiali. «Voglio sapere quali informazioni ha ricevuto. Quanto a voi, Emanuele di Lauria, vi tratterrete fino al ritorno del corriere. Se avete mentito, sarete consegnato a Enrico.»

«Ripartirò subito, invece, come mi è stato ordinato. Se volete impedirmelo, dovrete usare la forza. Ma non credo che il primo cancelliere approverebbe un comportamento così ostile verso un messaggero della corona. E nemmeno il santo padre.»

«Avete fretta di scappare. Questo mi conferma che state mentendo.»

«Mio signore,» rispose Emanuele di Lauria, senza nascondere un gesto di impazienza «ascoltate il mio consiglio. Tornate a casa, finché vi è ancora possibile. Siete in grave pericolo. Da queste parti gli Svevi non hanno lasciato un buon ricordo.»

Accennato un breve inchino, il giovane cavaliere montò in sella e si allontanò con calma, senza che nessuno osasse fermarlo.

All'alba del giorno successivo, Filippo decise di rompere ogni indugio e di puntare con grande velocità su Spoleto, stanco di attendere il ritorno della staffetta inviata a Corrado di Urslighen. Lungo il cammino non incontrò alcun ostacolo. Questa circostanza lo convinse del tutto che la notizia della scomparsa del fratello fosse infondata e che i ribelli avevano solo tentato di fermarlo.

Quando raggiunse il palazzo dei conti di Spoleto, Corrado e la moglie lo accolsero con stupore e costernazione.

«Conte di Urslighen, contessa» li salutò Filippo, perplesso di fronte alla loro aria spaventata. «Senza dubbio siete a conoscenza della ragione che mi conduce da voi. Secondo i desideri di sua maestà l'imperatore, sono qui per prendere in custodia il principe Federico di Svevia.»

«Vostra altezza,» balbettò Corrado di Urslighen, sgranando gli occhi «deve essere sorto un terribile malinteso. Il principe Federico non si trova più in questa casa. Lo abbiamo appena consegnato nelle mani di Ruggero d'Aiello, ambasciatore della regina Costanza. Gli ordini del primo cancelliere erano chiarissimi. Sono desolato, ma ritengo di non avere alcuna responsabilità, nell'accaduto.»

Filippo si sentì avvampare dalla rabbia.

«State mentendo, conte! Non vi credo. Non possono essere giunti prima di noi.»

«Perdonatemi, mio signore» replicò Corrado, in affanno. «Purtroppo è proprio come vi ho detto. Il conte Ruggero d'Aiello vi ha preceduto di un soffio. Un'ora, non di più. Se vi lanciate all'inseguimento, forse lo raggiungerete. Dovranno muoversi lentamente con un bimbo di un anno cui badare. Tuttavia la notizia è confermata: l'imperatore è morto. Riflettete su cosa vi convenga fare, perché non troverete le sue armate a proteggervi la ritirata. Al momento, la situazione del regno è molto confusa. L'esercito tedesco è in gran parte disperso e senza guida, esposto alla vendetta del popolo e dei nobili siciliani. Il nucleo più forte e compatto risponde agli ordini di Markwald di Anweiler, ma il capitano è un uomo infido. Non so cosa intenda fare. Anche Gualtieri di Palearia si è schierato dalla parte di Costanza d'Altavilla. Di conseguenza, il papa sarà contro di voi. Si preparano tristi avvenimenti, vi suggerisco di agire con grande prudenza. Ma posso sapere per quale ragione avete tardato, dal momento che eravate così a ridosso della città? Se solo foste giunto a palazzo ieri sera o all'alba di questa mattina...»

Filippo, furioso con se stesso, prima ancora che con il

conte di Urslighen, sfoderò la spada e si avventò contro di lui e la moglie.

«Osate accusare me? Siete un vile, mentite per proteggervi. Come mai avete avuto tanta fretta nel consegnare il bambino? Qual è il prezzo del tradimento?»

«La lettera del cancelliere era molto chiara e Ruggero d'Aiello è stato irremovibile» replicò asciutto il conte, ignorando le insinuazioni di Filippo. «In mancanza di direttive ho ritenuto opportuno obbedire.»

«Perché non avete rimandato subito indietro la staffetta che vi avevo inviato?»

«Qui non è giunta alcuna staffetta» affermò con sicurezza Corrado. «Altrimenti avrei cercato di temporeggiare. Come potevo immaginare che eravate così vicino?»

Il conte di Urslighen non rivelò a Filippo che la lettera inviatagli da Gualtieri di Palearia conteneva argomenti molto persuasivi per spingerlo a collaborare. Se Federico fosse stato riconsegnato sano e salvo nelle mani della regina, il conte e la contessa di Urslighen avrebbero potuto contare sul perdono della sovrana e continuare a vivere indisturbati nel feudo assegnato loro da Enrico. In caso contrario, si considerassero privati all'istante del titolo e banditi dal regno. Quanto alla staffetta, Corrado non aveva mentito: a Spoleto non era mai giunta, fermata lungo la strada dalla spada di Emanuele di Lauria.

Un'ora soltanto aveva deciso la vita e il destino di Costantino Federico Ruggero, figlio amatissimo di Costanza d'Altavilla.

Da quando Ruggero d'Aiello era partito, Costanza non riusciva a pensare che a suo figlio e all'esito della missione. Alternava momenti di ottimismo e fiducia ad altri di cupo pessimismo, durante i quali si rifugiava nella preghiera. Il tempo era diventato il nemico peggiore: quanto più con maniacale e infaticabile precisione si affannava a calcolarlo e tenerlo sotto controllo, tanto più le sfuggiva. Era giunta al punto di invidiare Ruggero che, pur nel pericolo, era consapevole di quanto stava accadendo. Lei, invece, era condannata a una attesa popolata solo da ipotesi, dubbi, timori.

Ruggero aveva preferito portare con sé solo il giovane Emanuele di Lauria.

«Non mi servono scorte armate, maestà» aveva spiegato a Costanza. «Emanuele di Lauria ha tutte le doti che ci occorrono: è coraggioso e leale. Posso contare su di lui, come su me stesso. Inoltre, nonostante la giovane età, è autorevole, fermo e sa farsi rispettare. Emanuele è l'uomo giusto, non me ne occorrono altri.»

«Ma come potrete difendervi, se verrete attaccati? Pensate forse che il vostro viaggio resterà segreto a lungo e che Markwald di Anweiler non tenterà di fermarvi? Partire senza scorta è un rischio troppo alto. Per voi e per mio figlio.»

Ruggero le aveva stretto le mani fra le sue.

«È vero, Costanza. Ma condurre una scorta di dieci o venti cavalieri rallenterebbe l'azione. Non riusciremmo mai a giungere in tempo e noi sappiamo, invece, che l'unica speranza di vittoria consiste nell'essere più veloci di Filippo di Svevia.»

Aveva accettato a malincuore. Ma, quanto più i giorni passavano senza che nulla accadesse, tanto più si rimproverava della sua leggerezza e si sentiva responsabile.

Markwald di Anweiler non si era più mostrato a Palermo, dove non si sentiva sicuro. Era più facile terrorizzare e depredare le campagne. Ma lei non dubitava che, in un modo o nell'altro, sarebbe venuto a conoscenza della missione di Ruggero e che avrebbe tentato di impossessarsi del prezioso ostaggio.

«Pensate che miri al regno?» aveva chiesto a Gualtieri di Palearia.

«Conoscendone l'avidità e la totale mancanza di principi morali, lo temo senz'altro. D'altro canto, nel momento stesso in cui Enrico gli ha affidato le chiavi di gran parte dei tesori della corona, gli ha consegnato un notevole potere. Sa bene che, sbarazzandosi del legittimo erede, avrebbe la strada libera per il trono.»

«Cosa possiamo fare?»

«Attendere l'esito della missione. Le sorti del regno dipendono, a questo punto, solo dal valore del conte Ruggero. Se l'erede al trono vi verrà riconsegnato sano e salvo, Anweiler sarà costretto a trattare e vostra maestà confidi che quell'individuo troverà in me un fierissimo oppositore. Senza dimenticare l'appoggio di sua santità, che vi ha accordato una speciale protezione. Attendiamo fiduciosi il ritorno di Ruggero, maestà.»

Era notte.

Costanza, vestita di tutto punto, giaceva abbandonata sulla poltrona, di fronte alla grande finestra aperta. Il cielo era tempestato di stelle, che brillavano come pietre preziose. La luna piena vinceva il buio della notte e disegnava sul mare un nastro color argento, che riluceva in lontananza. Dai giardini salivano profumi intensi e struggenti, che le ricordavano momenti felici. Quella era la terra che gli avi avevano amato, persino prima di conoscerla, e che avevano desiderato a tal punto da decidere di abbandonare la Normandia e il tranquillo castello paterno di Cotentin, per cercare di raggiungerla e conquistarla.

Come erano affascinanti i racconti di Margesio, il soldato normanno carico di anni e di ferite, al quale i re di casa Altavilla permettevano di vivere in una casupola nel parco, per onorarne la fedeltà e la lunga militanza nell'esercito.

Era stato il più caro amico della piccola Costanza e dell'inseparabile Ruggero. Quante ore trascorse ad ascoltarne i racconti.

«Gli Houteville abitavano un tempo lontano le regioni più a nord che la terra conosca: le terre dei ghiacci eterni. Ma hanno sempre sentito nel sangue il richiamo dei climi meridionali. Giovani scapestrati, affamati di avventure: ecco cos'erano i vostri antenati, piccola signora.»

«Cosa significa "scapestrati", Margesio?» interveniva Ruggero, con deliberata malizia.

«Che erano audaci» replicava lei, tentando di sviare il discorso. «Taci, Ruggero, non interrompere.»

«Bugiarda! Scapestrati significa che erano dei poco di buono.»

«Erano nobili, invece, vero Margesio? E molto ricchi!» lo rimbeccava lei.

«Tancredi di Houteville era di nobili origini, ma, quando giunse in Normandia, non possedeva altro che figli. Tutti maschi. Dodici ragazzoni, uno uguale all'altro: capelli biondi, occhi azzurri, un fisico possente, una salute di ferro. È sempre stato così, nella vostra famiglia. Non so proprio come, a un certo punto, siate nata voi: una delicata femminuccia...»

«Delicata, Margesio? Non la conosci proprio. È una vera prepotente» sottolineava Ruggero, guadagnandosi una occhiataccia di Costanza.

«Quando quei dodici monelli sono cresciuti, per lo sventurato Tancredi sono cominciati i guai. Erano rumorosi, aggressivi, battaglieri e indisciplinati. Sembrava che il castello di Cotentin non fosse grande abbastanza, per contenere tanta esuberanza. Allora fuggivano nelle campagne circostanti. Tancredi non sapeva più come far fronte alle continue lagnanze dei contadini dei dintorni. Così, un bel giorno, convocò i più grandi e disse loro, senza troppi riguardi, che, se avevano tante energie da spendere e tanti appetiti da saziare, era bene che andassero alla ricerca di nuovi orizzonti.»

«Li scacciò di casa?»

«Proprio così. Via, lontano, a cercare fortuna.»

«E loro partirono.»

«Prima i tre fratelli maggiori, Guglielmo, Drogone e Umfredo. Verso una terra benedetta da Dio per la fertilità del suolo e la mitezza del clima e facile da conquistare, per chi avesse avuto fegato. Così raccontavano coloro che l'avevano visitata. I fratelli Houteville l'amarono subito e si gettarono a capofitto in quella avventura. Erano giovani leoni, impavidi e coraggiosi.

Perirono tutti, prima di poter coronare il proprio sogno, tranne due: Roberto, soprannominato il Guiscardo – che nella lingua normanna significava "l'astuto" – e il fratello minore Ruggero. I normanni, inesperti e mal equipaggiati, ebbero ragione dei potentissimi arabi, che dovettero cedere il passo a quelle bizzarre creature dalla faccia pallida, gli occhi color del cielo e i capelli simili al grano maturo.

Eppure, sapete cosa accadde, a quel punto? I vincitori furono conquistati da quel mondo che avevano tentato di distruggere. Di fronte alle regge dei sultani arabi, ammutolirono, estasiati da tanto lusso e bellezza. E poi biblioteche immense, cariche di volumi. Più di tutti ne furono affascinati proprio Roberto e Ruggero. L'ammirazione li convinse a trattare gli sconfitti con rispetto. A coloro che decisero di rimanere in Sicilia, fu concesso di conservare i beni e di praticare la propria religione, nonostante gli strepiti del papa. Gli arabi di Sicilia non hanno dimenticato il favore. Per questo, oggi possiamo vivere in pace anche con loro.»

I racconti del vecchio Margesio, i bisticci con Ruggero d'Aiello. Non rammentava un solo giorno dell'infanzia trascorso senza avere a fianco il compagno di giochi e di avventure.

La loro amicizia era durata sino a quando, appena adolescenti, si erano scambiati il primo bacio. Da quel momento, Ruggero aveva cominciato a cercarla sempre meno, imbarazzato, forse, dai rossori, dai silenzi impacciati che l'assalivano ogni volta che si incontravano.

Lei, d'altro canto, non lo aveva incoraggiato, già attratta dal richiamo della vocazione. La loro solidarietà si era rotta proprio nel momento in cui avrebbe avuto più bisogno di un amico con cui confidarsi. Suo fratellastro, il re, non faceva mistero della passione che aveva concepito per lei e la insidiava con assillanti attenzioni. Per difendersi, aveva cercato di affrettare i tempi dell'ingresso in monastero, ma questo l'aveva reso ancor più furioso.

Anche in quell'occasione, si era salvata grazie alla morte improvvisa dell'uomo che la perseguitava.

Mentre era persa in quei pensieri, si levò il vento africano, un soffio caldo che quasi la accarezzava. Chiuse gli occhi e si abbandonò a uno strano torpore, popolato di fantasmi. Nel dormiveglia, le parve a un tratto di udire un pianto dirotto, come di un bimbo che cerchi la madre.

Si svegliò di soprassalto, invocando il nome del figlio: «Costantino, Costantino, sono qui».

Tese l'orecchio: intorno sembrava regnare un silenzio assoluto. Era stato un incubo. O una premonizione?

Di nuovo si mise in ascolto, ansiosa e concentrata.

Le parve di percepire un brusio lontanissimo, indistinto. Un istante dopo, correva a perdifiato, le braccia spalancate, incontro a quel suono, a quella speranza, a quella gioia indicibile.

«Costantino, Costantino!» ripeteva. «Costantino!»

Un cavaliere sconosciuto si stagliò all'improvviso dalle tenebre e avanzò verso di lei. Portava un bimbo che si dibatteva e singhiozzava disperato. Aveva capelli così biondi da sembrare bianchi, gli occhi di un limpido azzurro. Attraverso il velo delle lacrime, il bimbo la osservò. Per un attimo, smise di piangere, anche se il petto continuava a sobbalzare e la bocca corrucciata si teneva pronta a riprendere gli strepiti. Costanza, paralizzata dall'emozione, incapace di qualunque gesto o parola, lo fissò con ansia. Poi gli tese le braccia e attese: l'avrebbe riconosciuta o respinta? Costantino la studiò ancora un istante, serio, tirando su con il naso. Poi si tuffò verso di lei e le gettò le manine paffute intorno al collo.

Costanza lo strinse al petto, coprendolo di baci. Gli asciugò le lacrime, lo accarezzò, lo cullò, fino a quando non lo vide assopito. Mentre riposava, continuò incredula, a sfiorarlo con le dita, come per assicurasi che fosse proprio lui, in carne e ossa.

Solo dopo molto tempo si ricordò del cavaliere, che si era accasciato in terra, vinto dalla stanchezza. Quando vide che Costanza lo guardava, si inginocchiò ai piedi della sovrana, il capo chino, e attese di essere interrogato.

«Accomodatevi qui, di fianco a me, cavaliere, e ditemi il vostro nome.»

«Emanuele di Lauria, mia signora.»

«Emanuele di Lauria» ripeté Costanza commossa, stringendo fra le sue una mano del giovane. «Avete accompagnato e aiutato Ruggero. Il regno ha un immenso debito di gratitudine verso di voi. Gli avete reso un inestimabile servizio. E lo avete reso a me, Emanuele, a una madre, cui era stato brutalmente strappato il figlio. Non potrò mai ricompensarvi abbastanza per la felicità che mi avete donato.»

«Ho fatto solo il mio dovere, maestà. Sono io che debbo ringraziarvi di avermi scelto per questa missione. È stato un grande onore. Ruggero d'Aiello merita la vostra gratitudine molto più di me.»

«Voglio vederlo subito. Come mai non si è ancora presentato al mio cospetto?»

Il cavaliere chinò la testa, senza replicare. Un presentimento gelò il sorriso di Costanza.

«È accaduto qualcosa a Ruggero? È ferito? Parlate, vi prego.»

Emanuele di Lauria non sapeva con esattezza quale fosse la sorte toccata a Ruggero d'Aiello. Cercando di nascondere il pessimismo, raccontò che i soldati di Anweiler li avevano raggiunti lungo il cammino, dopo averli inseguiti per miglia e miglia. Per sfuggire il pericolo, Ruggero era ricorso a ogni possibile stratagemma. Aveva viaggiato di notte, lasciato false piste, sostato per brevissimo tempo in isolati casolari di campagna o in conventi sperduti, solo per rifocillare il bambino, diffidando di tutti.

Erano stati raggiunti proprio quando pensavano di avercela quasi fatta, presso il castello di Marino Capece, un uomo fidato. Ruggero aveva convocato Emanuele mentre gli uomini di Anweiler disponevano l'assedio, per tagliare ogni via di fuga.

«Ho bisogno di te, Emanuele.»

«Sono pronto, mio signore.»

«Sto per affidarti un compito molto pericoloso.»

«Non quanto il vostro.»

«Rimetto nelle tue mani la persona sacra del re. Lo proteggerai a prezzo della vita e lo riconsegnerai alla regina. Partirai immediatamente, prima che gli uomini di Anweiler abbiano completato l'accerchiamento. Noi ti copriremo. Marino Capece ti indicherà un percorso segreto, che dovrebbe condurti al di là delle schiere di Anweiler. O almeno così speriamo. Starà a te valutare la situazione, quando sarai fuori, e decidere per il meglio. Prendi il cavallo più veloce e fresco che troverai nelle scuderie. Poi, cavalca ventre a terra fino a Palermo. Per il piccolo re sarà una dura impresa, ma dovrà pur farsi le ossa. Dio ti protegga.»

«Perché non fuggite con noi?»

«Se resto qui, Anweiler avrà una preda da azzannare e non si muoverà. È convinto che io abbia rapito il bambino per ambizione personale e che mai lo abbandonerò nelle mani di qualcun altro. Per nostra fortuna, è uno stupido.»

«Dobbiamo salutarci? Dirci addio?» aveva domandato Emanuele, gli occhi lucidi di lacrime.

«Non disperarti. Tutti gli uomini muoiono, ma non sempre con onore.»

A quel punto, Emanuele si era congedato e, secondo le consegne ricevute, aveva cavalcato senza soste fino a Palermo.

Non sapeva quello che era successo al castello dei Capece.

«Tuttavia, Ruggero mi ha affidato questo messaggio per voi» concluse Emanuele. «"Se qualcosa mi accadrà, ricorda alla regina la promessa che le avevo fatto."»

L'ansia di Costanza sul destino di Ruggero fu di breve durata. Quattro giorni dopo il ritorno di Costantino, giunse a palazzo reale una cesta, all'interno della quale erano riposte le teste recise di Ruggero d'Aiello e Marino Capece.

PARTE TERZA

AGNELLO FRA I LUPI

Capitolo 14

«Amata figlia Costanza,
il nostro legato ci comunica notizie poco confortanti sulla vostra salute. Preghiamo Dio di conservarvi ancora a lungo all'affetto del caro Federico, la cui tenera età tanto ci accora. Da parte nostra, mai verremo meno all'arduo compito di vegliare con paterna sollecitudine sul benessere e sulla crescita fisica e spirituale dell'erede al trono e figlio nostro amatissimo. Lo alleveremo secondo i principi e gli insegnamenti di santa madre chiesa e lo proteggeremo da quanti attentassero all'esistenza del regno ovvero ne impugnassero i sacri e inviolabili diritti al trono che fu degli avi materni. Di questo impegno, diletta figlia, noi prestiamo solenne giuramento sul sangue di nostro Signore Gesù Cristo.

Invochiamo su di voi e su Federico le benedizioni dell'Onnipotente.

Innocenzo III, vescovo di Roma e papa.»

Costanza ripiegò con cura la lettera di Innocenzo III e la ripose in uno scrigno, nel quale erano raccolti tutti i documenti ufficiali che era riuscita a procurarsi, per garantire, almeno formalmente, la sopravvivenza e la sicurezza del figlio, quando fosse morta. Vi era custodito anche l'umiliante atto di sottomissione alla chiesa e al papa, accompagnato dalla rinuncia a pretendere per Federico la corona dell'impero, cui avrebbe avuto diritto.

Era stata una resa inevitabile. Il regno di Sicilia era debole, privo di mezzi, straziato dalla presenza delle truppe mercenarie tedesche, sbandate dopo la morte di Enrico, ma non per questo meno feroci o rassegnate alla perdita del potere. Il trono era minacciato dalle pretese di Markwald di Anweiler, cui l'imperatore aveva concesso una sorta di investitura, affidandogli le chiavi dei forzieri. E poi vi era Gualtieri di Palearia, sempre infido, ambiguo, minaccioso.

Come poteva sperare di salvare Costantino, se non dividendo il fronte dei nemici, ponendoli l'uno contro l'altro, costringendo almeno uno dei due a un'alleanza più salda e sicura? Aveva privilegiato Gualtieri di Palearia e la chiesa: Innocenzo III si era dimostrato un papa energico e autorevole. Sperava che sarebbe stato in grado di ridurre all'obbedienza l'ambizioso e potente legato.

Ormai era giunta alla fine della vita. Costanza lo avvertiva con lucida consapevolezza. Il corpo declinava giorno dopo giorno. La sua infaticabile determinazione a resistere non era più sufficiente a sostenerlo. Dopo la morte di Ruggero d'Aiello, per la quale aveva sofferto come se le avessero strappato una parte di sé, si era legata ancora di più a Costantino, unico suo conforto e consolazione alle sofferenze.

Balie, serve, sacerdoti e lo stesso Gualtieri di Palearia la rimproveravano per quella devozione così cieca, adducendo i pretesti più ingenui, senza trovare il coraggio di confessare la vera ragione dei loro timori: la vita della regina era appesa a un filo. Cosa sarebbe accaduto a un bimbo di soli tre anni, quando gli fosse mancata la presenza tanto importante della madre? Già ora Costantino diventava nervoso e insofferente, quando lei si allontanava solo per pochi istanti.

Eppure, forse per quel legame profondo che li univa da quando lo portava in grembo, Costanza era l'unica che non avvertisse tale paura. Era certa che Costantino, per vie misteriose, intuisse che presto l'avrebbe perduta. Per questo era tanto risoluto a godere il più a lungo possibile della sua vicinanza, quasi a volerne fare scorta per affrontare da solo il futuro. A volte, guardandolo negli occhi, aveva l'impressione che suo figlio si sforzasse in qualche modo di rassicurarla: non preoccupatevi per me, sembrava dirle quello sguardo, riuscirò a diventare un uomo e a prendere in mano le redini del regno.

Poteva raccontare a estranei queste sensazioni? Avrebbero sorriso, forse l'avrebbero presa per pazza, anche se ormai la fama della intelligenza di Federico si stava diffondendo: cosa pensare di un bimbo che, a tre anni, era in grado di leggere e scrivere con assoluta padronanza? Gualtieri di Palearia gridava al miracolo, parlava di generoso dono della misericordia di Dio, senza riuscire a dissimulare un punta di apprensione: quel fanciullo non sarebbe stato facile da manovrare.

«Tutta questa intelligenza andrà controllata» ripeteva. «Il papa non può permettere che un patrimonio così grande venga corrotto con insegnamenti inadeguati. Dovremo vegliare su di lui, con sollecitudine.»

Costanza rabbrividiva. Quale futuro sarebbe toccato a suo figlio, quando lei non avesse più potuto proteggerlo? Costantino dimostrava di somigliare in tutto agli Altavilla. Come avrebbe reagito Gualtieri di Palearia se, oltre alla grande intelligenza – una dote così frequente nella sua famiglia da guadagnare a uno di loro il soprannome di Intelligente – ne avesse ereditato anche i difetti: la natura dissoluta, la smodata attrazione verso le donne? Gli avrebbe insegnato a odiare gli avi materni, i "sultani battezzati"?

Purtroppo non aveva risposte. E, per fortuna, non aveva molto tempo per tormentarsi. Da quando il bimbo era tornato a casa, la giornata volava in un fitto susseguirsi di attività frenetiche che la costringevano a correre, per reggerne l'insaziabile curiosità e l'inesauribile energia.

Le uniche pause accordate erano quando lei gli narrava le storie della sua famiglia. Costanza ripeteva al figlio i racconti del vecchio Margesio. Il bimbo mostrava un vivo interesse anche per la lettura di libri sulla natura o sugli animali e poi poneva mille domande, cui non sempre lei sapeva rispondere.

Alla sera, quando Costantino crollava addormentato, Costanza, per quanto sfinita, trascorreva gran parte della notte carezzandogli il volto, le mani, le gambe grassocce, posando su di lui lievi baci con le dita, pregando Dio di proteggerlo.

Le cure del regno erano quasi del tutto delegate a Gualtieri di Palearia, che godeva di un potere smisurato. Solo in qualche caso, e forse soprattutto per salvare le apparenze, il cancelliere si incontrava con la regina per informarla della situazione e ascoltarne l'opinione. Anche in quelle occasioni, Costantino era al fianco della madre. Costanza non dubitava che, acuto e riflessivo com'era, intuisse che lei si allontanava da quei colloqui afflitta e preoccupata. Gli sguardi severi del bambino non lasciavano dubbi sulla diffidenza e sull'avversione che suscitava in lui il cancelliere del regno.

Federico aveva trascinato con fatica una sedia di fianco all'imponente scrittoio, che troneggiava al centro della sala. Solo qualche giorno prima la madre lo aveva condotto in quella parte della reggia, spiegandogli che si trovava in una delle numerose biblioteche del palazzo.

«Questo è un luogo in cui si raccolgono e si conservano libri» aveva detto Costanza, sorridendo dell'espressione estasiata del figlio. «Ma non ti è permesso venire qui da solo. Hai ben compreso, Costantino? Mi prometti che obbedirai?»

«D'accordo, madre. Ma dovete spiegarmi perché.»

«Vedi quante stanze, una dentro l'altra? Da solo, ti smarriresti. E poi, guarda quanti scaffali e quante migliaia di libri. Sarebbe molto pericoloso, se tu provassi ad arrampicarti per raggiungerli. Non sei ancora abbastanza grande, per farlo da solo.»

Invece aveva disobbedito. Ma non si sentiva in colpa. Da quando sua madre non si alzava più dal letto, si annoiava a morte. Negli ultimi tre giorni aveva potuto vederla solo per pochi momenti, durante i quali lei gli aveva sorriso e l'aveva tranquillizzato.

«Sono solo stanca e i medici mi obbligano a riposare. Fra poco torneremo a giocare assieme. Ti stai comportando da bravo bambino?»

«Sì, madre.»

«Chi si prende cura di te?»

«Alcuni servi.»

Menzogne. Non c'era nessuno che si occupasse di lui. A parte Gualtieri di Palearia, Costantino non conosceva anima viva nella reggia, abituato com'era a trascorrere tutto il tempo con la regina. Forse neppure gli altri sapevano chi fosse. Procurarsi del cibo era diventato il problema più assillante, che non sapeva come risolvere. Per non pensarci, si rifugiava nella biblioteca, dove provava un senso di benessere. Era certo di non smarrirsi, come temeva sua madre, per questo si era azzardato a disobbedire.

Si arrampicò su uno degli scranni e, da lì, riuscì a raggiungere il piano dello scrittoio sul quale erano disseminati numerosi volumi. Cominciò a leggere a caso, da uno di quelli lasciati aperti: «...città antica ed elegante, splendida e aggraziata, essa ti appare con un aspetto allettante, superba tra le sue piazze e i suoi dintorni, che sono tutti un giardino. Grandiosa nelle strade maggiori e nelle minori, affascina dovunque per la rara bellezza del suo aspetto. Ricorda Cordoba per lo stile, con i suoi edifici tutti di pietra intagliata. I palazzi del re circondano il centro della città come monili intorno al collo e al seno di una bella fanciulla, così che il sovrano, attraversando palazzi e giardini amenissimi, può sempre passare da un punto all'altro della capitale...».

Voltò la copertina del libro e ne lesse il titolo: *Cronache dalla città di Palermo*, di Ibn Gubayr.

Riprese a leggere. Senza accorgersene, proseguì fino a quando non calarono le tenebre, che resero difficile distinguere le parole.

Doveva essere trascorso molto tempo. Forse sua madre si sarebbe infuriata, se avesse scoperto dov'era, anche se non la ricordava altro che sorridente. Anche per questo le sembrava così bella.

Tornando sui suoi passi, si imbatté in Gualtieri di Palearia. Si nascose, cercando di evitare quella persona odiosa. Lui, però, fu più lesto a scorgerlo. Lo afferrò per il polso e glielo tenne stretto, fino a fargli male.

«Eccolo qui, il piccolo delinquente! Tutto il pomeriggio che ci affanniamo a cercarlo! Si può sapere dove ti eri cacciato? La regina sta per morire e lui cosa fa? Scompare per ore.»

Morire.

Quella parola l'aveva già sentita, ma non ne aveva capito il significato. Doveva ricordarsi di domandarlo alla madre. Perché aveva mandato Gualtieri di Palearia, a cercarlo?

Solo quando raggiunsero la camera da letto, il cancelliere si calmò e, poggiando un dito sulle labbra, impose anche a lui il silenzio. Costanza era distesa nel letto. Appariva così minuta che quasi scompariva del tutto, sotto la coperta. Riusciva a distinguerne solo la testa e, dalla parte opposta, il leggero rigonfiamento dei piedi.

Gaultieri di Palearia gli fece cenno di attendere accanto alla porta.

«Non muoverti di qui, fino a quando non ti chiamerò io» gli soffiò in un orecchio. «Non voglio sentirti nemmeno respirare.»

Lui serrò le labbra, trattenendo il fiato. Il cancelliere, nel frattempo, si era avvicinato alla regina.

«Maestà, il piccolo Federico è qui. Tuttavia, mia regina, perdonatemi se insisto. Comprendo il vostro legittimo desiderio di riabbracciare per l'ultima volta il bambino, ma riflettete. È troppo piccolo per affrontare il mistero della morte.»

Federico vide le labbra di Costanza muoversi, ma non poté udirne le parole. Poi tutti i presenti abbandonarono la stanza e lo lasciarono solo con lei.

Federico la fissò e lei gli restituì lo sguardo. Gli piacevano, quegli occhi. Erano come due minuscole labbra, capaci di parlare anche nel silenzio. In quel momento, per esempio, gli comunicavano amore e malinconia.

«Siete triste, madre?»

«Un poco. Dove ti eri nascosto, Costantino?»

«Nella biblioteca.»

«Te lo avevo proibito.»

«È un posto molto bello e non mi sono perso.»

«Volevano impedirmi di dirti addio. Pensano che tu sia troppo piccolo, per vedermi morire. Io, invece, voglio che sia tu a chiudermi gli occhi. Hai paura?»

Costantino non rispose subito, allarmato da quella voce così fievole e roca.

«State per morire, madre?» domandò, infine.

«Sì.»

«Cosa significa?»

«Mi recherò in un luogo dove tu non potrai seguirmi, per ora. Però, anche se non ci vedremo, saremo insieme lo stesso. Mi potrai sentire nel cuore, ogni volta che ti piacerà. Mi chiamerai e io arriverò. Sarà altrettanto bello.»

«Ve ne andrete fra poco, madre?»

«Sì, così credo.»

«È proprio necessario? Non potete aspettare?»

«Non è possibile, Costantino. Il padre celeste mi chiama accanto a sé e io non posso rifiutarmi.»

«Capisco» mormorò il bimbo, per nulla convinto. «Cosa accadrà? Scomparirete?»

«No. Una parte di me volerà in cielo. Se osserverai con attenzione, forse riuscirai a vedermi, mentre mi allontano. Non posso portare con me il corpo, però. È troppo pesante, per salire lassù. Lo abbandonerò qui. Quando te lo domanderò, tu mi chiuderai gli occhi e attenderai fino a quando non avrai capito che sono volata via.»

«Posso tenerlo io, il vostro corpo?»

«Lo seppellirai nel luogo che ho indicato a Gualtieri di Palearia. Qualche volta, se ti farà piacere, andrai a fargli un saluto. Ricorda, però, che io non sono là ma in cielo. Perciò non preoccuparti troppo di cosa gli accadrà. Non ha nessuna importanza. Come un vecchio vestito, che non serve più.»

«Mi lascerete solo, madre» rifletté Costantino, lottando per ricacciare indietro le lacrime che gli pungevano le palpebre. Non voleva rattristarla proprio ora, con i piagnistei. «Chi mi racconterà le storie, quando non ci sarete più?»

«Le troverai nei libri, Costantino. Per questo ti ho insegnato a leggere» replicò Costanza.

«Dovrò anche dormire da solo?»

«Ormai sei un uomo. È indispensabile.»

«Non voglio obbedire a Gualtieri di Palearia, lo detesto. Oh, non singhiozzate, madre, vi supplico. Non volevo darvi un dolore. Farò il bravo, lo prometto.»

«Sono lacrime di gioia, Costantino, bimbo mio adorato... agnello fra i lupi.» La voce si affievoliva, diventava sempre più affannosa, spezzata da continue interruzioni, come se le mancasse il respiro.

«Promettimi che, quando avrai paura, ti ricorderai di essere un Altavilla... una stirpe di coraggiosi, di indomabili. Diventerai come loro, un grande, un nobile re. Non permettere che i nemici ti facciano del male: difenditi, reagisci, lotta. Se necessario, fuggi, nasconditi fra la gente umile ma sopravvivi... Resisti, fino a quando non sarai grande abbastanza per impossessarti del regno che fu dei tuoi avi. Tu appartieni a me, ricordalo... a Costanza d'Altavilla. Tu sei il solo, il vero re, l'unto dal Signore. Nessuno osi stendere le mani sacrileghe sulla sacra persona del re...»

Federico osservava intimorito il petto della regina alzarsi e abbassarsi con un ritmo sempre più veloce, gli occhi spalancarsi come se cercassero la luce. La voce era ridotta a un rantolo indistinto, le poche frasi suonavano incomprensibili.

«Fuggi, nasconditi... Cerca di sopravvivere in qualunque modo. Prometti, prometti... E ora posami le mani sugli occhi...» mormorò.

Federico avvicinò le dita al volto di Costanza e, dopo averle fatto una carezza, le distese con delicatezza sugli occhi. Era così vicino alle labbra della madre, che ne udì con chiarezza l'ultimo sospiro: «Ricorda sempre che sei stato la gioia più grande della mia vita».

Un istante dopo, il petto cessò di muoversi, il capo reclinò verso di lui. Nella stanza scese un profondo silenzio. Costantino guardò subito verso il cielo, nella speranza di vederla per l'ultima volta, mentre volava via dal corpo.

Il primo cancelliere entrò nella stanza, si inginocchiò ai piedi della regina e, dopo averne benedetto il corpo con il segno della croce, condusse via il bambino.

Prima di allontanarsi, Federico si voltò ancora una volta e soffiò un bacio con la mano verso la madre: sapeva che non l'avrebbe rivista mai più.

Capitolo 15

Gualtieri di Palearia lacerò il sigillo della lettera di papa Innocenzo, appena consegnata da un corriere.

«*Nostro carissimo figlio Gualtieri,*
vi ringraziamo per la precisa relazione sulla scomparsa della amata figlia, Costanza d'Altavilla.

Preghiamo l'Onnipotente perché ne accolga l'anima nella gloria dei cieli.

Voi sapete che la regina stabilì, a suo tempo, di affidarci la cura del figlio Federico e che siamo obbligati a tale arduo compito dal vincolo di un giuramento.

Nessuno meglio di voi, tuttavia, potrà comprendere che a noi non è concesso di abbandonare le cure dello stato, ragione per la quale confidiamo che, in qualità di nostro vicario e profondo conoscitore della situazione palermitana, vogliate assumere sopra di voi questo onere con la sollecitudine e la saggezza che ben vi conosciamo. Da parte nostra, innalziamo al Signore fervidi voti, affinché vi assista e vi ispiri. Siamo consapevoli che questa nuova incombenza si aggiunge alle numerose altre che la guida del regno vi procura. Ma sappiamo anche che non vi difettano né la forza né la capacità per...»

Il primo cancelliere tralasciò la retorica finale e concentrò l'attenzione sul reale significato di quel messaggio: poteva fare ciò che voleva, con il beneplacito papale.

Per il momento, avrebbe lasciato sopravvivere il piccolo re, non solo per non destare sospetti, ma soprattutto perché era la soluzione più conveniente.

Markwald di Anweiler, da quell'avido e rozzo mercenario che era, si ostinava a rifiutarsi di arrivare a un accordo per la spartizione del regno, illudendosi di poter arraffare tutto e sbarazzarsi di lui. Federico, dunque, gli occorreva vivo: lo avrebbe usato come pretesto per sbarrargli la strada, fino a quando non si fosse piegato a più miti consigli.

Quanto alla educazione del piccolo re, non aveva tempo di occuparsene. Senza contare che quel bambino era tutto sua madre, un Altavilla fatto e finito. Come si poteva pretendere che si sentisse in dovere di aiutarlo o di mantenere i patti? E quali patti, poi? Costanza non li aveva stretti con lui, ma con papa Innocenzo, che ora se ne lavava le mani. Quindi, non aveva proprio nulla da rimproverarsi. Si sarebbe disinteressato di lui, l'avrebbe ignorato, dimenticato. Tutto qui. Considerata la sua condizione di orfano, gli stava già facendo un generoso regalo.

Federico trascorreva le giornate nella più completa solitudine, aggirandosi per le stanze della reggia alla ricerca di qualcosa da mangiare o di qualcuno che volesse badare un poco a lui. La fiducia che, fino a quel giorno, aveva nutrito sulla propria capacità di orientarsi, era del tutto naufragata. Continuava a vagare da un punto all'altro, senza mai sapere dove si trovasse o come tornare indietro. A volte si imbatteva in qualche adulto, che lo adocchiava con curiosità ma poi si allontanava furtivo, senza neppure domandargli chi fosse. Se invece chiedeva aiuto e diceva di essere Federico, il figlio della regina, di essersi smarrito e di avere molta fame, fingevano di non sentire o di non credergli. Spesso lo scacciavano in malo modo, oppure lo deridevano.

Afflitto dalla fame e dall'abbandono in cui era lasciato, giunse persino ad augurarsi di incontrare Gualtieri di Palearia. Ma neppure di lui, vi era traccia.

Una mattina, nella speranza di rimediare qualcosa da mangiare, abbandonò il palazzo e prese a gironzolare per i quartieri più umili e popolari di Palermo, che aveva già visitato parecchie volte con la madre. Davanti al primo uscio da cui sentì provenire un buon profumo, si fermò e cacciò dentro la testa. All'interno vi era una donna prosperosa, attorniata dai figli. Lo vide, gli si avvicinò e lo riconobbe.

«Toh! Il piccolo re! Cosa ci fai qui, tutto solo? E dove ti sei cacciato, per conciarti così? Entra, mangia qualcosa con i miei bambini. Ti va?»

Non se lo fece ripetere una seconda volta. Quella donna si occupò di lui con la stessa premura con cui trattava i figli. Lo nutrì, lo lavò, lasciò che corresse a giocare in strada con gli altri bambini e quando, alla sera, Federico non mostrò alcuna intenzione di tornarsene a casa, lo mise a letto con i suoi marmocchi e gli augurò la buonanotte, accarezzandogli la testa: «Se la regina Costanza vedesse come ti trattano, si rivolterebbe nella tomba. L'aveva detto, che sarebbe toccato a noi proteggerti. Puoi fermarti quanto vuoi, piccolo re. Non siamo ricchi, ma un piatto di minestra lo troverai sempre».

Iniziò così per Federico una vita nuova ed esaltante.

Per settimane e mesi scompariva dalla reggia, senza che nessuno lo cercasse, nemmeno il suo tutore, Gualtieri di Palearia. Trascorreva tutto il tempo nei vicoli dei quartieri poveri e popolari di Palermo, passando da una casa all'altra, da una famiglia all'altra. Una volta erano arabi, un'altra ebrei, siciliani, normanni, a volte greci. Ciascuno lo ospitava per un po' di tempo, chi una settimana, chi un mese, secondo le proprie possibilità o fino a quando a lui piaceva restare. Ogni famiglia gli parlava nella propria lingua e lo allevava secondo la propria religione e consuetudini. Imparò a pregare il Dio degli arabi, degli ebrei e dei cristiani, conformandosi senza difficoltà ai differenti riti. Si abituò alle diverse usanze e culture e anche alle diverse cucine e modi di vestire. L'unica condizione irrinunciabile era la presenza di una madre. Solo loro sapevano regalare carezze e premure, a qualunque popolo appartenessero. Non sarebbe più tornato in quella reggia fredda e deserta, dove non c'era alcuna mamma a occuparsi di lui.

Ben presto fu in grado di comprendere e parlare tutte le lingue in uso a Palermo. Frequentando il porto e giocando con gli altri bambini, tutti maggiori di lui, si appropriò anche di un vocabolario molto ricco di espressioni volgari e oscene, nei più svariati dialetti. Le ripeteva di continuo, come sentiva fare ai compagni di gioco, ne storpiava la pronunzia e quasi sempre ne ignorava il significato, ma trovava quanto mai eccitante comportarsi come i più grandi e usare parole proibite.

Dopo qualche tempo, Federico aveva elaborato un personale linguaggio, nel quale la raffinatezza e l'eleganza appresa dalla madre, dagli ambienti di corte e dai libri conviveva con la rozzezza e le espressioni scurrili imparate nei vicoli.

Ne fece le spese lo stesso Gualtieri di Palearia, una delle rare volte in cui il piccolo re si mostrò nella reggia, per una delle sue improvvise apparizioni.

Quando si imbatté nel cancelliere, nessuno dei due era preparato a quell'incontro.

«Chi si vede! Siete ancora vivo, dunque, piccolo delinquente. Dove siete stato, tutto questo tempo? Vi ho cercato in ogni angolo della reggia. Guardatevi! Sembrate il figlio di uno scaricatore del porto. Siete anche cresciuto. Quanti anni avete, ora?»

Tutto sarebbe filato via liscio, se Gualtieri di Palearia, che di certo quel giorno era di malumore, avesse continuato a ignorarlo e non si fosse messo in mente di afferrarlo per un polso e trascinarlo all'interno del palazzo. Federico scoprì che quel gesto suscitava in lui un autentico furore, perché gli rammentava la morte della madre. Allora prese a divincolarsi per sfuggirgli e siccome Gualtieri di Palearia si intestardì a trattenerlo, senza pensarci sopra, gli rovesciò addosso una modesta parte del bagaglio di oscenità a lui note.

«Jarrusu, 'nculattìa, bugghero, fetusu...»

Gualtieri di Palearia lasciò la presa all'istante, inorridendo che un bimbo così piccolo mostrasse già tali segni di perversione. Non si era sbagliato a pensare che somigliasse in tutto ai "sultani battezzati". Federico ne approfittò per darsela a gambe e dileguarsi ancora una volta nell'intrico di vicoli in cui si sentiva così sicuro.

Giorno dopo giorno, mese dopo mese, Federico si sentiva sempre più a suo agio negli ambienti popolari nei quali cresceva. Quanti insegnamenti ed esperienze riusciva a scoprire e fare proprie. Spesso gli amici lo conducevano in posti malfamati – nei quartieri del porto, per esempio – luoghi pericolosi in cui era necessario guardarsi le spalle e tenere gli occhi ben aperti, fra marinai ubriachi e avanzi di galera minacciosi, capaci di imprese sbalorditive, come mangiare il fuoco senza bruciarsi, oppure sbudellare qualcuno solo per rubargli una camicia o un piatto di minestra.

E poiché in quei rioni occorreva essere lesti e sapersi difendere, imparò a fiutare i pericoli, a tendere trappole, a dileguarsi con la velocità del vento. Apprese mille trucchi e astuzie. Si dimostrò abile nell'arte di rubare senza farsi cogliere sul fatto e la mise a frutto per impossessarsi di qualche leccornia trafugata dalle bancarelle dei venditori ambulanti oppure di una moneta sottratta dalle tasche di marinai ubriachi.

Quando c'era da tentare una nuova impresa, non si tirava mai indietro. A volte tornava nella casa dove era ospitato sporco, pesto e malconcio. Quasi sempre gli toccavano rimproveri e punizioni. Le mamme non tenevano in alcun conto che fosse il re e gli si rivolgevano come a uno dei loro marmocchi.

«Guarda come ti sei conciato. Sei tutto stracciato. Un pantalone che poteva durare ancora. Dammelo subito, dovrò stare sveglia fino a tardi per rammendarlo. Ti sembra questa, l'ora di tornare a casa? Non sai che abbiamo finito di mangiare da un pezzo? Fila a lavarti e poi a letto. Per questa sera, niente cena. Domani parlerò con le altre donne del quartiere. Dobbiamo decidere una volta per tutte cosa fare di te. Stai venendo su peggio di un ragazzaccio di strada. E dire che tua madre era una santa.»

Com'era contento quando la mamma di turno era affettuosa e, invece di cacciarlo a letto digiuno, se lo tirava sul grosso seno che emanava un odore misterioso e inebriante. Tutto contento, Federico vi poggiava sopra l'orecchio per cogliere il battito del cuore oppure lo stringeva fra le dita, per saggiarne la consistenza e comprendere come mai potesse dare tanto piacere.

Amava anche passare da una famiglia all'altra, curiosare nelle abitazioni di gente diversa. Gli pareva che, in questo modo, lo viziassero di più. E poi ogni popolo eccelleva in qualche campo o possedeva particolari abilità, di cui poteva appropriarsi. Era un gran curioso, sempre affamato di nuove scoperte e conoscenze.

Una lieve preferenza andava alle famiglie arabe. I musulmani possedevano mille segreti. Le donne sapevano fabbricare profumi, tingere stoffe, tessere tappeti, coltivare piante rare negli orti di casa, dalle quali ricavavano infusi e impiastri che curavano le ferite, lenivano il dolore e la malattia, oppure si trasformavano in piatti prelibati.

Gli uomini erano veri esperti di animali, una delle grandi passioni di Federico, sapevano affilare e maneggiare una spada meglio di chiunque altro, conoscevano il segreto per fabbricare armi micidiali, come quel fuoco miracoloso, ottenuto estraendo da certi pozzi vicino Palermo un olio grasso, che chiamavano "olio di pietra" o *petrolio*, che poi mescolavano con lo zolfo raccolto ai piedi dell'Etna.

Fra gli arabi, vi erano uomini di grande cultura: conoscevano la matematica, le scienze, l'astronomia, la fisica, tutte discipline predilette dal piccolo re. Trascorreva spesso interi pomeriggi accovacciato ai piedi di uno di quei sapienti, ad ascoltarne gli insegnamenti.

Quando li aveva informati che era in grado di leggere e scrivere in molte lingue, lo avevano messo alla prova, increduli. Poi, stupiti dalle sue capacità, avevano cominciato a trattarlo con grande rispetto.

Acconsentirono anche a prestargli alcuni libri, a patto che li trattasse con la dovuta attenzione e dimostrasse di apprendere ciò che vi era scritto.

Le famiglie arabe, poi, erano quelle che avevano le case più accoglienti, al cui interno si aprivano piccoli giardini adorni di fontane. Nelle giornate calde, le donne si riunivano in gruppetti, si denudavano dei veli e si rinfrescavano con l'acqua le spalle e il seno. E se un bimbo dagli innocenti occhi azzurri e i lunghi riccioli biondi occhieggiava fra le foglie delle piante, nessuna se ne preoccupava.

Quasi sempre, suo compagno di giochi era un ragazzino di un paio d'anni più grande, di nome Giovanni e di soprannome il Moro. Assieme si divertivano molto a spiare le donne.

Una volta, Giovanni lo aveva condotto al porto, a bighellonare intorno a una casa nella quale si davano il cambio marinai e brutti ceffi, dall'aspetto poco rassicurante. Giovanni giurava che, all'interno, c'erano le *cajorde*, che andavano con tutti e si mostravano nude a chiunque, senza bisogno di spiare.

Avevano ronzato per tutto il pomeriggio intorno a quel promettente luogo di delizie, nella speranza che qualcuna delle inquiline comparisse, senza trovare il coraggio di entrare. Alla sera, quando erano tornati a casa, Giovanni le aveva prese di santa ragione dalla madre, perché qualcuno li aveva notati ed era andato di volata a riferirglielo. Federico se la cavò con una semplice strigliata: era forse un comportamento degno di un re, buttare via il tempo intorno ai luoghi di malaffare?

Dopo, lui e l'amico avevano bisticciato, perché Giovanni riteneva ingiusto che a pagare fosse solo lui.

«Ci sei voluto venire tu, mica t'ho costretto. E poi sei voluto rimanere. Se mi davi retta, quella spiona non ci scopriva. E invece le busco io per tutti e due. Minchione!»

«Minchione sei tu» aveva replicato Federico, compiaciuto di aver scampato le botte. «Io invece, sono il re e a me nessuno può suonarmele.»

«'nculattìa!»

«Attìa, fetusu! Quando sarò grande, te la farò vedere io.»

«Merdusu minchiasicca.»

Dopo quell'insulto sanguinoso, Giovanni il Moro era scappato via, piangendo di rabbia.

La mattina successiva, con l'aria triste e mortificata, si era inginocchiato ai piedi di Federico e gli aveva detto: «Perdonami per ieri sera, maestà».

L'atteggiamento compunto e il linguaggio insolito dell'amico aveva fatto a tal punto sbellicare dalle risa Federico che, alla fine, anche Giovanni era stato contagiato da quella allegria. Erano andati avanti a sghignazzare un bel pezzo, inchinandosi l'uno all'altro e rifacendosi il verso: «Perdonami, maestà!».

«Futtitivi, maestà.»

E giù risate a crepapelle.

Quante volte erano tornati insieme in quel "luogo di malaffare", attratti da un richiamo più forte del timore che incuteva la madre di Giovanni. Alla fine, le donne li avevano notati e, ammiccando fra loro, li avevano ammessi nella casa delle meraviglie. Avevano coccolato soprattutto quel bellissimo bimbo biondo, con gli occhi sgranati sui seni in mostra, sulle cosce e sullo strano triangolo di soffici riccioli scuri, che tentava di sfiorare con le dita.

Fingevano di rimproverarlo con leggeri colpi sulle mani, quando osava troppo.

«Statti cheto. Ma guardatelo, 'stu susciaventu: pare un angioletto, invece è nu' birbante.»

Il riso gorgogliava pieno nelle loro gole. A un tratto, Giovanni, forse geloso per il successo dell'amico, le aveva minacciate.

«Questo susciaventu è il re di Palermo! E di tutta la Sicilia e di tutta l'Italia! Da grande vi getterà tutte in prigione!»

Ma la minaccia non aveva impressionato più di tanto le signore, che non avevano creduto a una sola parola.

Si erano ripresentati altre volte in quella abitazione, senza ottenere mai nulla di più che coccole e, qualche volta, il permesso di sfiorare con il dito i seni e le cosce. Federico, sensibilissimo agli odori e ai profumi, si deliziava anche a cogliere il sentore dolciastro e sfatto che impregnava quel luogo. Poi, nel buio della notte, cercava di rievocarlo.

«Ripassate fra qualche anno, reuzzu,» lo canzonavano le donne «che vi impariamo un sacco di belle cose.»

Di tanto in tanto, Federico rientrava nella reggia. Mai dalla porta principale però, e sempre badando che nessuno se ne accorgesse.

Ogni volta si convinceva che quello fosse un luogo di trame, intrighi, incontri misteriosi e poco rassicuranti. Ora afferrava molto meglio il significato delle parole che Costanza aveva pronunziato sul letto di morte: «Non permettere che ti facciano del male: difenditi, reagisci, lotta».

Per quanto facesse del suo meglio per restare nascosto, in qualche rara occasione gli accadeva di imbattersi nel tutore, Gualtieri di Palearia, che fingeva di essere interessato a lui.

«Guarda, guarda, il nostro piccolo re. Sempre più alto, più selvaggio nell'aspetto e più rozzo nei modi. Sembrate un accattone. Posso sapere dove vi nascondete, per settimane o addirittura per mesi?»

Federico lasciava che il chiacchiericcio proseguisse, senza replicare.

Sapeva bene che la solerzia di Gualtieri di Palearia sarebbe durata pochi istanti. Alla fine, trovava sempre la scusa buona per defilarsi.

«Vi approfittate del fatto che sono oberato dalle preoccupazioni e dagli affanni che il vostro regno mi procura. Guai e fastidi, ne ricavo, nient'altro. Mi chiedo chi me lo faccia fare. Scommetto che non proverete mai un briciolo di riconoscenza per chi vi sta salvando la corona, a prezzo di indicibili sacrifici personali. E dovrei trovare anche il tempo per istruirvi ed educarvi, a sentire papa Innocenzo. La vacanza, però, sta per terminare. Ho scritto al santo padre che non ho tempo di occuparmi della vostra educazione e lui mi ha fatto sapere che sta per giungere alla reggia un pedagogo di prim'ordine.»

«Non ne ho bisogno. Ho già i miei maestri arabi» aveva risposto Federico, senza riflettere.

«Maestri arabi?! Come osate frequentare gli infedeli! Non azzardatevi mai più. Vi proibisco di mescolarvi con quella gente! Ecco il risultato degli insegnamenti di vostra madre, una donna...»

Gualtieri di Palearia non pronunziò l'ingiuria, dissuaso dal lampo di ferocia negli occhi di Federico, ma lo fulminò con un'occhiata sprezzante e minacciosa.

«Siete un Altavilla. In tutto e per tutto. Ma non consentirò che sul trono di Sicilia regni un altro degenerato, un nuovo sultano battezzato.»

Dopo quell'episodio, Federico aveva diradato ancora di più le visite nella reggia. Ma continuava a tornarvi.

Non capiva perché quel luogo esercitasse su di lui un'attrazione così prepotente se poi, nei brevi momenti che vi trascorreva, si sentiva disprezzato e in pericolo, ben più che nei vicoli palermitani. A palazzo era solo, nessuno degli amici poteva proteggerlo, mentre i nemici – servi traditori, preti intriganti, nobili infidi, soldataglia avida e senza scrupoli – avrebbero potuto avere la meglio su di lui con grande facilità. Aveva concepito un odio feroce verso tutta quella gente: registrava nella mente volti, nomi. Un giorno avrebbero pagato.

Ciò nonostante, la reggia restava per lui l'Eden affascinante e misterioso che lo attirava con il suo irresistibile richiamo.

Per quanto vasta fosse, stava tentando di esplorarla in tutte le parti e di farsene una sorta di pianta. Aveva compreso che, con il nome generico di "reggia", si alludeva in realtà a un insieme di palazzi, l'uno collegato all'altro e ciascuno individuato con un nome specifico: Cuba, Zisa, Favara, Menani, Maredolce.

Adesso gli suonavano più comprensibili le parole dello scrittore arabo Ibn Gubayr, che aveva letto nel lontano pomeriggio in cui era morta sua madre.

Tutt'intorno si estendeva un parco smisurato, lussureggiante di alberi e cespugli aromatici di ogni specie, in un tripudio di profumi e di colori che aveva rapito il cuore del piccolo re. Adorava affondare i piedi nudi nell'erba dei prati, raccogliere le foglie delle piante per scoprirne il nome, studiare le abitudini degli animali, soprattutto degli uccelli, godere della pace di quei luoghi raccolti, così lontani dalla assordante vitalità dei vicoli palermitani.

In quel silenzio, gli pareva di cogliere il respiro della natura, con cui avrebbe voluto fondersi. Alle volte si distendeva sull'erba e vi appoggiava l'orecchio, nella speranza di percepire il fruscio della linfa, che nutriva la splendida vegetazione tutt'intorno. Oppure, supino, le braccia e le gambe divaricate, gli occhi socchiusi, si lasciava accarezzare dal vento africano, caldo e sensuale come le dita di una dea.

Anche l'interno dei palazzi celava tesori che gli accendevano la fantasia e gli risvegliavano mille curiosità. Alla luce del sole, le immagini dei mosaici che tappezzavano le stanze dalle volte altissime sembravano animarsi di vita propria: volatili sconosciuti dalle piume multicolori, alberi, frutti, fiori.

Perdeva la nozione del tempo, incantato a osservarli.

«Queste piante sono mie!» protestò Federico all'indirizzo di una serva, stringendo fra le mani la frutta che aveva appena rubato. «Qui è tutto mio, bardascia scimunita!»

«Questo lo dici tu» lo rimbeccò la donna. «Io non ti conosco. Per me sei un ladruncolo qualunque e io ti porto dal primo cancelliere. Sarai punito anche per avermi chiamata in quel modo.»

«Tu non mi porti da nessuna parte, brutta crapa fetusa. Lo sai benissimo che sono il re.»

Quindi era scappato veloce come il vento, mentre lei gli gridava alle spalle che solo i marinai del porto si esprimevano con tanta volgarità, non certo i re.

Svoltando l'angolo di un corridoio, piombò addosso a un omino vestito da frate, talmente esile e sottile che lo aveva fatto barcollare per l'urto. Due occhietti vividi e penetranti, collocati in un volto minuto che quasi scompariva dentro l'abito dell'Ordine, lo fissarono con attenzione.

«Eccovi, dunque. Vi ho scovato, finalmente. Il vostro tutore mi aveva messo in guardia. Ma io non riuscivo a credere che un bimbo della vostra età... A proposito, giovanotto. Quanti anni avete?»

Federico lo guardò con diffidenza, senza rispondere.

«Avete ragione» replicò con pazienza l'omino. «Non mi sono presentato. Sono padre Guglielmo Francesco e sarò il vostro precettore. Mi auguro che potremo andare d'accordo. Spero anche di convincervi a non abbandonare più la reggia e a condurre una vita più consona a un bambino della vostra età e rango. Sono certo che ora sarete così cortese da rispondere alla mia domanda.»

«Futtiti, sucaminchia» fu il rude esordio di Federico. «Ho già molti sapienti a mia disposizione. Non ho bisogno di un nuovo ladro in casa. Tu non sei diverso dagli altri. Un giorno ve ne pentirete, tutti.»

Padre Guglielmo Francesco non batté ciglio né mostrò un'aria scandalizzata. Gli occhietti, anzi, assunsero un'espressione divertita.

«Sì, le vostre maniere sono senza dubbio rozze, mio piccolo re. Per non parlare del linguaggio. Anche di questo, ero stato messo al corrente. Posso sapere chi si occupa della vostra istruzione, in questo momento?»

«Insegnanti molto competenti» ribatté Federico. Poi, pregustando la reazione scandalizzata dell'interlocutore, aggiunse con un sorriso beffardo: «Arabi».

Padre Guglielmo Francesco non mostrò alcuna reazione.

«Hai capito bene?» lo stuzzicò Federico, deluso. «Ho detto arabi. E ora non cominciare con le solite tiritere sugli infedeli che non bisogna frequentare. Voi preti fottuti avete paura, solo perché ne sanno molto più di voi, in tutti i campi...»

«Fra gli arabi ci sono grandi studiosi, non c'è dubbio. Vorrei solo capire se hai a che fare con le persone giuste» replicò padre Guglielmo, contraccambiando il tono informale di Federico. «Ma anche un prete può avere qualcosa da insegnarti. Confessa: conosci il latino con tanta padronanza da poter leggere qualsiasi libro?»

Federico dovette ammettere che non l'aveva ancora imparato, anche se moriva dalla voglia di farlo.

«Restiamo d'accordo così» proseguì padre Guglielmo Francesco. «Quando capiti da queste parti, fatti vivo. Se mi avanzerà tempo da dedicarti, ti insegnerò il miglior latino che si possa apprendere in questa città. Però, attento: se sei uno zuccone, potrebbe essere rischioso crearsi eccessive aspettative.»

Federico scrollò le spalle: «Se voglio – bada: ho detto "se" – in una settimana le imparo tutte, quelle scemenze».

«Questo lo dici tu. Non sono obbligato a crederti. Quando mi avrai dimostrato cosa sai fare, mi convincerò. Mi sembra che, per oggi, ci siamo detti tutto. A presto, allora.»

Padre Guglielmo Francesco si allontanò, senza più voltarsi indietro. Federico, rimasto solo, avrebbe voluto trattenerlo e implorarlo di cominciare subito le lezioni. L'idea di poter finalmente apprendere quella nuova lingua lo attraeva moltissimo: non ci sarebbero stati più misteri, per lui. Tuttavia, gli bruciava dovergli dare soddisfazione. E se ne andò via anche lui. Dalla parte opposta e tutto impettito.

Nelle settimane successive, vincendo i dubbi, cominciò a seguire le lezioni di padre Guglielmo Francesco. Via via che la reciproca conoscenza si approfondiva, nacque fra loro una sorta di amicizia, ruvida e guardinga da parte di Federico, che si ostinava a chiamarlo "prete fottuto", vigile e protettiva da parte del maestro. Padre Guglielmo non solo non fece nessuna pressione sull'allievo, ma si rifiutò persino di obbedire alle imposizioni di Gualtieri di Palearia, che pretendeva di controllare di persona i contenuti dell'insegnamento e, soprattutto, di essere informato sugli spostamenti e sulle frequentazioni di Federico.

Giorno dopo giorno, padre Guglielmo Francesco sentiva crescere l'affetto nei confronti di quel coraggioso e precoce fanciullo, molto più maturo della sua età, al punto che sarebbe ricorso a qualsiasi espediente, pur di proteggerlo dai pericoli che vedeva addensarsi sopra di lui. Federico non avrebbe mai potuto immaginare quali lotte divampassero intorno alla sua eredità, nonostante la perspicacia e la naturale diffidenza di cui era dotato. Ormai, la confusione e l'intrigo erano diventati così inestricabili che nessuno avrebbe saputo distinguere gli amici dai nemici, in uno scenario di inganni, scontri, alleanze che mutava continuamente.

Solo poche notti prima, per esempio, padre Guglielmo avrebbe giurato di aver visto Markwald di Anweiler in persona aggirarsi nelle stanze della reggia, per quanto inverosimile potesse apparirgli quella circostanza, visto che il capitano dei mercenari passava per il peggiore nemico di Gualtieri di Palearia, stando alle affermazioni del cancelliere. Alla fine, padre Guglielmo si era persuaso di essere in errore, tuttavia era angosciato all'idea dei tradimenti che si macchinavano in quel luogo, senza che lui, uomo di chiesa e di studio, potesse fare nulla per scongiurarli, se non pregare.

A Federico erano state sufficienti poche settimane per imparare il latino persino meglio del precettore.

«Cosa ti dicevo, io?» era stato l'orgoglioso commento del ragazzo, quando aveva compreso di essersi impadronito del tutto della nuova lingua.

«Riconosco una certa rapidità di apprendimento, giovanotto. Per questo ora passeremo a un nuovo soggetto di studio: epurare il vostro linguaggio e fornirvi maniere da re.»

«Adesso non cominciare a dire minchiate, come tutti gli altri. Tu sei molto meglio di loro.»

Padre Guglielmo lo amava troppo per desiderare davvero di modificarne la natura. Non avrebbe avuto successo, e poi perché trattenerlo più a lungo in un luogo così insicuro?

Le lezioni, dunque, continuarono a essere saltuarie.

Federico sfogliava di malavoglia alcune pagine di un volume di Virgilio, guardando con sospetto il maestro.

«Che cos'è?» si informò.

«Poesia, ragazzo mio. Mai sentito parlare, di questo genere letterario?»

«Non è che mi stai rifilando un libro di preghiere? Perché, in questo caso, puoi ficcartelo...»

«Inorridisco di fronte a una così abissale ignoranza, mio piccolo re» lo interruppe padre Guglielmo. «Quanto al linguaggio, ahimè, da un pezzo ho rinunciato a fare commenti. Questa è l'*Eneide*: poesia, arte, nutrimento dello spirito.» Si mise a scuotere la testa. «In effetti quest'opera è sprecata per voi. E rappresenta un pericolo per me. Se Gualtieri di Palearia scoprisse che vi ho istigato a leggere contenuti così poco ortodossi, prenderebbe carta e penna e chiederebbe al papa la mia testa, per manifesta incapacità nell'assolvimento del ministero che mi è stato affidato. E non avrebbe tutti i torti. Il mio voleva essere solo un tentativo, disperato e inutile, di ingentilirvi il cuore, educandovi al culto della bellezza. Ah, basta, è un errore. Restituitemelo subito. Dove state fuggendo? Tornate indietro!»

Ma Federico si era già dileguato e, come al solito, non riapparve alla reggia, se non dopo alcune settimane. Si recò di filato nella biblioteca, dove padre Guglielmo stava studiando e scagliò con forza il volume sul tavolo, facendolo sobbalzare.

«L'avete letto, giovanotto?» si informò il maestro.

Federico non rispose. Si avvicinò, gli posò la testa sulla spalla e, per la prima volta, lo abbracciò stretto.

«Tu sei uno a posto» gli sussurrò in un orecchio. «Me ne ricorderò, al momento opportuno.»

Quindi afferrò il libro e fuggì via di nuovo, lasciando il povero precettore a lottare con le lacrime che gli pungevano gli occhi.

Padre Guglielmo non lo sapeva ancora, ma quello si sarebbe rivelato l'ultimo incontro con il piccolo re. Di lì a pochi giorni, infatti, Gualtieri di Palearia lo costrinse a partire con tanta fretta da non concedergli neppure il tempo di scrivere un breve messaggio d'addio al suo pupillo. Durante il viaggio, padre Guglielmo impiegò il tempo pregando. Non poteva offrire altro aiuto a Federico, sul quale, lo sentiva, stava per abbattersi la vendetta finale dei nemici.

Capitolo 16

Gualtieri di Palearia, con insospettabile energia, agguantò Markwald di Anweiler per un braccio e lo trattenne fra le dita ossute.

«Se desiderate trattare, stabiliamo prima alcune regole» dichiarò in tono gelido, reprimendo a fatica il disgusto che quell'uomo gli ispirava. «Primo: attento al linguaggio. Io non sono uno dei vostri volgari mercenari e non saranno i modi barbari che siete solito adoperare a intimorirmi. Secondo: mantenete un tono di voce basso. Non esiste luogo al mondo tanto sicuro da poterci garantire la segretezza che ci occorre, neppure quando, come in questo caso, appartenga a un fedelissimo. Nella mia vita, ho visto interi stuoli di fedelissimi tradire il loro signore.»

«Avete paura?» sogghignò Anweiler. «Ne sono compiaciuto, perché questo vi renderà più moderato nelle pretese.»

«Siete voi che dovete moderarvi, capitano» replicò asciutto Gualtieri.

«Il papa non vuole più saperne di voi» lo stuzzicò Anweiler. «Ha chiamato in Italia Gualtieri di Brienne e le sue orde di francesi per sbarazzarsi dell'onnipotente suo legato che fa e disfa senza dare ascolto a nessuno. Queste sono le informazioni che possiedo. Siete in grado di smentirmi?»

«Senza ombra di dubbio. Lo scopo del papa, nell'accettare il soccorso dei francesi, è quello di sollevare la Sicilia dalla piaga dei mercenari brutali come voi, che devastano l'isola e si comportano come se gli ordini del cancelliere del regno fossero carta straccia.»

«I vostri ordini sono per me meno ancora che carta straccia.»

«Se è così che la pensate, significa che non avete alcuna necessità di ricercare un accordo con il sottoscritto. Stiamo perdendo tempo.» Senza aggiungere altro, Gualtieri di Palearia recuperò le carte e mosse a passi decisi verso l'uscita.

«Non siate permaloso. Non vi conviene» lo fermò Anweiler. «Credete ancora nelle favole? Oppure l'acume politico, di cui tanto vi vantate, vi ha tradito per una volta? Il papa intende raggiungere due obiettivi: disfarsi tanto di voi, che avete un potere smisurato e vi comportate come un vero monarca, quanto di Federico, che è ancora troppo piccolo per poter essere messo al vostro posto e, in ogni caso, non vivrà a lungo. Così la vedo io. Che ve ne pare, signor cancelliere?»

«Il vaniloquio di una mente disturbata. Ciò nonostante, vi confermo ancora una volta la disponibilità a ricercare un accordo. Converrete con me che trattare giova a entrambi.»

«Dipende da quello che mi offrite.»

«Vi appoggerò contro Gualtieri di Brienne, aprirò a voi la strada verso il trono.»

«In che modo?»

«Consentendovi di catturare vivo il piccolo re e trattenerlo come ostaggio, prima dell'arrivo di Gualtieri di Brienne. Con Federico di Svevia nelle vostre mani, mi vedrò costretto a instaurare una trattativa ufficiale con voi per salvaguardare la vita dell'erede al trono. Il papa non potrà perdere la faccia e abbandonarlo al suo destino. Dovrà autorizzarmi a patteggiare. E io non potrò che accettare le condizioni che mi imporrete: la vita di Federico in cambio del regno. Convincerò il papa a dare l'approvazione. Un giorno, alla vostra morte, il trono potrebbe essere riconsegnato all'erede legittimo. Non sarebbe neppure una vera menzogna. A essere franco, comandante, mi sembra che abbiate una pessima cera. Sto forse stringendo un accordo con un alleato che ha già un piede nella tomba? Se fosse così, concluderei un pessimo affare.»

«Non illudetevi, cancelliere. Farò in tempo a seppellire prima voi. Vuotate il sacco, piuttosto. Cosa pretendete, in cambio?»

«La stessa posizione che ricopro ora, l'identico potere. In più, le chiavi dei forzieri reali, quelle che, senza riflettere, Enrico vi ha affidato, scatenando la vostra insensata cupidigia. Se abbandonassi il regno, lo perdereste in meno di un anno. Al contrario, se vi resterò a fianco, godrete di tutti gli onori e i privilegi del comando, senza gli oneri. Mi sembra un cospicuo guadagno, rispetto alla attuale posizione di avventuriero e mercenario.»

«Il moccioso deve sparire. Non accetterò alcun accordo che non ne preveda l'eliminazione. Il regno non sarà mai davvero mio, fino a quando Federico di Svevia resterà in vita.»

«D'accordo. Accetto. Ma curerò di persona ogni dettaglio del piano e voi lo eseguirete alla lettera. Il ragazzo non può essere eliminato senza le dovute precauzioni. Il papa sospetterebbe. Ma soprattutto, il popolo di Palermo si riverserebbe nelle strade e si solleverebbe contro di noi. È necessario procedere con la massima cautela.»

«Chi mi assicura che posso fidarmi di voi?»

«Potrei dire la stessa cosa. Vi siete mai guardato allo specchio, Markwald di Anweiler? Solo un pazzo accetterebbe di stipulare intese con voi. Chi mi garantisce che non mi pugnalerete alle spalle, appena messo piede fuori da questa stanza?»

«E allora, per quale ragione state discutendo con me?»

«Perché io sono Gualtieri di Palearia e non vi temo. Per quanto stupido siate, di certo non ignorate che l'unica speranza di vincere, a questo punto, passa attraverso una alleanza con me. Sono stato fin troppo generoso a offrirvi un'opportunità del genere. Per questo righerete diritto fino alla fine. Non cercatemi. Vi farò sapere cosa dovrete fare e quando. Ma tenetevi pronto. Non appena vi ordinerò di muovervi, non dovrete tardare un solo istante.»

Non appena il cancelliere uscì dalla stanza, Markwald di Anweiler si distese su un piccolo giaciglio e si portò le mani sul ventre. Strinse i denti, nello sforzo di controllare il dolore feroce che lo tormentava, scosso da brividi di febbre sempre più intensi. Nonostante gli sforzi che aveva fatto per dissimulare la sofferenza, aveva il timore che Gualtieri di Palearia avesse scoperto il suo segreto. Semplice intuizione o qualcuno lo aveva informato? Ma chi? Nessuno dei soldati, fatta eccezione per il suo braccio destro, Guglielmo di Capparone, ne era a conoscenza: ma su Guglielmo poteva contare come su se stesso.

Né potevano averlo tradito i chirurghi che, nel corso degli ultimi, più violenti attacchi, erano stati consultati: aveva ordinato di ucciderli tutti, prima ancora che abbandonassero il suo capezzale. Se non l'avesse fatto, la notizia della malattia si sarebbe diffusa in tutto il regno. E poi, quello era il suo modo di vendicarsi di quei ciarlatani, per il loro verdetto.

«Il mal della pietra che vi affligge è così grave che non è più possibile curarlo con le medicine, capitano» avevano ripetuto tutti. «L'unica alternativa è affidarsi alle mani di un chirurgo.»

«Quante possibilità ho di sopravvivere a un intervento del genere?» chiedeva lui.

A quella domanda, cominciavano a tremare, impallidivano, balbettavano. Segno che non vi era quasi speranza. Ma lui non si fidava dell'opinione di quella gente perfida. Parlavano solo per allarmarlo, perché lo detestavano e godevano nel vederlo soffrire. Dunque, meritavano di morire.

Eppure, nonostante le precauzioni, non poteva escludere che il cancelliere sapesse. Quell'uomo era una viscida serpe, capace di insinuarsi ovunque. Anche nel caso di Tancredi il ribelle, non era stato il primo a fiutare quello che sarebbe accaduto?

Forse si era deciso a scendere a patti con lui – il suo peggior nemico – proprio perché lo sapeva gravemente malato.

Il cancelliere aveva un disperato bisogno di qualcuno che uccidesse il moccioso, non avrebbe potuto farlo con le sue mani. Il capitano dei mercenari era la persona giusta: avrebbe fatto il lavoro sporco, attirando su di sé l'odio e la riprovazione generale. Prima o dopo, la malattia si sarebbe portata via anche lui, sgombrando il campo da uno scomodo alleato e testimone.

Ma questa volta Gualtieri di Palearia sbagliava i suoi conti. Markwald di Anweiler avrebbe resistito al male, anzi, l'avrebbe sconfitto, come faceva sempre con i nemici. E si sarebbe impossessato del regno di Sicilia.

Doveva essere accaduto qualcosa di insolito. Nella casa di Giovanni il Moro, l'amico inseparabile presso cui Federico abitava quasi con regolarità, per tutta la notte vi era stato un afflusso incessante di persone e un confabulare continuo. Al mattino, la madre di Giovanni, mentre mangiavano la colazione, non brontolò neppure un po'.

Questo comportamento lo insospettiva. Prima della fine

del pasto, giunse uno dei precettori di Federico, di nome Mustafà, accompagnato da molti altri uomini dei quartieri popolari.

«Maestà» esordì il sapiente, utilizzando quel titolo di cui non si era mai servito in precedenza. «Si è creata una circostanza molto grave, della quale siamo obbligati a rendervi partecipe. Le truppe di Markwald di Anweiler stanno marciando su Palermo. Siamo tutti in serio pericolo ma voi, più di tutti, avete bisogno di protezione. Quel degenerato avanza in armi con il preciso intento di uccidervi e impossessarsi del regno. Gualtieri di Palearia è molto preoccupato. Gli araldi hanno setacciato i quartieri popolari, casa per casa, per annunciare la notizia alle famiglie palermitane. Il cancelliere si sta adoperando con tutte le forze, per approntare difese adeguate. Sostiene che farà affluire a Palermo un contingente militare. Però...»

«Però?»

«Non sa se potrà offrire adeguata protezione a tutti i quartieri. C'è troppo poco tempo. Anweiler avanza con rapidità e con un esercito poderoso. Se le truppe non basteranno, il cancelliere si limiterà a difendere la reggia. Il popolo dovrà arrangiarsi, difendersi da solo. Si combatterà strada per strada.»

«Va bene. C'è altro?»

«Voi dovete essere protetto, ragazzo mio. Non potete restare nelle vie di Palermo. Sarebbe pura follia. Gualtieri di Palearia vuole che vi convinciamo, anzi, vi costringiamo a rientrare nella reggia. Solo così potrà prendersi cura di voi. In caso contrario, declinerà ogni responsabilità.»

«Minchiate. Se Anweiler entra a Palermo, il posto dove mi trova subito è proprio il palazzo, mica i vicoli di Palermo. Capitano e cancelliere si sono messi d'accordo. Sono pronto a scommetterci.»

«No, siete in errore. Gualtieri di Palearia e Anweiler sono nemici giurati. Che vantaggio avrebbe il primo cancelliere a stringere un accordo con un mercenario che lo vuole morto?»

«Non lo so ma non mi fido. Forse sono successe cose che non conosciamo. Quando era viva mia madre, ho visto porcherie di ogni tipo. Io ero molto piccolo, ma non mi scappava niente. E ho tutto qui, nella mente. Un giorno, tutti quei figli di bardasce pagheranno.»

«Non so cosa pensare, maestà. Il pericolo è grave e imminente. Nelle strade di Palermo potrebbe scorrere molto sangue. Abbiamo discusso e siamo dell'idea che, in mezzo a noi, la vostra sicurezza non verrebbe tutelata. Sarebbe meglio che rientraste alla reggia. Però, se questa soluzione non vi persuade, propongo che una delegazione si rechi oggi stesso da Gualtieri di Palearia, per valutarne la buona fede.»

Gualtieri di Palearia ricevette i rappresentanti del popolo con una cordialità che i popolani non contraccambiarono, intimiditi dalla novità della situazione. Mustafà, che fungeva da capo, era il più imbarazzato di tutti, sospettando che la sua presenza fosse sgradita al cancelliere.

«Sono lieto di incontrarvi» li salutò il primo cancelliere. «So bene quanto il piccolo re si fidi del popolo e con quanto impegno stiate collaborando nell'educazione del caro Federico. Come vi ho fatto sapere, si preparano giorni difficili. Mi sto adoperando per fronteggiarli al meglio. Ecco qui la lettera che mio fratello, Gentile da Manuppello, mi ha inviato con un corriere veloce. Afferma che è già partito alla volta di Palermo, con un forte contingente di truppe, che dovrebbero assicurarci maggiori opportunità di resistere ai mercenari di Anweiler.»

«Perdonate, signor primo cancelliere» ribatté Mustafà, dopo avergli rivolto un breve inchino. «Posso chiedervi cosa accadrebbe al sovrano, nella sciagurata ipotesi in cui il nemico riuscisse a forzare le difese? Sappiamo bene quali sono le intenzioni di quel mascalzone.»

«Preghiamo che questo non accada. Tuttavia, nell'ipotesi peggiore, Federico sarà più sicuro qui che nei vicoli della città. Non ignoro che sareste pronti a custodirlo a prezzo della vostra vita ma, ahimè, temo anche che gli assalitori non esiterebbero a radere al suolo tutta Palermo, casa dopo casa, pur di trovarlo. Se il piccolo re si rifugerà a palazzo, invece, Anweiler non avrà alcun interesse a infierire sulla città: perché mai inimicarsi quei cittadini di cui aspira a diventare il re? Sa bene di essere già molto odiato dai palermitani, dunque terrà a freno i suoi mercenari e punterà diritto alla reggia, nella speranza di catturare Federico. Ma naturalmente non riuscirà mai a imprigionarlo.»

«Come fate a esserne così certo?» chiese stupito Mustafà.

«Immagino sappiate che uno dei palazzi della corte dei normanni offre uno sbocco sul mare» replicò Gualtieri di Palearia. «Anweiler avrà bisogno di qualche tempo per porre sotto controllo ogni via di fuga. Nasconderemo il nostro protetto in quell'ala. Nell'eventualità peggiore, verrà messo in salvo con una nave e condotto al sicuro a Roma, presso il santo padre, che ne è il tutore. Fino a quando Federico resterà in vita, il trono di quegli Altavilla che voi amate tanto, sarà al sicuro. Cosa ve ne pare?»

Nessuno della delegazione rispose subito, forse perché tutti avevano colto il malcelato sprezzo con cui Gualtieri di Palearia aveva alluso alla famiglia degli Altavilla. Inoltre non riuscivano a scrollarsi di dosso la sensazione che, in qualche modo, il cancelliere non fosse del tutto sincero e affidabile. Alla fine, parlò l'arabo, capo della delegazione: «Credo che le vostre considerazioni meritino una riflessione molto attenta. Valuteremo l'offerta e vi faremo conoscere al più presto una decisione. Inutile dire che discuteremo con il re e proveremo a convincerlo che questa è la soluzione più giusta. Ma non lo forzeremo. Sceglierà lui. Per altro, come ben sapete, è impossibile imporgli qualcosa che non desidera».

«Lo so molto bene» confermò Gualtieri. «È un bambino testardo e ribelle. Andrebbe domato.»

«Domato?» Mustafà si permise il lusso di un sommesso risolino. «Nessuno piegherà mai il figlio di Costanza d'Altavilla. Sembra solo un fanciullo, in realtà è già un sovrano. Non chiedetemi come sia possibile. Non sarei in grado di spiegarvelo. Federico deciderà in modo autonomo e noi accetteremo il suo volere. In ogni caso, apprezziamo molto la sollecitudine della signoria vostra.»

«Bene. Conto sulla vostra capacità di persuasione. È l'unica strada, signori, se volete davvero salvare Federico di Svevia e voi stessi. Ma c'è pochissimo tempo: il pericolo potrebbe essere anche più imminente di quanto penso.»

«Certo, signor cancelliere. Sarà nostra premura comunicarvi al più presto una risposta.»

Quindi, con un reciproco inchino, Gualtieri di Palearia e i popolani di Palermo si congedarono.

La casa di Giovanni il Moro era piena di gente. Molte persone erano stipate nel cortile e perfino in strada. All'interno dell'abitazione, Mustafà stava riferendo meticolosamente a Federico le parole di Gualtieri di Palearia.

«Questo è quanto il primo cancelliere ci ha spiegato. Ora dobbiamo concordare una soluzione.»

«Voi cosa pensate, Mustafà?»

Il vecchio maestro chinò il viso e si accarezzò la barba. Era doloroso, per un uomo della sua età, considerato un saggio dalla gente, ammettere di non sapere quale consiglio dare al piccolo re. Entrambe le decisioni gli parevano pericolose e dense di conseguenze. Alla fine stabilì di essere sincero.

«Maestà, permettetemi di chiamarvi con questo nome. Mai come in questa occasione vi compete. Vi confesso con franchezza che non so quale scelta suggerirvi. Perdonate, vi prego, la mia inettitudine. Comandate e noi obbediremo, qualunque sia l'ordine. E possa il padre comune di tutte le genti illuminarvi.»

Federico, commosso dalla sofferenza del vecchio precettore, gli pose una mano sulla spalla. Quindi, si rivolse agli altri.

«Mi prenderò questa notte di tempo. Domattina vi farò sapere come ci comporteremo.»

Dal suo giaciglio, Giovanni il Moro vedeva Federico pensieroso e assorto nelle sue riflessioni. Avrebbe voluto non disturbarlo, ma non seppe trattenersi. Sporgendosi dal letto, bisbigliò: «Se vai alla reggia, porti anche me?».

«No.»

«Perché?»

«E troppo pericoloso.»

«Minchiate. Io non ho paura.»

«Non fare il lagnoso. Te l'ho detto, ci sono troppi pericoli.»

«Io vengo anche se non mi vuoi.»

«Peggio per te. Ma stai nascosto. Quel ricchione di cancelliere ti stacca la testa, se ti vede in giro.»

«Perché non ordini ai soldati di ammazzarlo? Sei tu, il re.»

Federico rimase qualche istante in silenzio. Quando parlò, Giovanni fu talmente intimidito dalla durezza della sua voce, che non osò più infastidirlo con ulteriori quesiti.

«Verrà il suo momento, come per tutti quelli che hanno tradito. Ora, dormi.»

Per la prima volta da quando era mancata, Federico invocò l'aiuto della madre Costanza. Come lei gli aveva suggerito, colmò la mente e il cuore della sua immagine, e le confidò tutti i timori e le incertezze che lo tormentavano: cosa avrebbe fatto, al posto suo, un grande sovrano come Roberto il Guiscardo o come il nonno Ruggero? Sarebbe rientrato alla reggia e si sarebbe consegnato nelle mani di Gualtieri di Palearia? E se fosse caduto in una trappola del cancelliere?

«Come volete che mi comporti, madre?»

Al mattino, quando Mustafà e gli altri si ritrovarono con lui all'ora stabilita, Federico appariva calmo. Aveva radunato le sue poche cose e le aveva affidate a Giovanni. A Mustafà consegnò alcuni libri.

«Questi li terrai tu, Mustafà. Alcuni sono tuoi, altri miei. Fa' in modo che nessuno li sciupi. Io resterò a palazzo solo il tempo strettamente necessario.»

«Avete dunque deciso di rientrare a corte, maestà?»

«Così ho stabilito. Voi mi accompagnerete.»

Per la prima volta da quando il ragazzo frequentava i vicoli e le case di Palermo, tutti i presenti si inginocchiarono ai suoi piedi. Solo la madre di Giovanni il Moro lo abbracciò piangendo e insistette perché portasse via un paniere con le leccornie preferite.

«Lì dentro non ti faranno mangiare, ci scommetto» disse, tirando su con il naso.

Giovanni il Moro se ne stava appartato in un angolo, offeso perché Federico rifiutava la sua compagnia. Prima di allontanarsi, questi gli pose un braccio intorno alle spalle e gli bisbigliò in un orecchio.

«Ogni tanto fatti un giro dalle parti del palazzo. Vedrai che, prima o poi, ci incontriamo. Ma stai attento. Lì dentro, è pieno di minchioni. E non farti scoprire da tua madre, sennò ci fa neri a tutti e due.»

Il cortile e i vicoli erano affollati. Il popolo di Palermo si era riversato nelle strade per conoscere la decisione del re e salutarlo. Federico giunse alla reggia scortato da un corteo di donne, uomini, ragazzi: le prime lo accarezzavano, gli rivolgevano mille raccomandazioni, gli cacciavano nelle mani e nelle tasche dei calzoni ogni genere di ghiottonerie. Gli uomini lo salutavano dandogli grandi pacche sulle spalle, senza nascondere la preoccupazione per la minaccia che si stava addensando. I fanciulli, tutti vecchi amici, non gli risparmiavano battute salaci, nel loro gergo scurrile.

«Ora che è giunto il momento di congedarsi,» disse Mustafà «mi assalgono mille dubbi: forse avremmo fatto meglio a trattenervi. Temo di essere stato un vigliacco, rimettendo a voi la decisione. Non avete ripensamenti? Perché siamo sempre in tempo a mandare tutto all'aria.»

«No, non ho dubbi, Mustafà. Se sarò lontano, correrete tutti meno rischi.»

«È per questo che vi consegnate nelle mani del cancelliere: per proteggerci. Avrei dovuto immaginarlo» esclamò, scuotendo la testa.

«Mustafà, io sono il re. È mio dovere adottare la soluzione che procura meno danni al popolo: così mi ha educato mia madre Costanza. Quel fetuso distruggerà Palermo casa per casa, pur di trovarmi. Sono molti anni che mi sta braccando. Ora questa storia va risolta. E poi, sai una cosa?»

«Cosa, maestà?»

«Mia madre... Non ridere, se ti confesso un segreto. Me l'ha suggerito lei, di comportarmi così. Io sono fiducioso che mi aiuterà. Me l'ha promesso. Mi credi uno stupido, Mustafà?»

«Vi reputo un ragazzo molto saggio e coraggioso, un

vero re. Possa Allah benedirvi e conservarvi a lungo fra noi.»

«A presto, allora.»

Federico si diresse subito verso il parco, alla ricerca di un luogo sicuro in cui nascondere il paniere colmo di prelibatezze. Sapeva che nella reggia rischiava di patire la fame.

Capitolo 17

Due settimane dopo il ritorno di Federico a corte, le truppe di Markwald di Anweiler raggiunsero Palermo. A proteggere la residenza del sovrano si trovava una sparuta schiera di soldati, male in arnese e terrorizzati. Nessuna traccia di Gentile da Manuppello e delle sue truppe. Quando una staffetta giunse trafelata a palazzo, annunciando a gran voce che i tedeschi erano alle porte, Federico si precipitò nella stanza del primo cancelliere per sapere dove fossero i rinforzi e quali provvedimenti avesse adottato per proteggere la città. Vi trovò solo il segretario, dal quale seppe che sua eccellenza era dovuto partire precipitosamente.

«Partire? Con il nemico nelle nostre case, il primo cancelliere si allontana? E per andare dove?»

«Non sono tenuto a rivelarlo. Tuttavia il signor cancelliere mi ha incaricato di consegnarvi questo messaggio.»

Federico lacerò il sigillo e lesse.

«Impegni improrogabili mi costringono a recarmi a Roma, dove sua santità in persona richiede la mia presenza.
So che le truppe di Anweiler hanno raggiunto Palermo, ma non allarmatevi. Si limiterà a stringerla d'assedio. Quindi, per qualche giorno, non accadrà nulla di grave. Avrò tutto il tem-

po necessario a fare ritorno a corte. Sono tuttavia fiducioso che non vi sarà alcuna necessità di combattere e che si possa giungere a una trattativa con il nemico: è una delle ragioni per le quali sua santità ha sollecitato un colloquio urgente. Markwald di Anweiler ne è informato e non oserà attaccare, prima di avere udito le proposte del papa. In ogni caso, le truppe schierate intorno alla reggia sono in grado di far fronte a ogni evenienza e difendervi da qualsiasi pericolo. Ciò nonostante, mi perdonerete se ho impartito l'ordine di trattenervi negli appartamenti che furono della regina Costanza e impedirvi di vagare per la reggia. Comprenderete che, per potervi proteggere, è indispensabile sapere sempre dove vi trovate. Spero che non ve ne abbiate a male per questa temporanea sospensione della libertà di movimento. Come senz'altro comprenderete, lo faccio solo a fin di bene.»

Federico si rivolse all'attonito segretario, poco abituato all'esuberanza verbale del piccolo re.

«Quel recchione mi vuole imprigionare. Avevo visto giusto. Mi ha venduto. Meglio andarsene da qui, senza perdere tempo.»

«Temo che non andrete da nessuna parte, mio signore» lo apostrofò risentito il segretario. «Non sono queste le disposizioni del cancelliere.»

Non aveva ancora finito di parlare che un drappello di militari lo prelevò per rinchiuderlo nelle stanze a lui riservate, nelle quali, da quel momento, restò confinato sotto sorveglianza.

Federico intuì che il momento della resa dei conti era ormai prossimo.

Markwald sferrò l'attacco alla reggia tre giorni dopo la partenza di Gualtieri di Palearia, mentre stava per sorgere l'alba. Sapeva che non avrebbe incontrato resistenza. E infatti le truppe incaricate di difendere il re si dileguarono all'apparire del primo elmo tedesco.

Tuttavia, per salvare le apparenze, i mercenari tedeschi piombarono nella reggia levando al cielo grida selvagge, lanciando i cavalli al galoppo, mozzando di netto le teste dei pochissimi servi che, con scarsa prudenza, non erano fuggiti per tempo. Quindi puntarono direttamente verso l'ala nella quale sapevano già che il piccolo re era tenuto prigioniero.

Markwald di Anweiler, però, non poté guidare di persona l'ultima fase dell'attacco e affidò il comando al suo braccio destro, Guglielmo di Capparone: era in preda a un fortissimo attacco di mal della pietra, che lo faceva soffrire in modo atroce. Ma, ancora una volta, aveva stretto i denti e rifiutato l'idea di affidarsi a un chirurgo. Prima doveva incontrarsi faccia a faccia con Federico di Svevia e presentargli il conto che aveva in sospeso con Costanza d'Altavilla.

Dalla stanza da letto della regina nella quale si era rifugiato, Federico udì il pesante incedere di stivali e il clangore di armi che preannunciavano l'arrivo di soldati. Il momento era giunto: di lì a poco si sarebbe trovato di fronte Anweiler, uno dei suoi peggiori nemici. Forse stava per essere ucciso, ma non si sarebbe piegato senza combattere: sotto la camicia, nascondeva un pugnale. Avrebbe tentato di ferire quel bastardo. Voleva morire con onore, come un re e come un Altavilla. Sebbene il suo nome fosse Federico Hohenstaufen, dei duchi di Svevia, non pensava mai a se stesso come a un Hohenstaufen. Sentiva di appartenere alla famiglia della madre. Del padre si vergognava, preferiva non pensare a lui, né parlarne.

Mentre i passi concitati e le grida dei soldati risuonavano

sempre più vicini, Federico si rincantucciò sul giaciglio nel quale Costanza era spirata. Gli sembrava di distinguerne ancora l'esile corpo sotto la coperta, di sentirla vicino a sé, pronta, come sempre, a infondergli coraggio. Se davvero avesse perso la vita, l'avrebbe rivista: forse lei gli sarebbe corsa incontro mentre volava via dal corpo e si sarebbero riabbracciati, dopo tanto tempo.

I soldati erano ormai prossimi. Federico scattò in piedi e strinse forte il pugnale, sotto la camicia, prima che un forte schianto mandasse in frantumi la porta.

Senza esitare, sfoderò l'arma e si scagliò a testa bassa contro il primo uomo che gli si parò davanti, tentando di menare un fendente al basso ventre. Guglielmo di Capparone, che guidava la schiera, fu lesto a schivare il colpo e, subito dopo, sollevò Federico fra le braccia, facendo risuonare tutt'intorno una scrosciante risata.

«Uhè, guagliò, ma che stai facenno? Ehi, statti buono, statti fermo, non mi fa 'ncazzà!»

Guglielmo di Capparone, mercenario di Napoli, mancava dalla sua città ormai da molti anni. Ciò nonostante, si esprimeva ancora in un dialetto molto simile a quello della terra d'origine, tutte le volte in cui non era indispensabile usare il tedesco. Detestava quella lingua gutturale, che era stato costretto ad apprendere da quando, ormai numerosi anni addietro, si era messo al soldo di Anweiler, diventandone l'apprezzato *alter ego*.

Per quanto Federico si agitasse nel tentativo di colpire quel gigante, non riusciva neppure a scalfirlo, imprigionato com'era in una morsa di ferro.

«Statti fermo, guaglio', t'aggio ditto, buono, buono» lo esortava il gigante. «Ma guardatelo, 'o piccirillo!» e intanto rideva a più non posso. Sembrava davvero divertito. Persa ogni speranza di nuocere all'avversario, Federico non trovò di meglio che inveire, scagliandogli, con quanto fiato aveva in corpo, raffiche di insulti e improperi.

«Malaminchia, cravunchiusu lasciami immediatamente. 'Nculattìa. Mollami, brutto figghiu di 'na ciaccazza fitusa.»

«Ehi, guagliò, ma dove le hai imparate, tutte 'ste belle parole? Ti vuo' sta' fermo, o no?»

«Io sono il re. Non puoi mettermi le mani addosso. La persona del re è sacra. Io sono l'unto dal Signore e tu sei solo nu' pizzo 'e medda sicca. Non mi fai paura.»

«L'unto del Signore?! A' medda sicca? Ma che dice, 'sto guaglione?» Capparone prese a sghignazzare ancora più sonoramente. «Si' proprio nu' spasso, guaglio'. Ehi, ma la vuo' firni' o no? Statte fermo. Guarda ca mo' m'incazzo veramente.»

A un certo punto Capparone e i soldati smisero di ridere in modo sguaiato e nella stanza calò un gelo improvviso. Solo Federico, sempre tenuto a bada dalla ferrea presa del militare, continuava a tirare invano calci e pugni, e a urlare una sequela interminabile di sconcezze. Alla fine Capparone gli tappò la bocca con una mano, mentre con un braccio gli circondò il busto, bloccandolo saldamente.

Costretto a calmarsi, l'attenzione di Federico si fissò sul militare che aveva di fronte. Era meno alto e massiccio di Capparone ma l'aspetto incuteva molta più paura. Il volto era pallidissimo, in parte chiazzato da una rada barba incolta. Gli occhi, infossati in due profonde occhiaie scure, erano di un freddo azzurro, soffocato da una fitta rete di venuzze rosse. La bocca, sottile e appena visibile, era atteggiata a una smorfia cattiva. Federico si sentì raggelare.

Anweiler gli si rivolse in tono tagliente.

«Sai già chi sono, vero?»

Federico rispose d'impulso, com'era nel suo carattere.

«Certo che lo so. Un figlio di bardascia fetusa...»

Prima che Capparone potesse intervenire, Anweiler lo schiaffeggiò con forza, poi lo afferrò per i capelli e gli sollevò la testa, scrutandolo con occhi stralunati e carichi di odio.

«Siamo alla resa dei conti, moccioso. L'hai capito, no? Quella puttana di Costanza è stata molto abile, a suo tempo. Ciò che non sono riuscito a estorcere a lei, dovrò strappare a te.»

Sentir parlare in quel modo della madre, infiammò ancora di più Federico il quale, gli occhi accecati da lacrime di dolore, cercò di avventarsi su Anweiler.

«Bastardo, non nominarla nemmeno mia madre!» gli gridò, sputandogli in faccia.

Senza replicare, Markwald di Anweiler lo agguantò alla gola e sfoderò il pugnale. Fu Capparone a bloccare il braccio del comandante, nel momento stesso in cui si accingeva a vibrare il fendente che avrebbe tagliato la gola al piccolo re.

«Non erano questi gli accordi con l'alleato, mio signore» gli ricordò, in tedesco. «Rischiamo di mandare all'aria la trattativa. Affidate a me questo moccioso, per un giorno o due al massimo, fino a quando il vecchio non sarà rientrato. Non vorrete compromettere la vittoria proprio ora, violando i patti.»

Anweiler esitò, gli occhi fuori dalle orbite, il viso contorto in un ghigno crudele. Poi fece ricadere la mano e con calma rinfoderò il pugnale.

«Ti ammazzerò con queste mani» annunciò a Federico. «Hai la mia parola. Molto presto. Getta questo idiota nelle carceri della reggia» intimò poi a Capparone. «Catene ai piedi e alle mani. Niente cibo.» Quindi uscì dalla stanza.

Capparone tornò a occuparsi di Federico, che aveva ripreso a scalciare e a tirare pugni sul petto del gigante.

«T'ho avvisato di non toccarmi, minchiasicca.»

«Sì, 'o ssaccio. Tu si' l'unto dal Signore» ribadì allegramente Capparone, facendo gorgogliare ancora la sua grassa risata. «Mo' stamm'a sentì. Io e te facimmo nu' bello giro della reggia. Famme vede' tutte 'e cose belle ca ci stanno.»

Quindi afferrò il prigioniero per un braccio e lo trascinò via, senza badare alle rumorose proteste.

«Eh, statte buono, guaglio'. T'aggio appena salvato la vita. Famme vede' 'sta reggia. Portame ndo' ce stanno 'e femmine.»

Secondo gli ordini ricevuti, Capparone rinchiuse Federico in una delle segrete del palazzo, cercando di scegliere la meno buia e spaventevole. Gli fece anche mettere robuste catene ai piedi e ai polsi.

Non osò disobbedire al comandante, anche se avrebbe potuto fare di testa sua perché i soldati, ormai, lo rispettavano quanto e forse più di Anweiler: negli ultimi tempi, le condizioni di salute del capitano lo avevano costretto ad assumere molto spesso la responsabilità del comando. Ma Capparone, a modo suo, era un uomo fedele e non voleva approfittare dell'autorità di cui godeva, proprio ora che Anweiler era già così umiliato dalla malattia.

Però gli dispiaceva maltrattare quel divertente ragazzino, così arrogante e pieno di sé. Ma anche così coraggioso.

Federico conobbe una parte della reggia che non aveva mai esplorato. Scoprì che i sotterranei erano bui, freddi e umidi. Strani liquami maleodoranti scorrevano sul pavimento di nuda terra, dove si rincorrevano animali di vario genere: i peggiori e più repellenti erano i topi, alcuni grossi come gatti. Si sforzò di restare in piedi, fino a quando le forze glielo consentirono, poi dovette arrendersi e sedersi in quel marciume puzzolente, lottando con le bestiacce che lo annusavano e gli camminavano sui piedi e tra le gambe.

Per un istante ebbe la tentazione di abbandonarsi allo

sconforto e scoppiare in lacrime. Ma poi tornò a pensare con intensità alla madre e alle parole che gli aveva sussurrato un istante prima di spirare: «Ricordati che sei sempre stato la gioia più grande della mia vita».

Markwald di Anweiler non ebbe tempo per godere della vittoria. La notte successiva alla conquista della reggia e alla cattura di Federico, il male ebbe il sopravvento sulla volontà di ferro del capitano, abituato da anni a sopportare ogni genere di sofferenze. Quella notte, per la prima volta, urlò senza ritegno che gli conducessero un chirurgo.

«Fate venire qui uno di quei macellai. Che mi squarti, mi faccia a pezzi!»

Capparone, costernato, gettò nello scompiglio la reggia, inveì, minacciò i servi presenti e, alla fine, riuscì ad avere al suo cospetto il medico più competente di Palermo.

«È necessario operare immediatamente. O almeno provarci» farfugliò il malcapitato, tremando come una foglia.

Fu Capparone a impartire l'ordine di procedere. Il comandante, abbrutito dal dolore e dal vino che i soldati gli somministravano in dosi massicce, sperando di calmarlo, riacquistò un barlume di coscienza solo quando fu immobilizzato con corde robuste, su un tavolaccio preparato per l'intervento. Anweiler roteò gli occhi, provò a divincolarsi. Sentiva che da quella battaglia non sarebbe uscito vivo: proprio a un passo dal coronamento di tutte le ambizioni per le quali aveva tradito e ucciso.

Spirò due giorni dopo, prostrato da una febbre altissima che lo fece delirare di continuo. Durante l'agonia, non riconobbe mai nessuno e dimenticò del tutto il prezioso ostaggio, per il quale non lasciò alcuna disposizione agli uomini.

Come era accaduto a Costanza, la morte del suo persecutore segnò la salvezza di Federico.

La guida dei mercenari tedeschi fu assunta da Guglielmo di Capparone, il quale non possedeva né la crudeltà né la sfrenata ambizione di Anweiler. Inoltre, non nutriva alcuna ragione di odio o risentimento personale verso Federico e la madre Costanza. Era solo un soldato di ventura e, fin tanto che fosse potuto rimanere in quel bel palazzo e godere di tanto lusso, non gli importava chi comandasse sul trono di Sicilia.

Come primo atto del suo comando, liberò quel piccolo birbante dalla prigione in cui era rinchiuso. Che spasso, il repertorio inesauribile di volgarità che traduceva in tutte le lingue, l'aria sfrontata, il suo folle, sconsiderato coraggio: come quando si era permesso di sputare in faccia ad Anweiler.

«Non ti provare a scappare, guaglio',» lo ammoniva di tanto in tanto «sennò ti acchiappiamo e ti tagliamo il pisello. Così» e mimava, davanti agli occhi di Federico, il gesto della terribile mutilazione. «Oppure ti caviamo gli occhi e te li mettiamo in mano.»

«'Nculattia, minchiasicca» oppure «A fissa di tu' matri» gli rispondeva Federico, per nulla impressionato, provocandone le risa scroscianti. Per il momento, il piccolo re non aveva alcuna intenzione di abbandonare la reggia. Non per paura delle minacce di Capparone, ma solo perché al nuovo comandante piacevano le feste, la musica, le danze e, soprattutto, le bellissime ballerine coperte di veli trasparenti, giovani e flessuose, con le quali poi si intratteneva. Federico, nascosto in qualche angolo della sala, non si perdeva nemmeno una di quelle esibizioni, guardando estasiato le stupende fanciulle che volteggiavano con leggerezza e grazia. Invidiava i soldati presenti che potevano abbracciarle e toccarle e fare con loro i giochi cui aveva assistito nella casa sul porto.

Dentro la reggia si era intrufolato anche il suo amico Giovanni il Moro, il quale, dopo tanto cercare, spiare, affannarsi, era finalmente riuscito a eludere la sorveglianza delle guardie, per la verità ora molto allentata.

«Ce ne hai messo di tempo per arrivare. Meno male che dovevi raggiungermi subito!» lo apostrofò Federico, quando si incontrarono.

«Io ci ho provato ma tu non ti sei fatto vedere. Dove eri finito?»

«In prigione.»

«In prigione?! E perché non mi hai chiamato? Chissà quanto ci saremmo divertiti, assieme.»

«*Puah*! La prigione è 'nu buco di culo fetuso. Anweiler è morto. E a voi, com'è andata?»

«Manco ci siamo accorti di quei minchioni.»

Se l'erano spassata un mondo a spiare tutto quello che accadeva a corte. Ogni tanto Giovanni il Moro tornava da sua madre e le raccontava affranto delle tristi condizioni in cui versava il re. Per un breve periodo, lei ci credette. Grazie al piccolo trucco, Giovanni il Moro si procurò parecchie ghiottonerie. Ma sapevano bene che quella manfrina non poteva durare a lungo.

«Se tua madre viene a sapere che le stiamo raccontando tutte 'ste babbasunate, per non parlare delle donne nude e tutto il resto, ci fa neri.»

«È sicuro. Mi sa che è meglio filarcela da qui.»

«Hmmmhmmm.»

Così, alla chetichella, fuggirono, senza che nessuno, neppure in quel caso, si affannasse a chiedersi dove fosse finito il prezioso ostaggio.

Capitolo 18

Il servo bussò alla stanza del primo cancelliere, si inchinò e attese gli ordini.

«La luce della camera è fioca. Mi costringete a lavorare al buio. Chi vi ha dato disposizione di accendere così pochi lumi?»

«Voi, mio signore. Ieri sera. Vi siete lamentato che troppe torce rendono l'aria fumosa e irrespirabile.»

«Sei un bugiardo e un insolente. Fa' quello che ti chiedo e sparisci.»

«Subito, mio signore.»

Il servo eseguì il comando e si congedò. Ormai era abituato ai continui sbalzi d'umore del primo cancelliere.

Gualtieri di Palearia si sedette di nuovo al tavolo e riprese in mano i fogli. Inutile farsi sciocche illusioni e imputare alla scarsa luce ciò che dipendeva solo dal trascorrere del tempo. Leggere era diventata un'impresa faticosa, soprattutto quando i documenti erano redatti in una grafia minuta.

Si abbandonò sulla sedia, pensieroso. Il tempo passava e la natura compiva il suo corso, senza accordare sconti neppure a lui, il gran cancelliere del regno. Un affronto imperdonabile, per uno che si era sempre considerato invulnerabile. Che età aveva, ora? Non avrebbe saputo dirlo con esattezza. La parola "vecchiaia" era bandita dal suo vocabolario.

Dalla morte di Markwald di Anweiler, si considerava ancora più forte e inamovibile. Non temeva nessuno, men che meno il legittimo erede, Federico di Svevia. Anche se era ancora vivo e continuava imperterrito la vita errabonda e raminga fra i vicoli di Palermo, mescolato con la feccia della città e del porto. Ormai doveva avere tredici o quattordici anni.

Un tempo compariva nella reggia con maggiore frequenza. Poi, dopo l'assalto dei mercenari tedeschi, era diventato più guardingo. A pensarci bene, erano ormai anni che non lo incontrava più. Le spie sospettavano che avesse contatti con i nobili fuoriusciti. Molti di costoro erano rimasti fedeli agli Altavilla, nonostante le persecuzioni e le confische che lui aveva inflitto loro in quegli anni.

Ma non ne era intimorito. Non potevano costituire una reale minaccia, sebbene li guidasse quella testa calda di Emanuele di Lauria, con il quale aveva già un conto in sospeso per aver riportato Federico sano e salvo a Costanza.

Certo, se l'impresa di Anweiler avesse prodotto il risultato auspicato, si sarebbe sbarazzato dell'erede in modo pulito e definitivo. Al contrario, la fortuna aveva ancora una volta protetto gli Altavilla in modo sfacciato, con la morte del loro persecutore.

Se non fosse stata un'eresia, avrebbe detto che l'Altissimo vegliasse su di loro. Ma questo non poteva essere. Era lui, l'uomo di Dio, fedele a santa madre chiesa. Il trono non sarebbe mai appartenuto a quel ragazzotto volgare, rozzo e in miseria. Per di più, corrotto, come tutti i suoi antenati.

Una mattina di settembre, Giovanni e Federico si svegliarono con il sole già alto. Un avvenimento del tutto insolito.

In genere, allo spuntare dell'alba, la mamma di Giovanni picchiava con il bastone contro il soffitto.

«La colazione resterà in tavola solo il tempo necessario per scendere da basso» minacciava. «Poi sparecchierò e resterete digiuni. Mi avete ascoltato, lassù? C'è molto lavoro da fare e nessuno lo sbrigherà per voi.»

Sapevano che non mentiva. Avrebbero potuto sempre sgraffignare qualcosa al mercato o rimediare un pezzo di focaccia presso qualche altra mamma, ma il profumo che saliva alle loro narici era così accattivante che in un attimo erano seduti davanti alle loro scodelle.

A quell'ora, la mamma di Giovanni aveva già concluso una gran quantità di faccende. Non capivano quando trovasse tempo per riposare. Giovanni sospettava che, dalla scomparsa del marito, parecchi anni prima, non dormisse più. Ma Federico non lo credeva possibile.

«Tutti devono riposare almeno un po'» spiegava. «Così ho letto nei libri. Però mi piacerebbe approfondire l'argomento. Un giorno, quando sarò re, fonderò una grande scuola e convocherò a corte i più grandi scienziati del mondo. Desidero studiare un'infinità di fenomeni sull'uomo e sul mondo che lo circonda.»

«Uffa, come parli difficile. Che te ne futti a ttia dell'uomo e del mondo?»

«Ignorante che non sei altro. Cosa c'è di più interessante che svelare i misteri per i quali nessuno ha ancora trovato una risposta? Io dedicherei la vita, a queste ricerche. Ogni momento mi vengono in mente nuove domande. Per esempio: ti sei mai chiesto perché parliamo?»

«Stamattina dici solo babbasunate. Succede sempre, quando passi tutta la notte sui libri, consumando l'olio di mia mamma. Parliamo perché c'abbiamo la bocca! Che c'è da scoprire?»

«Tanto per cominciare, l'olio l'ho rubato al mercato, non l'ho preso a tua mamma. E poi, che risposta è? Non ti nomino ufficiale dell'esercito, se sei tanto minchione. Io voglio scoprire come fanno i bambini per imparare. L'apprendono dagli adulti? Oppure il linguaggio è un dono che Dio ci fa, al momento della nascita?»

«Tu leggi troppo. Perciò ti perdi dietro a 'sti fissarie.»

«Tu non capisci: questa è scienza. Quando sarò re, catturerò dei neonati e li farò rinchiudere in una stanza. Dovranno essere accuditi da un solo adulto, che dovrà stare sempre zitto. E vedremo come va a finire.»

«Sei una pericolosa testa di cavolo.»

«Non è vero. L'uomo deve pagare un prezzo alla conoscenza.»

«Pagalo tu.»

«Io so già parlare. E poi, devo fare il sovrano. Altrimenti chi si occupa degli scimuniti come te?»

Quando scesero dalla soffitta, trovarono la mamma di Giovanni riversa sul letto, gli occhi socchiusi, la bocca semiaperta, quasi in un sorriso.

Per un lungo momento, la scrutarono increduli, incapaci di un qualsiasi gesto. Federico fu il primo a reagire.

«È volata via dal corpo» commentò con pacatezza. «E noi non le eravamo accanto, a chiuderle gli occhi.»

Quindi si avvicinò alla donna, le accarezzò il volto pallido e si accovacciò presso di lei, per un ultimo saluto.

«Grazie per avermi aiutato e amato come un figlio. Non lo dimenticherò. Non avere pensieri, per Giovanni. A lui provvederò io. Bacia per me mia madre Costanza.»

Quindi, con le labbra, le sfiorò le palpebre e la fronte. Giovanni continuava a fissare il corpo della donna, come inebetito. Federico gli si avvicinò e gli batté una lieve pacca sulla spalla.

«Dobbiamo seppellirla. Coraggio. Diamoci da fare.»

Giovanni però, sembrò non udirlo.

«Mi ha lasciato solo. E ora, come faccio?» biascicò.

Federico lo afferrò con forza per un braccio e lo trascinò fuori, nel piccolo cortile della casa.

«La gente muore. È normale» lo apostrofò, guardandolo dritto negli occhi. «È accaduto anche a mia madre. Avevo solo tre anni. Se sono sopravvissuto io, puoi cavartela anche tu. E poi, non sei affatto solo. Hai me. Ti sembra poco? Adesso, sbrighiamoci.»

«Non cambierai casa, adesso che lei non c'è più?»

«Cambiare casa? E dove dovrei andare, secondo te?»

«Mah, non lo so. Alla reggia.»

«Certo che ci andrò. Ma non subito.»

Poi, quasi per caso, aggiunse: «Sai quanti anni ho, adesso?».

«Non li conto mai.»

«Male. Io li conto, anche i mesi e i giorni. Ormai manca poco.»

«A cosa?»

«Alla mia maggiore età.»

«Cosa vuol dire: maggiore età?»

«Che diventi adulto e non hai più bisogno di un tutore.»

«E quando arriva?»

«Per gli altri, non so. Per me, ho deciso che arriverà il 26 dicembre di quest'anno, quando compirò quattordici anni. Quel giorno mi proclamerò maggiorenne e non avrò più bisogno di un tutore.»

«E allora, cosa accadrà?»

«Lo vedrai.»

Il giorno di Natale, Gualtieri di Palearia fece il suo ingresso nella cattedrale di Palermo incamminandosi, con una calma solenne, lungo la maestosa navata centrale. Non si sentiva del tutto bene. Da qualche tempo era tormentato da un rovello, la sensazione indefinibile di una minaccia incombente. Le spie, raddoppiate in tutta la città, non denunciavano alcunché di particolare, ma l'ansia continuava ad angustiarlo e avrebbe preferito non allontanarsi dalla reggia. Tuttavia non poteva mancare alla messa della natività. A lui era riservato il posto d'onore, il trono di porpora e oro che sarebbe spettato al re. Dalla morte di Enrico, aveva deciso di occuparlo lui, preferendolo allo scranno più modesto e defilato, destinato al cancelliere.

Nella cattedrale il fumo bianco e dolciastro dell'incenso che si innalzava dai turiboli rendeva l'aria spessa e densa di una caligine bianca. Quel fumo gli penetrava negli occhi e pesava sui polmoni, dandogli un senso di soffocamento.

Avrebbe fatto di gran lunga meglio a restare alla reggia. Aveva bisogno di riposare.

Infilò l'indice della mano destra nel collare e girò il capo da un lato e dall'altro, nel tentativo di allentare la stretta e lasciar fluire il respiro. Lo sguardo si posò distratto sui fedeli, assiepati ai bordi della passatoia. Lo spettacolo lo stupì, tanto che interruppe per un istante il cammino verso l'altare maggiore. La cattedrale era gremita da una grande folla, come non accadeva più da anni. Quando aveva visto, per l'ultima volta, una così imponente moltitudine? Trasalì al ricordo: il Natale della "Grande pacificazione", il giorno del massacro.

Da quella data, il popolo di Palermo, per superstizioso terrore, aveva sempre disertato la cerimonia, sostenendo che in quell'occasione i fantasmi dei morti tornassero nel luogo sacro e facessero udire le loro grida disperate.

E invece, contro ogni aspettativa, si erano radunate migliaia di persone, che ora sembravano fissarlo con sguardi ostili. Gualtieri di Palearia fu scosso da un brivido in tutto il corpo, le mani fredde e sudate. Ancora una volta, avvertì la premonizione di una disgrazia imminente.

Nella chiesa regnava un silenzio assoluto. La folla sembrava concentrata, attenta, come se stesse per accadere qualcosa. Giunto all'altare maggiore, sollevò lo sguardo e sobbalzò per la sorpresa: qualcuno era seduto sul trono di porpora e oro.

Gualtieri di Palearia batté le palpebre più volte, prima di riconoscere Federico di Svevia. Gli sembrò alto, possente, maestoso. Gli occhi erano quelli della madre Costanza. Un vero re. Eppure doveva essere solo un ragazzo.

Non sembrava affatto intimorito. Lui invece, si sentiva impacciato e confuso.

Lo colse un senso di vertigine: ebbe l'impressione che Federico non fosse solo. Una figura impalpabile gli stava al fianco e gli cingeva le spalle con il braccio. Aguzzò la vista, attraverso la nebbia che ancora ristagnava nell'aria. Alla fine la riconobbe: Costanza d'Altavilla, la sua nemica.

Lo scrutava con aria severa, puntandogli contro il dito.

«Non devi prendertela con me, Costanza, ma con Enrico e papa Innocenzo. Sono loro, che hanno tradito. Io posso spiegarti.» Gualtieri di Palearia non si rese conto di pronunciare a voce alta la propria difesa, le palme delle mani sopra il capo, come a proteggerlo da una sciagura, sotto lo sguardo esterrefatto della folla che gremiva la cattedrale.

Federico si alzò, mosse verso il primo cancelliere e gli sfiorò con la mano le braccia sollevate.

«Appoggiatevi a me, signor primo cancelliere, siete molto pallido» lo esortò, con tono cortese. «Forse l'aria soffocante della cattedrale vi ha giocato un brutto scherzo. Oppure, vedermi qui, oggi, sul trono che fu dei miei avi, vi ha provocato un'emozione troppo forte. Siete vittima di un'allucinazione.

Mia madre è morta, come sapete bene. Calmatevi e permettetemi di accompagnarvi nel posto che spetta al primo cancelliere del regno. Accanto al re. Celebreremo questo Natale con il popolo di Palermo. Poi, rientreremo a palazzo e attenderemo l'alba del nuovo giorno. Festeggeremo insieme un altro evento. Ma ogni cosa a suo tempo.»

Al termine della funzione, Federico invitò il cancelliere a seguirlo su un carro chiuso, scortato da quattro cavalieri armati.

«Ho molta comprensione per i disagi che l'età vi procura» si giustificò. «Per questo vi esento dal cavalcare al mio fianco. I soldati del re garantiranno la vostra sicurezza.»

«Non capisco il senso di tutte queste manovre, ragazzo mio» replicò il cancelliere, infastidito. Ormai aveva superato la breve crisi e si sentiva di nuovo padrone di sé. Cosa stava cercando di fare, quell'insolente? Voleva sfidarlo, inimicarsi l'uomo più potente del regno?

«Fra breve, vi sarà chiaro. Per intanto, vi ordino... no, vi suggerisco di seguire il mio consiglio. Il popolo di Palermo è nelle strade, questa sera» rilevò, quasi con noncuranza. «Mi dispiacerebbe se qualche scalmanato tentasse di aggredirvi. Se sarete scortato dai cavalieri del re, nessuno oserà toccarvi.»

Gualtieri di Palearia, pallidissimo, voltò le spalle indignato ma non osò ribellarsi, intimorito dalla velata minaccia.

Questa volta, Federico rientrò nella reggia degli Altavilla attraverso l'ingresso principale. Cavalcava un purosangue arabo, un animale magnifico, degno di un sovrano, e guidava un drappello di cavalieri in armi.

Alcune ore dopo, ordinò che il cancelliere venisse condotto alla sua presenza.

Rimasero in piedi, l'uno di fronte all'altro, negli appartamenti occupati un tempo da Costanza d'Altavilla. Gualtieri di Palearia osservava Federico. Appariva molto più vecchio della sua età. Gli occhi erano troppo duri per un ragazzo di quattordici anni. Solo il volto, ancora liscio e imberbe, ne rivelava la giovinezza.

«Mettetevi comodo, Gualtieri di Palearia» esordì il re, accennando a una panca collocata di fianco al camino.

Gualtieri di Palearia si chiuse in un'espressione arcigna e si rifiutò di prendere posto sullo scranno che il sovrano gli offriva.

«Respingere un invito del re non è un buon inizio. Pensate di potermi fronteggiare meglio, restando in piedi?»

«Fronteggiarvi? Intendete dire che debbo prepararmi a uno scontro?»

«Spero di no ma dipenderà da voi.»

«Da me?»

«Proprio così, signor primo cancelliere.»

Federico voltò le spalle a Gualtieri di Palearia e si avvicinò alla finestra della stanza.

«Tra poco spunterà l'alba di un nuovo giorno. Non è un caso che voi e io siamo qui, ad attenderla insieme. Quattordici anni or sono, in queste ore, mia madre Costanza mi dava alla luce. Nella piazza principale di uno sperduto villaggio, al gelo, soffrendo pene atroci. Sola e perseguitata da tutti.» Una incrinatura della voce tradì la commozione del re, che si interruppe per un breve momento. «Questi particolari vi sono ben noti» riprese dopo un po'.

«Certamente» replicò il cancelliere, impassibile. «Vostra madre è sempre stata una donna... come dire...»

Federico si voltò verso l'interlocutore e lo fissò con occhi gelidi. Gualtieri di Palearia non chinò lo sguardo ma soppesò con attenzione le parole.

«Molto audace» concluse.

«Molto coraggiosa» puntualizzò Federico. «Se si fosse arresa, saremmo stati uccisi tutti e due. Costanza aveva nemici accaniti, ostinati e potenti» proseguì, avvicinandosi a Gualtieri di Palearia e sovrastandolo di tutta la testa. Quindi si chinò verso di lui, sfiorandogli appena l'orecchio con le labbra.

«Io li conosco bene, i nemici di mia madre. Uno per uno» bisbigliò, in un soffio. «Porto i loro nomi e i loro volti scolpiti qui, nella mente. Nomi e volti» ripeté. «Pagheranno, uno dopo l'altro.»

Un tremito incontrollabile scosse le spalle di Gualtieri di Palearia e lo fece rabbrividire. Federico era una belva feroce, come i suoi antenati. Senza scrupoli, senza morale. E, come Costanza, aveva dalla sua la plebaglia più rozza e violenta della città.

«Spero di non comparire in questo vostro elenco, ragazzo mio» replicò, provando a dissimulare l'ansia che lo agitava. «Credo di aver servito con fedeltà la causa degli Altavilla per tanti di quegli anni, da meritarmi solo gratitudine e lauti compensi.»

Federico sorrise in modo ambiguo.

«Avete certamente gestito il potere per molti anni. Per questo, è giunto per voi il momento di rimettere il mandato e godervi il premio delle vostre fatiche. Siete d'accordo?»

«Ma io non sono affatto stanco! E poi, a chi dovrei affidarlo, di grazia?»

«Al vostro re.»

«Intendete dire... a voi?»

Gualtieri scrutò Federico con sorpresa e sprezzo. Il re rispose con uno sguardo duro, tutt'altro che conciliante.

"Siete libero di obbedirmi, Gualtieri di Palearia," sembravano ammonire i suoi occhi "e avrete salva la vita e l'onore. O potete contrastarmi: e sarete il primo della lista a pagare per le vostre colpe." Gualtieri di Palearia tentò un'ultima, disperata difesa.

«In questo momento lo escludo. È impossibile. Voi siete solo un ragazzo. Attenderemo la maggiore età e poi torneremo sull'argomento.»

«Ho già raggiunto quella soglia.»

«Davvero? E chi lo ha deciso? Il papa non vi ha dato il consenso.»

«Non ho bisogno di autorizzazioni papali. Sono il re e ho stabilito che a quattordici anni posso assumere le funzioni e le responsabilità che mi competono. Da questo momento sono il capo assoluto di questo stato e i miei ordini sono legge per tutti. Anche per voi, signor cancelliere.»

Gualtieri di Palearia osservava Federico, incapace di credere ai suoi occhi. Aveva di fronte un mostro, Satana in persona.

Provò ancora a reagire, cercando di mantenere la voce ferma.

«Cosa vi fa supporre che sia disponibile a riconoscere la vostra autorità? Io obbedisco solo a sua santità, il papa.»

«Non mentite, Gualtieri di Palearia» rimarcò con durezza Federico. «O mi farete pentire della mia benevolenza e del rispetto con il quale, nonostante tutto, sono pronto a trattarvi. Fino a oggi avete obbedito solo a voi stesso. D'ora in poi vi inchinerete al re. Come tutti.»

«Cosa mi offrite, in cambio del consenso che tentate di strapparmi?»

«Strapparmi? Voi non avete compreso. Da questo preciso istante siete sollevato dalla carica di cancelliere. Vi ritirerete in un monastero di vostra scelta ma fuori dei confini del regno. Lì potrete riposare e trascorrere i vostri ultimi anni in tranquillità. La corona farà in modo che non vi manchi nulla, in segno di gratitudine per il lavoro svolto fino a oggi. Mi consegnerete le chiavi di tutti i forzieri e l'inventario dei beni che appartengono allo stato e alla mia famiglia. Sono certo che sarà minuzioso e dettagliato. Tuttavia il vostro operato verrà verificato con grande scrupolo.»

«Siete così sicuro che mi ritirerò senza battere ciglio?»

«Sicurissimo. Ho già predisposto il vostro trasferimento. Vi stanno aspettando alcuni miei fedelissimi collaboratori. Conoscete senz'altro uno di loro: Emanuele di Lauria. Vi scorteranno alla destinazione che indicherete.»

«Mi fate sorridere, ragazzo mio. Come pensate di governare? Non avete esperienza, né soldati né mezzi. Credete che un pugno di cavalieri leali sia tutto quello che occorre? Verrete rovesciato in men che non si dica. Io stesso posso istigarvi contro orde di nemici.»

«Sì, non ne dubito. Ma faremo in modo che non possiate nuocerci. Quanto al resto, avete ragione. Sono un re senza soldati e senza mezzi. Sapete a quale soluzione sto pensando? Mi procurerò in gran fretta una moglie che mi porti in dote entrambe le cose. Vi viene in mente qualche buon partito da suggerirmi? Non mi interessa né la bellezza né l'età della sposa. È sufficiente una ricca dote. Metterò al lavoro anche papa Innocenzo. Senz'altro troverà la moglie che fa al caso mio: adora combinare matrimoni. E io accetterò la scelta con filiale sottomissione. Così gongolerà dalla gioia.»

«Senza di me, non ce la farete mai. Sarete costretto a richiamarmi.»

«Io sono ottimista e pronto a scommettere che me la caverò. Addio, Gualtieri di Palearia. Riguardatevi.»

«Non c'è proprio nulla che io possa ancora fare per voi, ragazzo mio?» insistette il cancelliere.

«Sì, ci sarebbe qualcosa. Vi ricordate quel maestro che avete allontanato all'improvviso dalla reggia, poco prima dell'assalto di Markwald di Anweiler?»

«Padre Guglielmo Francesco.»
«Proprio lui. È ancora vivo?»
«Credo di sì.»
«Bene. Allora fate in modo che si trasferisca a palazzo. Voglio averlo al mio fianco. Ora salutiamoci da vecchi amici. Vi auguro buon viaggio e... cos'altro? Buona fortuna!»
«Conservate tutta la fortuna per voi, giovanotto. Ne avrete un gran bisogno. La vostra battaglia è appena cominciata.»

Breve nota dell'Autore

Federico di Svevia cominciò a regnare all'età di quattordici anni, dopo aver trascorso l'infanzia nei vicoli palermitani, fra mille pericoli, protetto solo dal suo popolo, fino alla morte, avvenuta il 13 dicembre del 1250.

Nel 1220, per mano del papa Onorio III, Federico II venne incoronato imperatore. Ma in Germania si recò raramente. Nonostante la grande predisposizione per le lingue, si rifiutò sempre di parlare il tedesco, pur comprendendolo.

Nel 1224 fondò l'Università di Napoli, il primo ateneo laico e di stato che attrasse maestri e studenti da ogni parte d'Europa.

Pochi mesi dopo l'ascesa al trono, Federico si unì in matrimonio con la principessa Costanza D'Aragona, più vecchia di lui di dieci anni, non più vergine – era vedova del re d'Ungheria – e molto meno attraente della giovanissima e spigliata sorella Sancha. Era stata scelta per lui da papa Innocenzo III e portava in dote, fra le altre ricchezze, una schiera di cinquecento cavalieri armati.

Si racconta che Costanza d'Aragona rimanesse sconvolta dai modi rozzi e plebei del marito e dal suo linguaggio scurrile e irrispettoso. Però, fu anche impressionata dalle doti positive: la grande intelligenza, la forza d'animo, il coraggio, l'inesauribile desiderio di apprendere. Per questo, si adoperò molto per migliorarne l'indole e il comportamento. Fu l'unica delle tre mogli cui Federico mostrò un minimo di stima e di rispetto, forse proprio in considerazione degli innumerevoli insegnamenti da lei appresi.

Da Costanza d'Aragona, che morì nel 1222, ebbe un figlio maschio che prese il nome di Enrico VII.

Federico ebbe altre due mogli: Jolanda di Brienne, che gli diede il figlio e futuro erede al trono Corrado IV, e Isabella di Inghilterra. Incalcolabile fu il numero delle amanti e dei figli illegittimi. Nella sua vita, però, amò una sola donna: Bianca Lancia, da cui ebbe Manfredi, il figlio prediletto.

Gualtieri di Palearia si ritirò in un monastero nei pressi di Catania, dove morì pochi anni dopo.

Di padre Guglielmo Francesco non si conoscono le vicende successive.

Giovanni il Moro restò al fianco di Federico fino alla morte di quest'ultimo. Fu tra i pochissimi ammessi nei cosiddetti "*loca solaciorum*", le residenze private dell'imperatore. Solo in sua presenza, Federico si sentiva libero di abbandonarsi a eccessi d'ogni genere e di tornare a comportarsi come il ragazzaccio dei vicoli palermitani.

Della stessa autrice

La sposa normanna

Il Cavaliere del Giglio

L'amante del Doge

Lola nascerà a diciott'anni

La regina irriverente

La bastarda degli Sforza

I giorni dell'amore e della guerra

Le nemiche

L'acquaiola

Una storia privata. La saga dei Morando

I Venturieri

Un incontro avventuroso
(racconto nella raccolta *Storie barocche*)

Cuore di donna

Certificato PEFC

Questo prodotto è realizzato con materia prima da foreste gestite in maniera sostenibile e da fonti controllate

PEFC

PEFC/18-31-226

www.pefc.it

Piemme usa carta certificata PEFC
che garantisce la gestione sostenibile delle risorse forestali

GRAFICA VENETA
GV CARBON NEUTRAL

Questo libro è fabbricato da Grafica Veneta S.p.A.
con un processo di stampa e rilegatura certificato 100% carbon neutral
in accordo con PAS 2060 BSI

Finito di stampare presso Grafica Veneta
Via Malcanton, 2 – Trebaseleghe (PD)